ラスト・メメント
死者の行進

鈴木麻純

角川ホラー文庫
17785

目次

第一話　幼児と死

人は女から生まれ、人生は短く　苦しみは絶えない。
花のように咲き出ては、しおれ　影のように移ろい、永らえることはない。
（『ヨブ記』十四章一、二節）

浅い眠りから、少年ははっと目を覚ました。姉以外に人のいない家の中は、しんと静まりかえっている。夜明けにはまだ早いらしい。あたりは闇に包まれて、カーテンの隙間からはほんの一筋でさえ光の射し込む様子はなかった。寒気を覚えるほどの静寂の中に、規則正しく時を刻み続ける壁掛け時計の音だけが響いている。

カチ、カチ、カチ――

冷たくて、硬質で、不気味なその音が少年は嫌いだった。いつもは煩わしいほどに聞こえて来る虫の声が、今日に限ってまったく聞こえないのはどうしたことだろう。何となく薄気味悪く思いながら、部屋の中をぐるりと見回す。

隣のベッドでは中学生の姉がぐっすりと眠っている。疲れているのだろう。父が死んでから二週間。親戚《しんせき》に頼ることを嫌がった姉は、葬儀の準備を始めとした何もかもを一人で背負い込もうとしていた。

しばらく不安げな顔で姉を眺めていた少年は、ようやく床に足を下ろした。古びた床板は、軽い体重にもぎしりと小さな悲鳴を上げた。音に驚いて、息を止める。一拍の後、あたりには再び静寂が戻った。今度は音を立てないように、足音を忍ばせてドアへ向かう。

姉の言いつけを素直に聞くこと。眠りを妨げないようにすること。

気の休まらない彼女のためにできることといえば、その二つだけだった。

ドアを後ろ手で閉めながら、ほうと息を吐き出す。姉と二人きりになってから、家の中が広い。しかし一方で、酷《ひど》い閉塞《へいそく》感に支配されてもいる。少年は続けて吐きそうになった息を、何となく呑《の》み込んだ。父のいなくなった寂しさも、不安も、口にしてはいけないような気がした。思ったままを言ってしまったら、更に良くないことが起こるのではないかという予感があった。

――こんな日がいつまで続くのだろう。

いつかは終わりが来るのだろうか？

分からない。長い悪夢を見ているような気分だった。こんな時、いつも見ていたアニメや特撮の世界では、すぐにヒーローが現れて劇的な変化をもたらしてくれる。けれど、現実では何が起こるわけでもなかった。じっと〝終わり〟を待つしかできない。そんな日々を過ごしていくうちに、寂しさや不安も薄れていくのだろうか？　こうやって、夜中に一人でトイレへ行くことにも慣れてしまったように。

分からない。

とぼとぼと階段を下りて、照明のスイッチを手で探る。かちりと小さな音を立てながら、控えめな光が狭い廊下を照らし出した。少年は再び歩き出す。ドアを二つほど通り過ぎて突きあたりまで進めば、そこにはTOILETと木製の白い文字が貼り付けられている。

ノブに触れる直前で、少年は躊躇《ちゅうちょ》した。鼓膜に音が触れた——気がしたのだ。昼間なら気にも留めない微《かす》かな音が、その時は妙に気になった。

少年は振り返った。確かめずにはいられなかった。夜の闇に何かを見てしまうことよりも、正体の分からないものの存在を認めてしまうことの方が怖かったのだ。異変を探して彷徨《さまよ》っていた視線が、ふと壁にかけられた写真の上で留まった。紅葉の頃に撮られた、風景写真だ。印画紙を彩る鮮やかな赤が綺麗《きれい》だった。

——けれど、何故だろう？　妙な違和感を覚えるのは。

写真におかしなところがあるのか？　いいや。違う。明るいのだ。目を留めることなく通り過ぎてきたはずの写真が、今ははっきりと見えている。廊下の薄暗い照明とはまた違った白い光が、どこからか漏れているようだった。

疲れた姉が、リビングの明かりを消し忘れたのだろうか？

首を傾げながら廊下を戻る。注意して見れば、手前のドアがほんの少しだけ開いていた。

——父の書斎だ。

顔から血の気が引いていく。そこは明かりが点《つ》いているはずのない場所だった。姉が消し忘れた？　そんなはずはない。父が死んでから、姉はその部屋へ足を踏み入れてはいないはずだ。では誰が？

「だれか、いるの？」

薄く開いたドアの向こうへ声をかける。扉の向こうには、何者かの気配と微かな息遣いがあった。

「だれ？」

今度はやや語気を強める。返事の代わりに、部屋の照明が激しい明滅を繰り返した。

「やめて！」

少年は思わず両手で目を押さえた。頭の奥で、ちかちかと光が瞬く。まるでカメラのフラッシュのようだと思いながら、指の隙間から向こう側を覗《のぞ》く。——暗い。何事もなかったかのように、室内には夜の闇が戻っている。窓のない、暗い部屋だ。そのまま足を踏み入れればひんやりと冷たい、気がした。何も見えない部屋の中からは、息を押し殺した気配だけが伝わってくる。怖くなって、少年は寝室へ駆け戻った。

姉は眠っている。タオルケットを顎《あご》のあたりまで引き寄せて、ぐっすりと眠り続けている。

「お姉ちゃん！　お姉ちゃん！」

肩を揺さぶる少年に、姉は迷惑そうに顔を顰《しか》めただけだった。

――どうして目を覚まさないのだろう！

震えの止まらない体を両腕で抱きながら、少年は姉の隣へ潜り込んだ。枕に顔を押しつけて、目をぎゅうっと固く瞑《つむ》る。一人だけ、見知らぬ世界に放り込まれてしまったみたいだ。激しい孤独と不安が少年の胸を押し潰《つぶ》した。

耳の奥に、父の書斎で聞いた息遣いがこびり付いて離れない。苦しげな、荒く湿った呼吸だった、ような気がする。〝あれ〟は何をそんなに苦しんでいたのだろう？

不吉な想像に少年の心臓が激しく脈打った。これ以上考えてはいけないと思うのに――網膜に残る見慣れた光の点滅が、少年に更なる思考を促した。細く開いたドアの隙間から零《こぼ》れる照明。激しい明滅。光、闇、光。切り替わるスイッチの音。そして静寂。その不可思議な現象は、少年に怖れと奇妙な親しみを与えたのだった。

何故か。少年は考える。あの時、自分は何を思った？

――まるでカメラのフラッシュのようだ。

そうだ。そう思ったのだ。

父は写真をよく撮った。それが仕事なのだと言っていた。時には姉弟《きょうだい》にレンズを向けることもあった。フラッシュが光る瞬間にいつも目を瞑ってしまう少年に、父は目を細めて微笑んだものだった。

「パパ……？」

唇からは、愕然《がくぜん》とした声が零れた。震える問いを否定してくれる者はいなかった。

頭の中で、正体不明のもやもやとした何かが急速に形を整えていく。想像の中に父の顔を見たとき、鼓動はようやく落ち着きを取り戻した。

（ああ、でもどうして）

目を瞑ったまま、少年は考える。

どうして父は書斎にいるのだろう？　人は死んだら遠い場所へ行くのだ——そう言っていたのは他でもない、父自身ではなかったか？

少年は考える。部屋の中には大嫌いな時計の秒針の音と、大好きな姉の寝息が響き続けている。何の気なしに二つの音を追っていた少年の意識は、いつしか浅い眠りの内にあった。

うつら、うつらと。

閉じた目蓋《まぶた》の裏には手招きする男の姿が映った。父だ。彼がどんな表情をしているのか、少年には分からなかった。意識は手元のカメラにばかり向いてしまって、その顔を窺《うかが》うことができないのだ。

＊＊＊

すうっと息を吸い込むと、爽《さわ》やかな青葉の香りが肺腑《はいふ》を満たした。

季節は初夏。ところどころに春の名残は見られるが、草木の色は深緑に変わりつつある。白い花をつけた木の周りでは、蜜蜂《みつばち》が忙《せわ》しなくとびまわっていた。群れから離れて傍に迷い来た一匹を煩わしげに避けながら、高坂和泉《こうさかいずみ》は深い溜息《ためいき》を吐き出した。

――まったく、妙なことになってしまった。

続けて、不機嫌に呟《つぶや》く。澄んだ山の空気は暑さを感じさせなかったが、それでも随分と暖かさを増していた。慣れない陽射しに顔を顰めながら、和泉は自分の恰好《かっこう》を見下ろした。白い長袖《ながそで》のシャツに、ゴシックデザインのジャケット。そして汚れ一つない革靴。どう考えても、自然散策には向いていないように思えた。今更嘆いてみたところで、どうにかなるようなことでもなかったが。

彼をこの場所まで乗せてきたバスが、灰色の排ガスを撒《ま》き散らしながら来た道を戻っていく。横目でバスを見送って、和泉はあたりを気怠《けだる》げに見渡した。目の前にある錆《さ》び付いたバス停以外に、人工物は見られない。見渡す限り、静寂と自然が広がっている。人工の多い都会に慣れた人からすれば、孤独に感じられるほどだった。

周囲を山に囲まれた小さな湖畔。麓《ふもと》から、バスで一時間ほどの距離にある。

夏の盛りや紅葉の季節には、訪れるレジャー客もいるのだろうか。少し離れた湖畔沿いには一軒の民宿が佇《たたず》んでいるが、外観の寂れ具合を見るにシーズン中でも人が集まるのか疑わしい。

「こんな場所に住もうだなんて、俺には理解できない」

機嫌悪く続ける。曲がりくねった山道に、揺れるバス。強い紫外線を含んだ陽光、虫、目に痛いほどの緑、小汚い民宿。どれも和泉の苦手なものだ。新聞で〝彼〟の訃《ふ》報《ほう》を目にしなければ、一生この地を訪れようとは思わなかっただろう。

杠葉敦《ゆずりはあつし》——それが死んだ男の名だ。

彼はそこそこ名の知れた写真家だった。若い頃にポートレートで名をあげて、近年ではネイチャーフォトに魅入られていた——と、和泉は聞いている。敦がこの人里離れた山奥の湖畔に別荘を購入したのは、三年ほど前のようだ。私生活で妻を亡くして、二人の子供とともに移り住んで来たらしい。以来、ストイックに作品を作り続けてきたという話だ。

そんな彼が脳溢血《のういっけつ》のために倒れたのは、二週間ほど前のことだった。体の不調に気付かないほど、作品作りに没頭していたのだろうか。別荘から少し離れた桟橋の上で倒れていた彼を見つけたのは、近くの民宿の従業員だった。

従業員はすぐに助けを呼んだと言うが、この通りの山奥だ。当然、救急車の到着は遅れた。病院へ搬送されたとき、敦はすでにこの世の人ではなくなっていた。

――名の知れた写真家の末路にしては寂しいものだ。

と、和泉は黙禱《もくとう》を捧《ささ》げるように目を軽く閉じた。

周囲を山に囲まれた、美しい湖のほとり。桟橋の上に人知れず横たわる写真家の姿を想像する。彼は苦しんだのだろうか？　それとも一瞬の眠りを永遠のものへと変えたのだろうか？　薄れゆく意識の中で、何かを想うくらいの時間は与えられたのだろうか？

分からない。彼が何を心に留めていたのか、和泉には想像もつかない。

敦とは面識があったわけではないのだ。メールで何度かやり取りをしただけの仲だった。ただ、生前に彼と一つの取引を交わしたために、和泉はこの地を訪れることになったのだ。

バス停からは寂れた民宿が見える。

地図を確認して、和泉はその不健康そうな顔に憂いの色を浮かべた。杠葉敦の別荘は逆側にある。民宿とは丁度湖畔を挟んで対面しているようで、見るからに遠い。勿《もち》論《ろん》タクシーや送迎バスがあるはずもなく、歩く他に方法はない。

文句を言おうにも、相手はもうこの世に存在しないのだから遣《や》りきれない。

「やれやれ。こんなことになるのなら、恰好なんてつけるんじゃなかった」

うんざりしたように嘆息して、ようやく歩き出す——和泉の背に「あの」という声がかけられたのは、そんなときだった。どうやら他にもバスを降りた人間がいたらしい。

振り返ると、そこには女の姿があった。作りの良いカメラバッグを掛けている。落ち着いた色に染めた髪を肩のあたりで切りそろえた女だ。好奇心と活力に満ちて輝く瞳《ひとみ》が、やけに印象的だった。

苦手なタイプだ。と、和泉は鼻の頭に微《かす》かに皺《しわ》を寄せる。他人はだれも苦手だが、中でも活気に溢《あふ》れた人間が、一番やりにくい。

「あなたも、杠葉先生のお宅へ？」

女は和泉の様子を気にした風でもなく、訊《たず》ねた。

「ええ、まあ」

曖昧《あいまい》に頷《うなず》く。

おそらくは彼女も、敦の訃報を受けて訪ねてきたのだろう。

「私、国香《くにか》彩乃《あやの》って言います。杠葉先生には専門学校時代、随分とお世話になったんですよ」

「はあ」

聞けば彼女は駆け出しの写真家で、主にポートレート作品を手がけているとのことだった。一眼レフの重さに慣れていない頃から様々なことを教わったのだと、懐かしそうに語った。

「あなたは？」

「え？」

問われたことに困惑して、和泉は間の抜けた声をあげた。質問の意図が分からなかったのは、彼女の話をぼんやりと聞き流していたためでもあった。

「あなたもこの仕事をしているんですよね？　それとも、まだ勉強中？」

問いが不親切だったと気付いたのだろう。彼女は忙しなく言い直した。こちらの素っ気ない相槌《あいづち》に気を悪くした風もなく、また気にした風もなく——瞳を輝かせて話し続けている。

「あ、もしかして」

「何でしょう？」

一応、訊《き》き返す。

「先生のお弟子さんって、あなたのことですか？　そういえば先生が育てている新人がいるって、聞いたことがあったような……」

それに答えた彼女の言葉は、突拍子もないものだった。どうやら口数が少ない理由を勘違いされてしまったらしい——と気付いて、和泉は慌てて首を振った。

「いや——」

尤《もっと》も、否定は僅《わず》かに遅かったようではあったが。

「信じられませんよね。その、先生が亡くなっただなんて。卒業以来ずっと音信不通にしていた私なんかより、あなたの方がよっぽど辛《つら》いはずなのに、私ったら自分のことばかり喋《しゃべ》ってしまって……あの、ごめんなさい」

彩乃は申し訳なさそうに顔を歪《ゆが》めて、勝手に謝っている。

——落ち着きのない人だ。

和泉は呆《あき》れたように呟《つぶや》いた。

一人で喋って、一人で勘違いして、一人で項垂《うなだ》れて、やはり一人で喋っている。どこから訂正したものか——それ以前に、どうやって彼女の話を遮ったものか。考えるうちに面倒《めんどう》になって、

「そうですね」

適当な相槌を打って歩き出す。喋り続ける彩乃を遮るのも、自分は写真家などではないと否定するのも面倒だった。背後から呆気《あっけ》にとられたような気配が伝わってくるが、知ったことではない。

紅葉敦の別荘は、バス停から十五分ほどのところにあった。

落ち着いた赤い色の屋根。フレンチベージュの外壁――たいして大きくはないが、秋には紅葉に紛れる色合いの洒落《しゃれ》たコテージだ。

和泉は合皮の手袋をはめた指先で呼び鈴を押した。奥で涼やかな音色が響き、続いて忙《せわ》しない足音が駆けてくる。それに気付いて僅かに体の位置をずらしたとき、ドアがバンッと音を立てて勢い好《よ》く開いた。

「こんにちは！」

舌っ足らずな声が、興奮気味に叫んでいる。少年だ。小学校へ入学したばかりか、或《あ》いはまだ幼稚園に通っているのか――幼い。

「諒太郎《りょうたろう》！」

というのが、少年の名なのだろう。

その跡を追うようにして出てきたのは、中学生くらいの少女だ。幼さが残った顔の中で目だけを神経質そうに光らせている。何を警戒しているのか――訝《いぶか》って、和泉はふと少女が必要以上に訪問者を疑わなければならない理由に気付いた。

大人の気配がないのだ。

三年前に母親を亡くして、今回また父親を亡くしたというのだから、親の姿がないのは当然のことではある。けれどそんな子供たちを支えるべき大人の存在が感じられないのは、どことなく不自然だった。

葬儀からそれほど日も経っていないだろうに、親戚《しんせき》はもう二人を置いて帰ってしまったのか？

疑問を浮かべながら、少女と少年を交互に眺める。

「こんにちは、真弥《まや》ちゃん」

少女に気付いた彩乃が、和泉の後ろからひょいと身を乗り出した。

「久しぶりね。その、先生のことは本当に残念だわ」

「彩乃さん……！」

知った女の姿を見つけて、安堵《あんど》したのだろう。少女が目付きを和らげた。

「お久しぶりです。父のことは――仕方ないんです。仕事一筋の人だったから」

溜息《ためいき》を吐《つ》くように言う。赤く充血した瞳が痛々しい。

父の死を愁えるような、どこか思い詰めたその表情の前ではどんな慰めの言葉も無意味なように思われた。彩乃も、少女に何を言ったものかと悩んでいるのだろう。場には気まずい静寂が降りる。

そんな居心地の悪い沈黙の中、和泉はいつ用件を切り出そうかと考えていた。

「あの――お嬢さん」

そう呼びかけたのは、少女の口から名を聞いていなかったからだ。

瞬間、少女はハッとしたように顔を上げた。不審な瞳が和泉を見つめる。

「それより、この人は？」

「え？」

少女の問いに、彩乃はきょとんと目を瞬かせた。

「あなた、先生のお弟子さんじゃないんですか？」

いいえ、と硬い声で答えたのは真弥だった。

何者だとでも問いたげな二人の視線が、和泉を見つめる。

――勝手に勘違いしておいて、不審者扱いとはまた随分な。

和泉は軽く眉間《みけん》に皺を寄せながら、首を振った。

「違いますよ。俺は杠葉さんの弟子だなんて言った覚えはありません」

「だって、否定もしなかったでしょう？」

「あなたが一人で喋り続けていたから、口を挟めなかっただけです」

煩わしげに答える。敢《あ》えて口を挟もうとしなかった――と言うのが正しいが、正直にそれを告げてしまえば余計に彼女を怒らせてしまうような気もした。尤もその子供じみた物言いも、彩乃を怒らせるに十分ではあったようだが。

「じゃあ、あなたは誰？　どうしてここへ来たの？」

むっとした声が訊いてくる。詰問に、和泉の唇からは溜息が零《こぼ》れた。

「高坂和泉。杠葉さんに送って頂く予定だった絵を、取りに来ました」

簡潔に答える。彩乃にまで目的を明かす義理はなかったが、しかし少女が警戒している以上は素直に応じる必要があった。

「……絵？」

一拍の後に、彩乃がきょとんと目を瞬かせた。真弥はまだ怪訝《けげん》な顔をしている。

──写真ではなく？

と考えているのだろう。確かに、杠葉敦は写真家だった。

「写真ではなく、絵です」

和泉はもう一度、念を押すように言った。そのまま続ける。

「こちらからは代わりの風景画を一枚送っています。伝票の控えもあるので確認していただければ──」

「いいえ」

容赦なく遮ったのは、少女の硬い声だった。和泉が否定の理由を訊き返すより早く、

「その必要はありません。父の遺品は、誰にも譲りません」

そう、きっぱりと拒絶する。

「全部処分するつもりですから。残したくないんです。何も」

「ちょっと待ってくれ！　処分するって？　あの絵も？」

「帰ってください。彩乃さんには申し訳ないですけど、お焼香も結構です！」

激しい音に鼓膜がびりびりと震えた。目の前でドアが閉じられたのだと気付いたときには、少女の姿は固く閉ざされた木板の向こうへ消えている。

和泉は閉じられたドアを茫然《ぼうぜん》と見つめた。

――あの少女は何を怒っていたのだろう？

礼を欠いたつもりはない。敦を失った彼女らを気遣ったからこそ、書面での催促を控えてわざわざ山中へ足を運んだのである。

面倒なことになったとは思っていたが、この事態は想定外だった。困惑に固まっていた和泉は、しばらくしてハッと我に返った。ドアを閉める瞬間に少女が放った一言を思い出したのだ。

少女は何て言った？

「処分する？」

すべて処分するつもりだと言わなかっただろうか？

和泉は愕然《がくぜん》とした。確かにそう言った、と口の中で自答する。

「処分するって、嘘だろう!?　ちょっと、お嬢さん！　俺の話を聞いてください！」

慌てて何度も呼び鈴を押すが、ドアの向こうに気配はない。大声を上げる和泉を止めたのは、それまで啞然《あぜん》と事の成り行きを見守っていた彩乃だった。猶《なお》も呼び鈴を押そうとした手が、横から摑《つか》まれる。「落ち着いてください」と諫《いさ》めてくるその声は厳しい。

「な、何をするんですか。放してください。俺の用事はまだ──」

「真弥ちゃんの気持ちも考えて！　お父さんを亡くしたばかりなのよ。気持ちの整理をするには、時間もいるわ。自分の用事ばかりを押しつけないであげて」

鬼の形相に、和泉はたじろいだ。

「……すみませんでした」

短く謝って、くるりと踵《きびす》を返す。彼女の言葉は、忌々《いまいま》しいほどに正論だった。

熱を振り払うように、頭を振る。

──ひとまず、冷静にならなければ。

別荘から足早に遠退きながら、和泉は苦く呟《つぶや》いた。疲労や不快な気分などは、既に頭の中から消し飛んでいた。どうやって真弥を説得しようか──思案しつつ、来た道を引き返す。後ろから追いかけてくる音は、意図的に意識の外へ追い出すようにしていた。

「あの、どこへ行くつもりですか？　帰らないの？」

叱咤《しった》した気まずさがあったのだろう。

バス停も近くなったところで、後をついてきていた彩乃がようやく声をかけてきた。

「帰る？　まさか。帰るわけがないでしょう」

和泉はぞっとしながら言い返す。

「まだ絵を貰《もら》ってないんですよ」

「でも、真弥ちゃんは譲るつもりはないって――」

「それでも、です。さっきも言いましたが、俺の方からは杠葉さんに約束の絵を送っています。彼の所持していた絵を譲り受ける権利はあるし、譲ってもらえないのなら先に送った絵は返してもらわないと。あの様子では、両方とも処分されてしまいかねない」

言って、和泉はすぐにしまったと唇を噛《か》んだ。流石《さすが》にこの言い方は良くない。「すみません」と、もう一度――苦々しげに謝れば、彩乃は聞かなかったふりをしたようだった。

「どうして高坂さんの方から先に絵を送ることになったんですか？」

声音を和らげて話題を変える。その声に、和泉はようやく苛立《いらだ》ちを収めると自嘲《じちょう》気味に笑った。

「……絵の交換に快く応じてくれた彼に、せめて誠意だけは示そうと思ったんですよ。ほら、こういった申し出をする中には、詐欺をはたらくような輩《やから》もいるでしょう？

その点、こちらが先にものを送ってしまえば余計な心配をさせなくて済みますから」

今回に限って言えば、そんな風に気を回したのが良くなかった。過去の自分を恨みながら、呻《うめ》くように答える。背後では彩乃がまだ喋《しゃべ》り続けている。

「そうだったんですか。じゃあ、真弥ちゃんにも分かってもらわないといけませんね」

同情を含んだ言葉に、和泉は無意識に頷《うなず》いた。尤《もっと》も、彼女に言われるまでもなく最初からそのつもりではあったが――

「勿論《もちろん》――分かってもらえるまで説得するつもりです。じゃないと俺は帰れない」

「でも、それまでどうするんですか？」

「あそこに泊まります」

和泉が指で示した先には寂れた民宿があった。

――民宿「とおのや」

苔《こけ》の生えた看板に、平仮名でそう記されている。

玄関を潜《くぐ》る和泉の後ろには、何故か彩乃の姿もあった。

「……何であなたまでここにいるんですか？」

振り返って、問いかける。ようやく一人きりになれると安堵《あんど》していただけに、和泉は酷《ひど》く困惑した。その困惑は、露骨に顔に出ていたのだろう。彩乃は憤慨したようだった。

「私も、真弥ちゃんたちに用事があるんです」

「そうですか」

特に興味もなく言い返して、人の姿を探す。彩乃はまだ何か言いたそうにしていたが、こちらに続ける意思がないと分かると、すぐに諦《あきら》めたようだった。

とおのやは想像通りの閑古鳥だった。

「このあたりは観光の名所というわけでもありませんし、麓《ふもと》まで下りなければスーパーやコンビニなんかもない。それでも昔はもう少し賑《にぎ》わっていたんですけど、今では温泉付きコテージなんかがあるキャンプ場の方が人気ですからね。紅葉のシーズン以外は、いつもこんな感じです」

今も馴染《なじ》みの客が一人泊まっているだけで、他に人はいないのだという。

慣れているのだろう。客がいないのを気にした風もなく、従業員はそう説明した。

すぐに夕食の仕度もできるから、と二人はそのまま食堂へ通された。白いクロスを敷いたテーブルに丸いパイプ椅子が並んで、一昔前の大衆食堂を思わせる。和泉は珍しそうに部屋の中を眺め回して、最後に窓際へと視線を投じた。大きな窓に面した席に、女の姿がある。従業員が言っていた馴染みの客とは彼女のことか。髪の長い細身の女だ。歳は、同じくらいだろうか。シンプルな黒のシャツにジーンズ――洒落《しゃれ》っ気はないが、身動きは取りやすそうだった。女は憂鬱《ゆううつ》そうな目を窓の外へ向けていたが、こちらの足音に気付くと首を廻《めぐ》らせた。

「あら、お客さん？」

他に客が来るとは思っていなかったのだろう。切れ長の目が大きくなる。

「カップルかしら？」

「違いますよ。彼女とは偶然同じバスに乗ってきただけです」

微笑する女にあっさりと否定して、和泉は少し離れた位置へ腰を下ろした。鼻腔《びこう》を突く、華やかな酒の香りに顔を背ける。他にすることもなかったのか――ならば何故こんな場所に逗留《とうりゅう》しているのか、女は一人で果実酒を呷《あお》っていたようである。

彩乃は女の正面に座った。意外に気を遣うタイプらしい。愛嬌《あいきょう》のある顔へ笑みを貼り付けて、彼女にこれまでの経緯《いきさつ》を説明している。

「私も彼も、杠葉先生のお宅に用事があったんです。ご存知ですか？　杠葉敦先生。先日亡くなられたんですけど、近くに彼の別荘があって――」

「勿論、知っているわ」

女は大きく頷いた。特別な感慨を含んだ声だ。一方的に知っている、という響きではない。少なくとも、敦と知人――以上の親しい関係にあったのだろうと思わせた。

その声色が気にかかって、和泉はちらっと女を窺《うかが》い見た。

――故人へ想いを馳《は》せているのだろうか？

彼女は視線をぼんやりと彷徨《さまよ》わせていたが、

「同業者だったのね」

やがて再び彩乃に視線を向けて、ぽつりと零《こぼ》した。その目は彩乃の肩にかかるカメラバッグを見ていた。同業者――ということは彼女も写真家なのだろう。女は頷く彩乃から視線を外した。どこかぼうっとした目が、今度は和泉を捉《とら》える。

「君も？」

「いいえ」

和泉は間髪いれずに否定する。素っ気ない返事が気に入らなかったのか、女の顔に不満が生じた。それを見て、彩乃が慌てて付け加える。

「彼は杠葉先生と絵の取引をする予定だったらしいんです」

「へえ。写真じゃなくて、絵の取引？　先生が絵に関心を持っていたなんて初耳だわ」

「そうですか」

和泉としてはそう答える他ない。死んだ写真家のことは、よく知らないのだ。ネイチャーフォトには興味がないし、彼の関心事などそれこそどうでもよいことだった。

女はこちらの様子などお構いなしに、更に身を乗り出して訊《き》いてくる。

「君、先生とはどういった関係なの？　写真家ではないと言っていたけれど」

「どういった関係でもないですよ。俺が蒐集《しゅうしゅう》している絵の一枚を、杠葉さんが持っていた。そして交渉の結果、俺の所持していた絵の一枚と交換しようということになった——ただ、それだけの話なんです」

「絵を集めているの？　自分でも絵を描くのかしら？」

「いえ、俺は蒐集専門で——」

「へえ。美術品を集めているの？」

「そうですね。美術品も、集めます」

「も？」

きりがない。答えれば答えるだけ、問いが増えていく。しまいには言葉を選ぶのも面倒になって、和泉は投げ遣《な》《や》りに答えた。

「普段は遺品を中心に集めているので」

「遺品⁉　遺品って、あの遺品？」

驚いたような声を上げたのは、彩乃だ。そうした反応は、予想していたことでもあった。面白味がない、と和泉は小さく鼻を鳴らした。

「他にどの遺品があるって言うんですか？」

訊き返す。彩乃は困ったように言葉を濁した。

「だってほら。遺品って、ねえ？」

「不謹慎ですか？　気味が悪いですか？」

そう思われることも、慣れていないわけではなかったが――

（おかしな話だ）

和泉は唇の端を歪《ゆが》めた。

「遺品蒐集家と言っても勿論、故人のものを手当たり次第に掻《か》き集めているわけではないんです。遺品にだって善し悪しがある。そこに刻まれた持ち主の想いと生き様に、価値が生じるわけです。物はそれらの要素を得ることで、ただの物質から特別な意味を持つものへと変化します。意味を持つことは、名を得ることと同義だ。個を得ると言ってもいい。著名人の遺品なんかが珍重されるのを考えてもらえば分かりやすいと思います。有名な人物の生き方というのは、鮮烈であることが多い。さまざまなエピソードが語り継がれ、物はしばしば脇役として話の中に登場する。つまり、本人と面識がなくても物を通じて故人の人生を垣間見《かいまみ》ることができる――遺品を集めるという行為は、他人の人生を集めて保存することなんです」

「ううん、そういうもの？」

首を傾げる彩乃に代わって、意外にも女が同意した。

「そうね。君の言うこと、分かるわ。死んでも残り続ける物、生前に死者がとても大切にしていたものには特別な想いや魂の一部が隠されているような気がするもの」

「ええ。まあ、あなたの言う通りです。遺品には生前には誰も知ることのなかった、故人の秘密も眠っている。例えば——」

和泉は大きく頷《うなず》くと視線を彩乃に向け、

「え、私？」

ではなく、彼女の肩から下がっているカメラケースを指さす。

「あなたの使っているカメラ。どんなに注意して取り扱っているつもりでも、長年使っていればどうしたって汚れるし傷も付く。あなたの死後にそれを手に取った人物は、残された傷から誰も気付くことのなかったあなたの癖を知るかもしれない」

故人の秘密を共有するばかりではない。物には時に、所有者自身でさえ気付いていなかった〝無意識〟が刻まれていることもある。

説明した後で、ほうっと感嘆の吐息を零す。女たちは、何か奇妙なものでも見るような顔になっていた。気付いて、和泉は唇を引き結んだ。その沈黙と視線にも、覚えがあった。

(俺が遺品について語った後には、大抵の人間が同じような顔をする……)

まったく失礼なことだと思いながら、テーブルの上の湯飲みへ手を伸ばす。備えつけられた急須《きゅうす》から茶を入れ、一口。口に含んで飲み下す。そのタイミングを見計らったように、女が「でも――」と言葉を続けた。

「今、君が欲しがっているのは遺品じゃないわ」

探るような目だ。

「ええ、そうです」

あっさりと肯定する和泉に、女は続ける。

「杠葉先生の遺品でも、写真でもなく、まったく関係のない絵。どんな絵なの？　風景画？」

「いえ――」

風景画ではないが。

――やけに細かく訊くものだ。

何がそんなに気になるというのか、二人はじっと目を向けてくる。その居心地の悪さに耐えかねて、和泉は渋々口を開いた。

「比良原倫行《ひらはらともゆき》作〈死者の行進〉――ご存知ですか？」

「比良原倫行？」

彩乃は「知りません」と首を横に振った。

「それが君の欲しがっている絵を描いた人なの？」

と訊く女も、初めて耳にする名だという風に首を傾げている。

二人の反応は尤《もっと》もだ。頷きながら、和泉は続けた。

比良原倫行とは、明治の終わりから大正を経て、昭和の始まりまでと三時代を生きた画家の名だ。変革の時代を越えてきた彼だが、享年は四十五と意外に短命である。

生涯を通じて手がけた作品は、代表作〈死者の行進〉三十四枚のみ。評価をされないながらも淡々と自らの世界を描き続けていたようだが、最後の一枚を完成させた後に、「生きる目的を失った」と遺書を残し自死している。

そんな彼の作品である〈死者の行進〉――

これは、ハンス・ホルバインの木版画〈巧妙に構想され、優雅に描かれた死の像と物語〉、一般的には〈死の舞踏〉と呼ばれる作品をモチーフにしている。

十四世紀の中頃。ヨーロッパ中に死が蔓延《まんえん》していた。

ペストの流行である。

この病に罹《かか》った者は、皮下出血によって皮膚が黒く見えることから黒死病とも呼ばれた。これにより、当時のヨーロッパでは人口の三分の一ほどが死亡したとされている。生きている人々が次々と死体に変わっていくのである。多いときには日に何千という人が命を落としている。

そんな死と隣り合わせの日常の中、人は恐怖に戦《おのの》く一方で死を身近な存在として捉《とら》えるようになった。神話や伝承の中でも、死はしばしば中心的なテーマとされている。しかし現実における死は、それらに表現されるより遥《はる》かに醜い。

こうして人々は「自らを襲う死」を知った。その流れから出現したのがダンス・マカーブル——死の舞踏である。

舞踏によって、生者と死者が出会う。身分や職業など問題にはならない。どれだけの地位と名誉を得て、財産を蓄えても。死に手を取られれば、誰もが踊らずにはいられないのだ。そうして死の舞踏は一つの警句を生み出した。

「メメント・モリ」

——死を想え。

死は何ものにも勝るのだ。生きている限り、人は必ず死ぬ。死への備えを忘れてはならない、と。

死の舞踏は南フランス、オーヴェルニュのラ・シェーズ・デュー修道院教会内部と、パリの聖イノサン教会墓地回廊に壁画として表された。これらが死の舞踏を表現した造形芸術の中では最古のものと言われている。以来このテーマはマカーブルという一つの芸術ジャンルとして扱われてきた。

ホルバインの〈死の舞踏〉も、こうした死と隣り合わせの時代に生まれた。

ホルバイン版は、天地創造から始まり最後の審判まで全四十一シーンで一つの作品とされている。しかし比良原は、ここからできうる限り宗教色を取り除いた。始まりと終わり――すなわち楽園追放と最後の審判に関するシーンを削り、死に誘《いざな》われる三十四人の人間のみを描いたのである。アダムとエヴァや原罪、楽園追放といった日本人に馴染《なじ》みの薄い世界観を切り捨ててしまった。比良原の〈死者の行進〉にはプロローグと結びがない。

モチーフを明らかにしなければ、これは然《さ》したる問題ではなかったのかもしれない。――人間が死すべきものとなった原因は、アダムとエヴァの原罪にある。

そう表現することが、中世における死の舞踏の伝統だった。ホルバインも忠実に守ったその伝統を、しかし比良原は損なってしまった。この点を、当時の批評家たちは批判した。

そんな比良原の〈死者の行進〉だが――

異国の人々が強く死を意識した時代。ホルバインを始めとした芸術家たちによって死は擬人化され、各階層の人々は記号化された。比良原は、その死と人々をより写実的に描いたのだった。

ホルバインの〈死の舞踏〉がそうであるように、比良原の三十四点も一連の作品と見なされている。にもかかわらず〈死者の行進〉は、どこからともなく始まり終わりも定かではない、ただ忌まわしい「死」のみが画布から滲《にじ》み出る。見る者に不安を与える怪作である。

緻密《ちみつ》に描かれた三十四人の人間はどれも美しい。生を塗り込められている。対照的に、その手を引く死は目を背けたくなるほどに醜悪であった。栄光を手にした人も、青春の盛りにある人も、ささやかな幸福の最中《さなか》にいる人も、醜い死から逃れる術《すべ》はない。

その中の一枚〈幼児と死〉という作品を所有していたのが、杠葉敦だったのだ。

和泉は難しい顔をしている二人に、興奮気味に説明する。

「三十四点の中でも〈幼児と死〉は異色なんですよ。貧しい農民一家の住む小さな小屋から美童を連れ出す死――と言うと無慈悲なようにも聞こえますが、幼子の手を取る死の顔は驚くほどに優しい。他では常にサルドニックな笑みを浮かべている死が、世の中のことをほとんど知らない子供にだけは優しさを見せているんです。人間でさえ浮かべていない慈父のような表情を、擬人化された死だけが持っている。これは、比良原の人間観を考える上でも興味深いことだ」

比良原倫行の作品はほとんどその名を知られていない。本人についても不明なことが多い。妻と子はいたようだが、死の芸術に魅入られた比良原に失望して家を出たと言われている。

〈死者の行進〉については、十数年前まではとある芸術家がそのすべてを所持していた。しかし彼《か》の人は何を想ったのか、唐突に一連の作品を売却してしまったのだった。以来、比良原を評価する一部の芸術家と好事家、そして彼の曾孫《ひまご》だけが散逸した作品を探している。言うまでもなく、和泉も好事家のうちの一人である。

——それも、かなり熱狂的な。

和泉は胸中で付け加える。比良原の作品を最初に目にしたのは、まだほんの幼い頃だった。場所は父のアトリエだ。そこにはマカーブルをテーマとした様々な美術品が飾られていた。骨で作られた八腕のシャンデリアや戴冠《たいかん》した骸骨《がいこつ》——の、レプリカ。ホルバインと同じく〈死の舞踏〉をテーマとした絵画。他にはファンタスティック・リアリズムと呼ばれるジャンルの絵画や造形物などもあった。その中でも、比良原の絵は一際異彩を放っていたのだ。

「本来なら相反するはずの美醜が、奇妙に調和した作品です。彼の作品は伝統を踏まえていないばかりでなく、人物の造形も現代的だ。なのに、不思議と中世に作られた死の舞踏を踏襲しているようにも見える。それは何故か——分からない。知りたいから、俺は彼の絵を集めているんです」

普段は口数の少ない和泉だが、趣味の話となると異様に饒舌《じょうぜつ》となった。血の気の薄い顔がほんのりと紅潮する。そのさまを二人の女は呆気《あっけ》にとられた顔で見つめていたが、

「でも、その絵をどうして先生が持っていたのかしら？」

やがて彩乃が気を取り直したように、そう訊《き》いた。

「さあ。数年前に、知人から譲り受けたのだと言っていましたが」

「で、君は先生に何の絵を送ったの？」

「風景画ですよ」

素っ気なく答えて口を噤《つぐ》む。彼女たちの問いには終わりがない。意図的に会話を終わらせなければ、延々と喋《しゃべ》らされてしまいそうだった。自分のことばかり話すのは和泉の好むところではないし、他人のことばかり訊きたがる人間は無遠慮な感じがして好きにはなれない。——と、神経質そうに眉間《みけん》へ皺《しわ》を寄せて、熱心に聞いている女へ視線を投げ返す。

「俺の事情はこれだけ話せば十分でしょう。それで、あなたは？」

「え？」

唐突に問い返された女の顔へ当惑が浮かぶ。

「あなたが気になるのは、絵か？　それとも杠葉さんか？　と訊いているんです」

——勿論《もちろん》、女の興味の対象が絵ではないことは知っていたが。

皮肉っぽく問い返せば「高坂さん！」と彩乃が咎《とが》める視線を向けてきた。和泉は肩を竦《すく》める。

「名前も知らない人間を質問攻めにすることだって、十分失礼じゃないですか」

と面白くなさそうに唇を尖《とが》らせれば、女はようやく不機嫌の理由に気付いたようだった。

「あ。ごめんなさい。そういえば自己紹介もまだだったわね」

お酒が回っているのかしら、気がつかなくて。と、女は取り繕うように言った。ほんのりと色付いた目元に微笑みを浮かべて、

「私は松原茜《まつばらあかね》。最初に言ったと思うけど、これでも写真家の端くれなの。杠葉先生には最後までお世話になっていたから、気になってしまって」

「最後までお世話になっていたということは、あなたが先生ご自慢のお弟子さんだったんですか」

「そんなに大層なものではなかったわ。でも、私は先生から写真の技術や心得なんかを教えて頂いた。本当に尊敬していたのよ」

否定しつつ、満更《まんざら》でもないのだろう。細められた瞳《ひとみ》には自負心が溢《あふ》れていた。緩めた唇で続けようとした茜は、しかしそこで一度言葉を切った。目を食堂の入り口へ向ける——

視線を追うようにして振り返れば「お待たせしてしまってすみません」と従業員が盆を手に入ってくるのが見えた。それぞれ、軽く会釈をして口を噤む。客の想定をし

ていなかったからか、それとも安宿であるからか、盆の上には質素な料理が並んでいる。白米に味噌《みそ》汁と焼き魚、小鉢に煮豆とおひたしが盛りつけられた和食だ。

従業員の姿が完全に見えなくなってから、茜は再び口を開いた。

「私、一年ほど前から先生の別荘でお世話になっていたのよ。彼に師事したのは、二年前でね。先生はその少し前にここの別荘を買ったの。最初の一年は必要な時だけ足を運んでいたのだけれど、先生は写真に対してはとても熱意のある人だったから。作品作りのために、別荘に逗留《とうりゅう》させてもらうことの方が多くなってしまって」

「それで、一緒に？」

「ええ。部屋を借りる代わりに、家事を手伝わせてもらったりして。一人暮らしが長かったから、先生のところでの生活は楽しかったわ」

私はね、と茜は憂い顔で付け足した。悩ましげに目を伏せて、嘆息する。

「先生も私のことを大事にしてくれていたわ。諒太郎君からも嫌われてはいなかったと思う。良い弟子、良い家族であるように努めたもの。私だって、先生や子供たちのことが好きだったから。でも、真弥ちゃんは……他人である私が身内のような顔をしているのが許せなかったんでしょうね」

敦の生前から、真弥との仲は思わしくなかったようだ。

姉が居候を嫌悪していることに気付くと、諒太郎も何となく余所余所《よそよそ》しくなった。

た。それがまた、子供たちにとっては父親を取られたようで面白くなかったのだろう
姉弟《きょうだい》が遠ざかれば、ますます師からは嫌われないようにと必死にならざるを得なかっ

——と、茜。目に、そんな自分を哀れむような悲しみの色を浮かべて続ける。

「結局、私は二人と打ち解けることができなかったの。だから先生が亡くなった後はすぐに別荘を追い出されてしまった。よっぽど嫌われていたらしくて、葬儀にすら出席させてもらえなかった。でも、仕方ないわよね。誰よりも近くにいたのに、先生の不調に気付かなかったんだもの。弟子が聞いて呆《あき》れるわ」

健気《けなげ》に苦笑を作ってはみせたものの、その声色はどことなく寂しそうにも聞こえた。

「そうなんですか」と、彩乃が深刻な相槌《あいづち》を打っている。和泉は珍しそうにおひたしをつつきながら、二人の話を聞いていた。

「松原さんは、どうしてここに残っているんですか？」

彩乃の問いは続く。

「……どうしてなのかしらね」

茜はそこで初めて、思案するような素振りを見せた。

問われるまで、理由など考えたことがなかったのかもしれない。まるで初めから残るという選択肢しか存在していなかったかのような、不思議そうな顔をしていた。それからぼんやりと口を開き、

「真弥ちゃんと諒太郎君の様子が気がかりだから、かしら。真弥ちゃんね、大人不信なのよ。お母さまが亡くなって以来、そちら側の親戚《しんせき》とは疎遠らしくて。先生も写真家の道を志した時に散々反対されたものだから、身内の方とは仲が悪いの。有名になってから掌《てのひら》を返したように連絡をしてくるようになったと言って嫌っていたわ」

ぎこちなく言った。

「それで、真弥ちゃんも……」

彩乃は話に聞き入っている。答える茜の声には、もう戸惑いは含まれていなかった。

「そう。先生の葬儀もほとんど一人でやってしまった——と言っても、本当に小さな家族葬だったし、葬儀社のスタッフさんが親身に相談に乗ってくれていたようなのだけれど。そうして親戚の手も借りずに葬儀を済ませてしまったものだから、他のことも自分一人でできると思ってしまったみたいなのね」

——まだ中学生なのに。

嘆く茜の目が、窓の外を向いた。和泉たちが食堂へ足を踏み入れたときに、そうしていたように。杠葉敦とその子供たちに想いを馳《は》せているのかもしれない。

茜は続ける。

「それならせめて、先生の作品を購入させて欲しいとも頼んだわ。私は先生の作品から学びたいことがまだまだあるし、あの子たちにとっても悪い話じゃないと思ったの。

でも……」

「真弥ちゃんは、先生の持ち物を――作品を含めて、すべて処分する気でいるんですよね」

彩乃の問いに、深い溜息《ためいき》が肯定する。

重苦しい空気だ。話に加わらずに、副菜の品定めをしていた和泉の手も思わず止まった。

「あの……」

躊躇《ためら》いがちに口を開いたのは、やはり彩乃だった。

「遺品を全部処分するなんて真弥ちゃんと先生の間に、何かあったんですか？」

「分からないわ。元々二人の仲はそれほど良くなかったようだから」

茜は曖昧《あいまい》に答えると、もう十分でしょうとでも言うように口を噤んだ。

沈黙が続く。

咀嚼《そしゃく》と食器の奏でる音だけが響く。最初に席を立ったのは茜だった。彼女は食べ終えた食器を重ねると、最初に見た時と同じ憂鬱《ゆううつ》な目で「それじゃあ、私は部屋へ戻るわね」と食堂を後にしたのだった。

茜の姿が消えた後で、和泉はやれやれと息を吐き出した。彼女らの話から得た情報は多い。が、如何《いかん》せん女性の話は長すぎる。会話の中に含まれる感情も過剰だ。聞いているこちらまで気疲れしてしまう、と小さく伸びをしてテーブルの上の膳《ぜん》を眺める。

食事は半分ほど残っているが、どうにも食欲が湧かない――というより、苦手なものが多い。焼き魚は骨が綺麗《きれい》に取れないし、煮豆は甘すぎる。おひたしは――青菜は、あまり好きではないのだ。それでも白米と味噌汁だけは片付けて部屋へ戻ろうとしたときに、

「ねえ、高坂さん。少しお話を聞かせてもらってもいいですか？」

と、彩乃が呼び止めた。

声は暗い。茜に真弥と敦の関係を訊《たず》ねたあたりから、彼女は沈み込んでいるようだった。

「俺に？　何の話を聞きたいって言うんです？」

内心の困惑を隠しながら、和泉は問い返した。

敦と親交を結んでいたわけでもない自分に、彩乃は何を問おうというのだろう。

予想のできない問いかけに、和泉はほんの少しだけ興味を覚えた。くるりと踵《きびす》を返して、再びパイプ椅子を引く。先《さっ》きよりもほんの少しだけ近い場所へ腰掛けると、彼女は安堵《あんど》したように息を吐き出した。

「良かった。興味ないって、行っちゃうんじゃないかと思っていました」

呟《つぶや》く彩乃を、和泉は意外に思った。

――存外に人を見ている。

(目の前のものしか見ていないんじゃないかと思っていたのに)

そう思ってしまった自分の方が、彼女に無関心すぎたのだろう。彩乃の言う通り、他人に対して淡白な自覚はある。故意に冷たくしているというわけではないのだが。生きている人間と関わり合っている余裕がない。と、いうのが正しいのかもしれない。頭の中は、常に別のものへの興味で満たされている。遺品や美術品を通じて死を想う。過去の人々に思いを馳せることで、自分の知らない世界を覗《のぞ》き見る。それらは他人と分かち合うことの難しい感覚だ。

自覚するがゆえに、和泉は一人で過ごすことを好んだ。幼い頃から、ずっとそうしてきたのだ。今では、他人をどうやって気にかければいいのか分からない。気の利いた会話などできるはずもないし、人の面白くもない話を聞くのも苦痛だ。知らず知らずのうちに、聞き流している。

「……あなたが俺に何を問うのか、気になったので」

和泉は苦い顔で呟いた。「そう」と彩乃は少しだけ口元を緩める。

「高坂さん、遺品蒐集《しゅうしゅう》家って言っていましたよね」

「言いましたけど」

「これまでにも亡くなった方の遺族と接したことは？」

「はい。勿論《もちろん》」

――彼女が何を訊《き》きたいのか、分かってきた。

「じゃあ……真弥ちゃんのように、遺族が故人の遺品をすべて処分したいと言うケースは――」

多いんですか？　と訊こうとしたのだろう。

けれど、彩乃はその問いを最後まで声にすることなく唇を引き結んだ。

「多くはないけど、少なくもない。まあ、有り得ないことではないといったところです」

言葉尻《ことばじり》を引き取って、和泉は淡々と答える。

「どうして？」

悲しそうな瞳《ひとみ》が和泉を見つめた。

彼女は円満な家庭に育ったのだろう。そんな彩乃のことを、和泉は純粋に幸せな人間だと思った。世の中にはそうでない人間も多い。望まれない死もあれば、望まれる死もある。故人のすべてが平等に悼まれるわけではないのだ。

「例えば――妻が死んだ後にその浮気を知ってしまったり、夫の暴力に耐えかねていたりと夫婦間だけでも様々な事情や形があります。あと、単純に残された側が喪《うしな》った辛《つら》さに耐えかねて処分を頼む場合もある――と思います。俺の専門は蒐集であって遺品の整理ではないから、詳しいところは分かりませんけど」

「…………」

「血が繋《つな》がっているからこそ、すべてを処分してしまわなければ気が済まないこともあるんでしょう。赤の他人なら別れて終わり。十年も経てばすっかり忘れてしまいますが、身内だとそうはいかない」

「でも――」

「引っかかる、と？」

「高坂さんの言うことを否定するわけじゃないんです。確かに、世の中にはいろいろな形の家族が存在するんだろうとも思います。だけど、私は先生と真弥ちゃんの仲が良かった頃を知っている。遺品を処分しようと思うほど、元から仲が良くなかったなんて話は信じられないんです」

　彩乃は続ける。思い出すうちに止まらなくなってしまったのだろう。

「専門学校へ通っていた頃に杠葉先生に教えてもらったことがある、とは言いましたよね？　松原さんの言う通り、先生はとても熱心な人でした。やる気や才能のある生徒が好きで、休日なんかに指導をしてくれることもあったんです」

　そんな彼女の感情の吐露を、和泉は黙って聞いていた。

「そんな時、たまに真弥ちゃんを連れてくることがあって……。当時は七歳とか、八歳だったかな。マスコットみたいな感じで、クラスのみんなからも可愛がられていました。諒太郎君も生まれたばかりで本当に幸せそうな家族だったのに」

過去を見つめる目には、懐かしむような色がある。

「……でも、あなたの知らない数年間で何かがあったのかもしれない」

和泉は無意識に、ぽつりと呟いた。

「それまでの関係がすべて壊れてしまうような何かが？」

会話で現実へと戻ってきた彩乃の目が、じっと見つめてくる。

「でも、仮に高坂さんの言うように私の知らない数年——六年間で何かがあったのだとしても、先生はもう亡くなってしまっているのに、それでもなお恨んだり必死に存在をなかったことにしようとしたり……それって辛いことだと思いませんか？」

「辛いこと？」

和泉はきょとんとして彩乃の顔を見つめ返した。言葉の意味を考えるように、何度か瞬《まばた》きをする。

——そうなのだろうか。残された人間は、辛いのだろうか。

確かに彼女の言う通りなのかもしれない。少し考えた末に、和泉は素直に納得した。

人は忘れる生き物である。時期が来れば、感情も記憶も自然に風化していく。だが、意図して忘れようとすることは、自然ではない。

「過去に幸せだったことがある。少なくとも、杠葉先生と真弥ちゃん、諒太郎君には幸せだった時期があるんです。なのに、楽しかったことも全部忘れて恨まなければならないなんて、どちらも可哀想じゃないですか。松原さんも言っていた通り真弥ちゃんはまだ中学生だし、諒太郎君なんて六歳でしょう？　頼みにする親を亡くして、周りの大人を疑いながら二人で生きていくなんて――」

――私だったら、耐えられない。

彩乃はぽつりと呟いた。和泉はそんな彼女から視線を外して独りごつ。

(可哀想、と思うのか。彼女は。ほんの少し親しくしていたことがあっただけの他人に？)

分からない。彩乃との会話は、分からないことばかりだ。

「だからってどうしようって言うんです？　あなたは」

途方に暮れながら、和泉は訊ねる。しかし返ってきたのは予想もしない言葉だった。

「あなた、じゃなくて国香彩乃」

「はい？」

それは、知っている。杠葉敦の別荘へ行く道で、頼んでもいないのに自己紹介を始めたのは彼女だ。怪訝《けげん》な顔をする和泉に、彩乃は「はい？　じゃなくて」と眉尻《まゆじり》を吊《つ》り上げた。

「さっきからずっと思っていたんです！　松原さんは自己紹介が遅かったから仕方がないけれど、私は言いましたよね、名前？　それなのに高坂さんってば、ずっと〝あなた〟って」

「はあ」

人差し指をピンと立てて詰め寄る姿は、まるで教師か母親だ。もしかしたら彼女は年上なのかもしれない――と、和泉は頭の片隅でぼんやりと思った。

「国香彩乃。二十六歳。駆け出しの写真家」

名前で呼べ、という意味らしい。ようやく理解して、和泉は溜息《ためいき》を吐き出した。

「……高坂和泉。二十五歳。いわゆるフリーターってやつです」

「遺品蒐集家なんじゃないの？」

年下だと分かったからだろうか。彩乃の口調がくだけたものになる。そんな彼女に、和泉はますます困惑する。聞いた限りでは、彩乃には遺品や奇怪な芸術を愛《め》でる趣味はない。和泉も写真に関しては詳しくない。彼女とは、何一つ話の合う要素が見当たらない。偶然出会い、偶然同じ宿に泊まることになっただけの、ただの他人だ。

――なのに、どうして距離を縮める必要があるだろう。

その微妙な距離感に首のあたりが痒《かゆ》くなる。「やっぱり、この人は苦手なタイプだ」と口の中で呟《つぶや》いて、

「遺品蒐集は趣味ですよ。とはいえ、同じような趣味を持つ方々の間ではそれなりに名前が知られているので、売買や交換の仲介を依頼されることもありますけど」

早口で答える。

「ふうん」

彩乃は小首を傾げながらも、分かったように頷《うなず》いてみせた。

――大分話題が逸《そ》れてしまったな。

気付いて、和泉は話を戻した。

「で、さっきの質問ですけど。結局のところどうしたいんですか？　あな――国香さんは」

「真弥ちゃんたちと先生に、仲直りして欲しいの」

「杠葉さん、亡くなっていますよ」

「でも不可能だと決まったわけじゃないわ。どうして真弥ちゃんが先生の遺品を処分しようとしているのか――私たちは、その理由さえ聞いていないもの。できるかできないかは、手を尽くしてから語るものよ」

彩乃の声がきっぱりと答えた。

「ねえ、一緒に頑張ってみない？　和泉君にとっても悪い話じゃないでしょ？」

誘う瞳は優しい。いつの間にか、呼び方が〝高坂さん〟から〝和泉君〟に変わっていることに戸惑いを覚えて、和泉は彼女から目を背けた。

——大体「一緒に頑張ってみない？」って何だ。子供でもあるまいし。

何故か、わけもなく反発したい気分だった。口の中で毒づきながら、

「確かに、杠葉さんのお嬢さんから警戒されている俺にとっては願ってもない話です。でも、それって国香さんに何かメリットあります？　正直、俺と行動することはあなたにとってデメリットしかないと思うんですけど」

素直な疑問を口にすれば、彩乃は「あのねぇ」と眉間《みけん》のあたりを指で押さえた。

「これも、ずっと思っていたんだけど」

「何でしょう」

「和泉君って、人付き合いが苦手なタイプ？」

図星だった。和泉は「うっ」と言葉を詰まらせる。

「苦手というか、あまり気にしたことがないというか」

もごもごと言い訳をしたが、彩乃は聞いていないようだった。

「袖《そで》振り合うも多生の縁。三人寄れば文殊の知恵って言うでしょう！」

「どちらも違う意味の諺《ことわざ》ですが」

「ええと、つまりは人との出会いは大事にした方が良いってこと！　昔の先生と家族を知っている私、ここ一年先生たちと暮らしてきた松原さん。そして、絵の取引をす

る予定だっただけの完全な第三者である和泉君。杠葉先生と子供たちの関係がどう変化していったのかを考えるには丁度良いわ。私と松原さんの話が矛盾して、それぞれの感情からどうしても意見を譲れなくなってしまっても、杠葉先生のことを何も知らないあなたなら客観的に判断してくれる……と、私は思ったりするんだけど。和泉君、ものすごく冷静だし」

と、捲《まく》し立てる。

つい先ほどまで沈んでいた人間の言葉とは思えない。彩乃の切り替えの早さに、和泉は内心舌を巻いた。厄介な人間と関わり合いになってしまった——と後悔したが遅かった。和泉は押しに弱い。押しに弱いというか、彩乃のような人間をどうやってあしらえば良いのかが、分からない。

「あの……」

「なあに?」

「ずっと思っていたんですけど」

切り出せば、彩乃が不満げに唇を尖《とが》らせた。

「ちょっと、私の真似しないでよ」

「言わせてください。国香さんって、強引だって言われるでしょう?」

こちらも図星だったらしい。反論できずにじとりと睨《にら》んでくる彼女に、つい口が緩くなる。

「そして、お節介ですよね。あと、俺が客観的に判断できるとか、出会って間もないのによく言えますよね。あまり他人を信用しない方がいいですよ」

「……そういう和泉君はネガティブよね。暗いわよ」

——本当に、遠慮という言葉を知らない人だ。

和泉はむっとして頰のあたりを引き攣《つ》らせた。

「俺は、ネガティブじゃなくて慎重なんです。暗いんじゃなくて、思慮深いんです」

辛うじて言い返せば、彩乃は愉快そうに笑った。

＊＊＊

陽が沈む。空の高い位置で輝いていた太陽が、ゆっくりと山の端へ傾いていく。

夕日はたっぷりと赤さを増して、湖面を鮮やかに染め上げていた。湖には古くなった桟橋が架けられている。その上には水面を覗《のぞ》き込む人影があった。何を見ているのか？

水中では青々とした水草が育ち、表面に向かって伸びている。複雑に絡み合う上には、一枚の写真が浮かんでいた。桟橋に佇《たたず》む人が浮かべたのだろう。何を思ってそうしたのか、そして今また何を思っているのか——その人は惑うように手を伸ばしては、空《くう》を摑《つか》むことを繰り返していた。

印画紙は水を含んでいく。ゆっくり、ゆっくりと。

どれだけそうしていたのだろうか。写真が水の中へ消えた頃には、夕日はすっかり沈んでいた。あれほど赤かった空も薄闇に包まれている。湖面はいっそう暗い。夜の訪れを、空に教えているようでもある。人影は、湖へ向けていた手をようやく下ろした。

ぎし、と不快な音が空気を軋《きし》ませた。

桟橋の上の人が踵《きびす》を返したのだ。赤々とした夕日を背負い影になっていた彼《か》の人は、今は夜に包まれて、その姿を闇に溶かしつつあった。ぎしっ、ぎしっと音は続く。その足取りは重い。


諒太郎は、書斎でアルバムを眺めていた。

少年は父の書斎が好きだった。世の中のありとあらゆる一瞬の表情が、切り取られ、この部屋に収められている。行ったことのない場所、出会ったことのない人と生き物、見たことのないもの。敦が生きていたとき、諒太郎はそれらの写真を見せては「これはどこ？」「だれ？」「なに？」と訊《たず》ねたものだった。

問いの答えは、写されたものの名ばかりではない。そこには常に思い出が伴われている。

――この写真を撮ったとき、こういうことがあった。

そんな話を聞いているうちに不思議と父のことを知った気になった。記憶に乏しい母のことも、自分の知らない姉の一面も、写真を通じて教えてもらった。印画紙に封じられた思い出を語ってくれた父はもういないが、その記憶はアルバムを見るたびにぼんやりと蘇《よみがえ》った。諒太郎にとっては大切な記憶だった。

姉の真弥は相変わらず「てつづき」に追われている。何の手続きなのかは分からない。手伝うのはもっぱら、父の葬儀を手伝ってくれた葬儀社のスタッフと市役所の職員だった。諒太郎は、何となく彼らのことが好きになれない。人見知りなところがあるのも理由の一つだが、何より彼らは怖かった。にっこりと笑っているのに、まるで無表情のように見えるのだ。何故かは、分からないが。

もっと不思議なのは、そんな彼らを真弥が信用していることだった。身近な大人は疑うくせに、見ず知らずの大人には頼ろうとする姉の気持ちが分からなかった。理由を訊《き》けば、

「あの人たちは、相談に乗るのが仕事なの。それでお給料を貰《もら》っているんだから、悪

いことなんかしないよ。心配しなくても大丈夫」

と、言った。姉が言うのなら間違いないのだろうが、諒太郎はそれでも見知った顔の方が良いと思う。

「茜お姉ちゃんや、おじいちゃんたちには助けてもらえないの？」

敦の弟子や親戚《しんせき》の名を出すと、真弥は目に見えて不機嫌になった。

「諒太郎は何も分からないんだから、お姉ちゃんの言うことを聞いていればいいの」

姉の苛立《いらだ》った言葉を聞くと、諒太郎はそれ以上何も言えなくなってしまうのだ。貝のように口を噤《つぐ》んで黙っていなければいけないような気がした。寂しい、悲しい、不安だ——呑《の》み込んだはずの言葉は、いつの間にか家の中に溶け出しているようだった。閉塞《へいそく》感と、重苦しい空気は日に日に増すばかりで、反比例するように姉弟《きょうだい》の会話は少なくなった。

少年は、その幼さに似合わない溜息《ためいき》を吐き出した。

アルバムを繰る手が止まる。台紙の上に、ぽとりと涙が零《こぼ》れ落ちた。姉は父の持ち物をすべて処分する気でいる。敦の弟子や、知らない大人の何人かが「先生の作品を買い取りたい」と訪ねてきたが、真弥はすべて断っているようだった。

きっと写真は燃やされてしまうのだろう。この部屋にあるものも今見ているものも、すべて。

そんなことを考えていたら、どうしようもなく辛《つら》くなった。アルバムを閉じて棚へ戻す。そうして、諒太郎は不意に違和感を覚えた。

――足りない。

一冊足りない。アルバムを戻して猶《なお》、棚には一冊と少しの隙間があった。以前は指一本がようやく入るだけしか空いていなかったはずだ。諒太郎はあたりを見回した。

もしかしたら、自分が片付け忘れたのかもしれないと思ったのだ。それ以外の理由があるとは思いたくなかった。

床の上にはない。

椅子に乗って、机の上を捜してもない。

他の棚にもないし、引き出しの中にもない。その上、見当たらないのはアルバム一冊だけではなかった。父の使っていたカメラやレンズ、額やフォトスタンドに入れて飾ってあったはずの家族写真も数点なくなっていた。

――どうして気付かなかったのだろう。

父と自分たちとを繋《つな》いでいた写真が、部屋から消えている。残っているのは風景写真ばかりだ。まるで思い出を奪われているようだった。誰が？　何のために持ち去っているのだろう？

耳の奥に、あの日聞いた息遣いが蘇った。目蓋《まぶた》の裏がちかちかと瞬く。

「パパだ……！」

諒太郎はハッとしたように呟《つぶや》いた。怖いような、愛《いと》おしいような不思議な感覚に、体は戸惑っている。書斎から逃げ出すこともできずに立ち竦《すく》んでいると、呼び鈴がなった。二回、三回。真弥は電話中なのか、出る様子がない。

――「お客さんが来たらお姉ちゃんが出るから、玄関のドアは絶対に開けちゃ駄目。いい？」

そう言い含められていたことも忘れ、玄関へ走る。

誰でもいい。助けて欲しい。大人に、助けてもらいたかった。

諒太郎が勢い好《よ》くドアを開けると、訪問者は少しだけ驚いた顔をした。

男女の二人組だ。呼び鈴を押したのは男の方なのだろう。手袋をはめた手は、まだ人差し指を突き出した形で空にあった。

諒太郎は男の顔を見上げた。その顔には見覚えがある。昨日「こうさかいずみ」と名乗った人だった。彼は少し心配になるほど、血の気の薄い顔をしている。

「こんにちは、諒太郎君」

温度の低い声が名を呼んだ。見下ろす黒の瞳《ひとみ》は確かに自分を――一人の子供を映している。けれど、その目がまるでどこか別の世界を映しているように見えるのは何故だろう。やや気後れしながらも、諒太郎が挨拶を返そうとしたときだった。

「諒太郎君、久しぶりね」

そう言って前へ出てきたのは、真弥が「あやのさん」と呼んでいた女ではなかった。開かれたドアの陰に隠れてしまっていたらしい、その人物に気付いた諒太郎は目を大きくした。

「茜お姉ちゃん！」

驚いて名を呼べば、茜は控えめに微笑んだ。

「何しに来たの？」

問う声を潜めたのは、真弥に聞きつけられはしないかと心配になったからだった。

「話を聞きに来たの」

「話？」

「先生が亡くなった後の――今の、二人の話。何か困っていることはない？」

茜は柔らかな声で問うた。どうしてそんなことを訊くのだろうと、諒太郎は怪訝《けげん》な目で三人の顔を見回した。心配そうな顔をしている彩乃、優しげに微笑んでいる茜、そんな女二人を持て余しているようである和泉――表情はそれぞれ異なるが、根底には幼い自分に対する慈しみが見て取れた。

――この人たちは、自分と姉のことを心配してくれている。

真弥の言うような悪い大人ばかりではない。そんな風に思うと、諒太郎の肩からは自然に力が抜けていった。何より、よく知った茜と姉とも顔見知りであるらしい彩乃の存在が、諒太郎を安堵《あんど》させた。無愛想な顔をして突っ立っている男はともかく――女二人は、葬儀社や役所の職員のように怖くない。固く閉じていた唇が、無意識に開いた。吐息とともに、言葉が零れる。

「パパが……」

少年は話し始めた。

「パパが死んだあと、おばあちゃんが電話をくれたの。お姉ちゃんはパパのお葬式を〝かぞくそう〟にしたから。おばあちゃんはすごく驚いていたけど、ぼくたちのことを大きくなるまで預かってくれるって言ってるんだ。でも、お姉ちゃんは嫌だって」

拙《つたな》い説明を、三人は無言で聞いている。諒太郎は更に続ける。

「今はお仕事で来てくれている人たちと、いろんなお話をしてるみたい。二人だけで生活をしたいから、パパが持っていたものを全部捨てて、前の家に戻るんだって。ここより学校も近いし」

「そのための手続きはどうするの？」

「自分でやるって言ってた。お葬式もできたから、大丈夫。絶対にそうするって」

祖母や他の親戚には頼まない――と半ばムキになったように言っていたから、そのつもりなのだろう。尤《もっと》も、諒太郎にはそれらの実現は難しいことのように思えた。葬儀社のスタッフや役所の職員は何度も足を運んでくれているが、困り果てているようにも見えた。毒づく姉を思い出しながら、諒太郎は暗い顔で俯《うつむ》いた。問う声も答える声も途切れて沈黙が降りる。三人の大人はそれぞれ思案顔で、何を言うべきか迷っている風でもある。

そんな静寂を破ったのは、荒々しい足音だった。

「あれほど出ちゃ駄目って言ったのに！」

後ろから聞こえてきたヒステリックな声に、諒太郎はびくりと肩を震わせた。

真弥だ。

咄嗟《とっさ》に顔を上げれば、ぎくりと強張《こわば》る茜の顔が見えた。その瞬間に、真弥と茜の視線は交わっていたのだろう。背後で足音がぴたりと止まった。諒太郎には、ぎしりと空気の軋《きし》む音が聞こえた――気がした。

「何しに来たのよ」

不機嫌な声が問う。

「その、あなたたちのことが心配で。この二人と一緒なら、話を聞いてもらえるんじゃないかって」

茜の声が気遣うが、真弥はそれすら気に入らないようだった。

「あなたに心配されることなんてない！　私だけで大丈夫だから帰ってよ！」

癇癪《かんしゃく》を起こしたように叫んで諒太郎の手をぐいと引き、玄関の内へと引き込む。そんな姉の顔を、諒太郎は悲しげな瞳で見上げた。吊《つ》り上がった眉《まゆ》、血走った目、目の下を縁取るくま――まるで別人のようだ。諒太郎は両手で耳を塞《ふさ》ぎたくなった。

――ああ。母の代わりをしてくれていた、優しい姉はどこへ行ってしまったのだろう。

そんな弟の思いを余所《よそ》に、真弥は癇声で喚《わめ》き続けている。

「帰って！　あなたなんて大嫌い！　お父さんも、信じられない。みんな嫌い！」

「真弥ちゃん、そんなことを言わないで。みんな心配しているの」

「心配してくれなんて頼んでない！　あなたに心配されたくなんかない！」

叫んだ直後、真弥の体からはふっと力が抜けた。姉の体が崩れ落ちる様子を、諒太郎は目を丸くして見つめていた。


十五分ほど経った頃、真弥は静かに目を覚ました。

姉を二階の寝室まで運んだのは、彩乃だ。諒太郎が、そう頼んだのだ。和泉に姉を運ばせるのは不安だった。子供の目から見ても細いその腕が、人や大きな荷物を運ぶさまは想像しにくいものがある。和泉本人も、非力だという自覚があるのだろう。

「俺が運びますよ」とは言わなかった。近くに茜の姿はない。

あの瞬間——唐突すぎて何が起こったのか、諒太郎には分からなかった。そんな姉を慌てて支えたのは茜だった。けれど彼女は抱えた真弥の体を、すぐ隣にいた彩乃の腕へ押しつけた。

「真弥ちゃんの目が覚めたときに、私が居ない方がいいでしょう？」

問いに答えられない彩乃の代わりに、無言で顎《あご》を引いたのは和泉だった。正直すぎる肯定に、茜は苦笑しながら、道を引き返していった。茫然《ぼうぜん》とする諒太郎は、彼女を引き留めることができなかった。今は、一人でも馴れた人に傍に居て欲しいのに。

——どうしよう。

真弥を託された彩乃は焦って家の中へ入ってしまった。どうすれば良いのか分からずに、諒太郎は玄関で立ち尽くしていた。姉のことは心配だが、体が動かない。バクバクと脈打つ心臓の音が耳を塞ぎ、目の奥はカッと熱くなって、手足は感覚を失ってしまったようだった。

「……行こう、諒太郎君」

頭上から声が聞こえた。

ようやくのことで首だけ廻《めぐ》らせれば、隣には和泉の体があった。

「寝室の場所、国香さんは知らないだろうし。君のお姉さんのことも心配だから」

促されてようやく、諒太郎は動きを取り戻したのだった。

「彩乃さん？」

真弥の目は、ぼんやりと彩乃を見つめている。まだ夢を見ているような瞳だった。

「真弥ちゃん、大丈夫？」

「はい。でも――」

どうして、と問おうとして意識を失う直前のことを思い出したのだろう。真弥は急に上体を起こした。激しく首を振ってあたりを見回す――その目は茜の姿を探していた。

「真弥ちゃん、落ち着いて」

興奮に上下する真弥の肩を、彩乃がベッドへ押し戻す。

「ねえ、何があったの？　どうしてそんなに松原さんのことを嫌うの？」

「…………」

「どうして先生の遺品をすべて処分してしまおうと思ったのか――理由を教えてくれない？　私は……松原さんもそう言っていたけど、真弥ちゃんと諒太郎君の力になりたいの。子供二人で生活していくって、真弥ちゃんが思うよりずっと大変なことだから」

「お姉ちゃん……」

諒太郎ははらはらとしながら布団《ふとん》の端を握っていた。

──姉はどう答えるだろう？

彩乃の真摯《しんし》な瞳《ひとみ》を、真弥は正面からじっと見つめている。ややあって、深く息を吸い込むと「彩乃さんになら……」そう、ぽつりと零《こぼ》した。強がってはいるものの、自分でも限界を感じていたのかもしれない。

ほっと胸を撫《な》で下ろした彩乃を見て、真弥の表情が僅《わず》かに和らぐ。

「父と、あの人は──」

あの人とは松原茜のことなのだろう。

言いかけて、真弥はふっと諒太郎の存在を思い出したようだった。躊躇《ためら》うような視線に気付いた諒太郎は、ベッドの縁から体を離すと咄嗟に和泉の服を摑《つか》んだ。

「お兄ちゃん、ちょっと来て」

姉は彩乃に何かを話そうとしている。初めて、他人に胸の内を打ち明けようとしている。

──でも、それは自分がいては話せないような内容なのだ。

明確にそうと察したわけではないが、直感がこの場から離れるべきだと告げていた。じっとりと汗ばむ手で、近くにあった和泉の服の裾《すそ》を強く握る。上の方からは小さな溜息《ためいき》が聞こえた。

「分かったよ。行こうか、諒太郎君」

和泉は素っ気なく言った。

無造作に差し出された和泉の手を、諒太郎はまじまじと見つめた。手袋の上からでも分かるほどに薄くて、ほっそりとしている。まるで女性のようだ。躊躇いながらもその手に触れれば、和泉は少しだけ困ったような顔をした。指先が、諒太郎の手を柔らかく握り返す。

――子供には慣れていないのかもしれない。

力を込めることを怖れているような手付きだった。

「うん」

後ろを気にしながら頷《うなず》く。

部屋を出て、しばらく。和泉は何かを思案していたようだったが、やがてふと思い出したように、

「杠葉さんの――君のお父さんの作品を見せてくれないか？」

と訊《き》いてきた。

「いいよ」

――姉に知られたら、また怒られるだろう。

そう分かっていながら即答してしまったのは、諒太郎も丁度〝書斎のお化け〟のことを思い出していたからだった。

和泉の手を掴んだまま、細い階段を下りる。リビングのドアを通り過ぎた隣が、敦の書斎だ。「ここ」短く言って、諒太郎は彼の体を前に押しだした。その場所にお化けが出たことなど知らない和泉は、何を躊躇うこともなく部屋の中に入っていった。

「……少し、不自然だな」

壁を見回して、呟《つぶや》く。彼の独り言に、諒太郎の心臓が跳ね上がった。

「お兄ちゃん、この部屋がおかしいって分かるの？」

後ろから問いかければ、和泉は視線だけで振り返った。

「分かるよ」

抑揚を欠いた声が、自信ありげに頷く。感情の読みにくい瞳はすぐに諒太郎から離れて、あたりをぐるりと見回した。壁に掛かった風景写真の一つ一つに視線を留めながら、和泉が続ける。

「壁に掛けられていた写真が、何枚か外されている。ほら、写真の掛けられていた部分だけ色が綺麗《きれい》だろう？　それに棚にある日記やアルバムの並びも、妙だ。ところどころ抜けているように見えるけど、どこかに置きっぱなしにされた様子もない」

棚から抜き取られたアルバムを探しているのだろう。再びあたりを彷徨《さまよ》った彼の視線が、机の上に釘付《くぎづ》けになった。そこには、写真ではなく小さなキャンバスが裏返しにされていた。諒太郎は不思議に思いながら、和泉の腕を引いた。

「あの……」

「何？」

キャンバスから名残惜しそうに離れた目が、諒太郎を見下ろす。

ガラスのような瞳だ。交わっているはずの視線を感じない。見つめても、スッと奥へ通り抜けてしまうような、そんな不安を感じさせる瞳だった。

「お兄ちゃん、お化けって信じる？」

恐る恐る問いかける。

部屋の異変に気付いた彼なら、真弥さえ知らないあの話を聞いてくれるかもしれない。諒太郎の胸には、微《かす》かな期待があった。あの夜のことを思い出すと、今でも心臓が大きく飛び跳ねる。お化けは怖い。お化けになってしまった父は何も語りかけてはくれないし、自分たちのことなどそっちのけで写真だけを持って行く。

――「お父さんは、私たちのことなんて何とも思っていなかったのよ」

そんな、真弥の言葉を肯定するように。

「お化け？　お化けって、あの夜中に出る？　幽霊？」

和泉は怪訝《けげん》な顔をした。

「うん」

「君は、見たの？」

「見た」

大きく頷く。頷いた後で諒太郎は声を潜め、

「夜にパパが帰ってきて、写真を持って行ってるんだ」

と、姉には明かすことのできなかった秘密を囁《ささや》いた。

「杠葉さんが？」

何か思うところがあったのか、和泉がぴくりと眉《まゆ》をはね上げた。

「うん。パパ、きっと寂しいんだ。お姉ちゃんはパパの写真も、この家も全部捨てちゃうって言ってるから――」

彩乃が下りてくるまで、和泉は黙って話を聞いていた。感情の分かりにくい顔で、じっと何かを考えているようでもあった。そんな様子の彼を見て、諒太郎は安堵《あんど》した。こうして誰かに話を聞いてもらえたのは、父が死んでから初めてのことだった。二人が帰るとき、また姉と二人きりの夜を過ごさなければならない不安に腕を掴むと、和泉はやはり戸惑うように諒太郎の手を解《ほど》いた。空になった手が、寂しい。

「また来てくれる？」

俯《うつむ》きながら――それでも縋《すが》るように問えば、和泉は長い沈黙の後に、ハァと重たげ

な溜息を吐き出した。

「……まだ用事は済んでいないから」

また来る、という意味なのだろうか。答える言葉は、相変わらず素っ気ない。

——けれど、その響きが少しだけ柔らかいように感じたのは気のせいだろうか？

この人なら何とかしてくれるかもしれない。そんなことを思いながら、諒太郎は二人の背を見送った。根拠のない希望だが、強い予感があった。

＊＊＊

さて、どうしたものか。

杠葉邸からの帰りである。和泉は今朝のことを、ぼんやりと思い出していた。

真弥に会いに行こう、と提案したのは彩乃だった。彼女はどうしても、茜から聞かされた話を信じられなかったようだ。真弥に直接、経緯《いきさつ》を聞きたいと——そう言い張ったのだった。

父の持ち物をあらためることすら嫌がる娘から、何を聞き出せるというのか。

和泉はそう思ったが、結局のところ彩乃の提案に賛同するしかなかった。行き当たりばったりのような、或《あ》いは相手が折れるまで根気強くねばるような。そんな行動は和泉の好むところではなかったが、いかんせん他に交渉できる相手がいない以上はどうにもしようがない。

（それにしても、松原さんを連れて行ったのは無計画だったな）

胸の内で、呟く。

同行を申し出たのは茜の方だったが、思えばそれも不審だった。彼女がどうやってこちらの計画を知ったのか——彩乃が教えたわけでもなさそうだったから、どこかで聞き耳を立てていたということになるのだろうが。

（自分一人だと、門前払いされてしまうことを知っていたから……なんだろうな）

そこに気付かなかったというのは、まったく我ながら呑気《のんき》という他ない。

和泉は軽く唇を噛《か》んだ。彼女は夕べ、その口で真弥との仲の微妙さを語っていたではないか。少女の拒絶が予想以上だった——というのは、言い訳でしかない。

（その拒絶の理由だって、実際のところはよく分からない）

他人だから。そう茜は言ったが、真弥の様子を見るにそれだけが理由であるとは思えなかった。歩きながら、和泉は思考を続ける。

やはり、敦の生前に三人の間で何かがあったと考えるべきなのだろう。

もしくは彼の死後、所持品の中から真弥を傷付けるような何かが発見された——

（そのあたりのことが分からないと絵には辿《たど》り着けない、か……）

酷《ひど》く面倒な事態に巻き込まれてしまっている。あらためてその事実に気付いて、和泉は憂鬱《ゆううつ》な溜息《ためいき》を零《こぼ》した。譲り受けるはずだった絵を取りにきた、きっかけはそんな些細《ささい》なことだった。他人の家庭問題に巻き込まれるような要素など、どこにもなかった。それを、どう間違えてしまったのか。何もかもを半端にしたまま急逝した写真家のことが、酷く恨めしかった。

（まったく）

和泉が密《ひそ》かにぼやいていると、隣を歩いていた彩乃が不意に足を止めた。

「松原さん！」

そんな彼女の声に、和泉も顔を上げる。彩乃の視線を追うと、遊歩道の柵《さく》に女が一人腰掛けているのが見えた。松原茜だ。別れてからずっとそうしていたのか、顔は寒さに青ざめている。

茜は暗い瞳で自分の爪先を眺めていたが、こちらの声に気付くと視線を上げた。

「おかえり。真弥ちゃんの様子はどう？」

少女を気遣う声に無理があるとも思えない、が……

（どうなんだろう）

和泉はどこか冷めた心地で、女の表情を窺《うかが》った。彩乃が、彼女に答える。

「私たちが出てくるときには落ち着いていましたよ。寝不足もあったんじゃないかと。

その、いろいろ悩んでいたようですから……」

丁寧な言葉の中には、戸惑いがあった。そんな彩乃の様子に、何か察するものがあったのだろう。

「真弥ちゃんから聞いたの？」

茜は少しだけ顔を歪《ゆが》めて、何をとは言わずにそう訊《き》いた。

「ええ。聞きました。一応」

曖昧《あいまい》に頷《うなず》く彩乃を見た女の唇が、いっそういびつに歪んだ。相貌《そうぼう》を彩るのは、寂しさを含んだ自嘲《じちょう》だった。その顔はほんの少しだけ、憤っているようにも見える。会話の意味が分からない和泉は、黙って二人を観察していた。

「真弥ちゃんの気持ちが分からないわけじゃないのよ。ううん。むしろ、私はいつだって真弥ちゃんのことを気遣っていたわ。我慢だってしていた。子供の前ではいい父親でいたいって、先生だって言っていたから」

いつもは媚態《びたい》を浮かべているようにも見えるその顔を、赤く染めながら捲《まく》し立てる。まるで、癇癪《かんしゃく》を起こした子供のようだ。一方の彩乃は、そんな茜に酷く気後れしているようだった。

「茜さん、でも……」

「私の気持ちを分かってくれなかったのは、真弥ちゃんの方よ。私だって、先生のことが好きだった。あの子たちと仲良くしたかった！」

一方的に叫んで、茜はわっと泣き出した。

号泣する茜を宥《なだ》めながら、やっとのことで宿まで帰って――

和泉はうんざりと溜息を吐き出した。他人に気を遣うことなど滅多《めった》にしないせいか、こめかみのあたりが鈍く痛んだ。それでも部屋へ戻らずに食堂で彩乃と顔を突き合わせているのは、訊かなければならないことがあるからだった。

茜は部屋に閉じこもってしまって、いない。

「……さっきの話、俺にはよく分からなかったんですけど」

テーブルに頬杖《ほおづえ》をつきながら、話を促す。

「結局、真弥さんが松原さんを嫌う理由って何なんですか？」

――松原さんが杠葉さんのことを慕っているらしいことだけは、理解できましたけど。

皮肉っぽく言って、窓の外に視線を投じる。

和泉は最初にこの場所で見た、茜の顔を思い出していた。敬慕以上の感情をたっぷりと含んだ女の顔と、先の台詞《せりふ》を照らし合わせてみる。茜はきっと、杠葉敦のことを好いていたのだろう。師としてではなく、一人の異性として。

視線を戻す。彩乃は珍しく口ごもっている。

「つまり先生にとっても、松原さんはただの弟子じゃなかったってこと」

「随分と遠回しな言い方ですね」

「……話を聞いたばかりで混乱しているの」

ぐったりと言って、髪を掻《か》きむしる。顔には疲労と微《かす》かな困惑の色があった。

「先生はね、松原さんとのことを真弥ちゃんたちには隠そうとしていたらしいの。でも、真弥ちゃんは気付いていた。お母さんのことを忘れて、他の人に気持ちを移してしまうなんて酷いと言っていたわ。それと——先生は黙って亡くなった奥さんの遺品を処分してしまったみたい。真弥ちゃんはそのことを恨んでもいた。お母さんとの大切な思い出を捨ててしまった先生のこと、許せなかったのね。だから、その仕返しをしようって言うんだわ」

「遺品を処分してしまったことはともかく——松原さんと付き合っていたのは、悪いことだとは思いませんけどね。不倫ではないんでしょう?」

和泉は怪訝《けげん》に思いながら問い返す。即座に返ってきたのは「そういう問題じゃないでしょ」と、いう台詞と重い溜息だ。

「そりゃあ、恋愛なんて個人の自由だけどね。先生には真弥ちゃんと諒太郎君がいるのよ」

「子供がいたら、恋人を作っちゃ駄目なんですか？」

「じゃなくて、子供の気持ちを考えるのが親の義務ってこと。奥さんが亡くなってから、まだ三年しか経っていないんだから。小さい諒太郎君はどうか分からないけど、真弥ちゃんは自分のお母さんのことをよく覚えているはずでしょう？　それでも松原さんのことを好きだったのなら、理解してもらえるように努力をすべきだったのよ。関係を隠すんじゃなくて。挙げ句、奥さんの遺品まで片付けてしまうなんて、真弥ちゃんが怒るのは当然だわ」

形の良い唇からは、再び憂鬱な溜息が零れる。

和泉はそんな彩乃を眺めながらそういうものかと呟《つぶや》いた。奔放な両親を持つ和泉には、少し分からない感覚である。母親は昔から男遊びが激しかったし、父親にも恋人はいた。それでいて二人はまだ夫婦関係にある。別居をしてはいるものの、仲が悪いというわけでもない。単純に生活リズムが違うという、ただそれだけの理由で別々に暮らす彼らを――和泉は一つの夫婦の形として認めている。

「そういうもの、だと思うわ。少なくとも私はそう思ってる。私の知る限りでは、先生もそんなタイプじゃなかったはずなんだけど……」

真弥と茜の様子を見て、自信がなくなってしまったのだろう。

敦への信頼が揺らぐ一方で、彩乃はそんな自分にも失望しているようだった。

「こんなはずじゃ、なかったのにな」

嘆くように呟いて、カメラバッグの中からフォトケースを取り出す。家族写真だ。

「学生の頃に勉強の一環で撮ったものよ。公園でポートレートの練習をしていたら、先生の奥さんが差し入れを持って来てくれてね。諒太郎君を乗せたベビーカーの傍で、真弥ちゃんが『お姉さんになったの！』って得意気に胸を張っていたのを覚えてる」

覗《のぞ》き込む和泉にそう言って、彩乃は目を細めた。学生の頃を懐かしんでいるのかもしれない。

そこに映るのは、身なりの良い中年の男だ。隣には儚《はかな》げな女が佇《たたず》んでいる。夫婦はそれぞれの腕に一人ずつ、子供を抱いていた。父親の胸に縋《すが》り付く幼女が真弥で、母親の腕の中で眠る赤ん坊が諒太郎なのだろう。

ありきたりな構図だが、悪い写真ではない――写真からは家族の幸福が滲《にじ》んでいた。

「もしかして、これが国香さんの目的ですか？」

「…………」

「昔撮った写真を、わざわざ届けに来た？」

彩乃は小さく頷いた。

――ならば、何故。

「国香さんが悩む理由、俺には分からないんですけど。この写真、ちゃんと観、ました？」

和泉は困惑した。けれど見返してくる彩乃の顔は、もっと怪訝だった。

「何が言いたいの？」

私が撮ったんだから、見たに決まってるじゃない——と。そんな彩乃の問いかけに、和泉は視線を写真に向けたまま答えた。

「俺は正直に言うと、国香さんや松原さん、真弥さんの語る杠葉敦という人をあまり信用していなかったんですよ。いや、これは杠葉さんに限らずなんですけど」

「どういうこと？」

彩乃が不可解そうに訊いてくる。

「人が語る故人というのは、信頼できないってことです。強い感情と過去への未練が、勝手な故人像を造る。記憶に残った部分だけが誇張されている、と言った方が分かりやすいかな」

「例えば？」

「国香さんと松原さんなら、亡き師への思慕から思い出まで美化する。反対に、真弥さんの場合は一つの不信から杠葉さんのすべてを信じられなくなってしまっている」

「………」

「果たしてそこに本当の〝杠葉敦〟が存在するのか？」

和泉は大仰に両手を広げ、芝居がかった調子で言った。

「違う、かもしれない。分からない」

「ほら。そうやって何も知らない俺に少し指摘されただけで、揺らいでしまう」

「…………」

彩乃は悔しそうに俯《うつむ》いた。まるで虐《いじ》めているみたいだ、と思いながらも和泉は先を続ける。

「だけど〝もの〟はありのままであるからこそ揺らぐこともない。国香さんの写真も同じです。いくらあなたが不安に思ったところで、真弥さんが杠葉さんを憎んでみたところで、ここに写された過去が覆ることはない。俺の目に映るのも、あなたが言った通りの仲睦《むつ》まじい家族の姿だ」

息を吸って、続ける。

「この写真を撮った日から五年？　六年？　途中で奥さんは亡くなったようですが、彼は子育てを放棄した様子もない。諒太郎君はいまだに杠葉さんのことを慕っているし、真弥さんの怒りだって彼を慕っていればこそだ。それに……」

和泉は一度言葉を切った。諒太郎とともに足を運んだ書斎の空気は、まだ体に纏《まと》わり付いている。子供たちは、父の作品が飾られたあの部屋を好んでいただろう。勿論《もちろん》、真弥も。

何故なら――

「風景写真ばかりが飾られていた彼の部屋で、俺はそれと同じ雰囲気を持った写真を観ましたから」

彩乃の手の中にある、家族写真を指さす。

敦は、亡き妻との思い出をすべて消し去ってしまったわけではない。彼の撮った風景写真には、家族で訪れた記憶と密《ひそ》やかな思いが封じ込められていた。尤《もっと》も――和泉がそうと確信したのは、今こうして彩乃の写真を見たからこそだが。

「和泉君の話、よく分からないわ」

混乱しているのだろう。彩乃は小さな声で、理解できないと呟いた。

「でしょうね。国香さんは人の言葉ばかりを気にして、目の前にあるものを観ていませんから。分かろうとしなければ、分かるはずがないんです。俺だって、あなたのことはよく分からない」

素っ気なく言って、和泉はひょいと肩を竦《すく》めた。目の前にあるものを信じる。目に見えるもので判じる。簡単なことだ。

――何故彼女にはそれができないのだろう？

首を傾げる。難しいことを言ったつもりはない。というのに、彩乃は考え込んでしまっている。価値観や思考方法が違うのだろう。

「じゃあ——」

彩乃はおずおずと口を開いた。

「真弥ちゃんと松原さんのことは？」

揺れる瞳《ひとみ》が問う。

「勘違い、もしくは虚構が含まれているんだと思います」

「そう決めつけてしまうのも乱暴だと思うんだけど」

「何故です？」

「二人とも先生のことをよく知っているから」

言って、彩乃はさっと目を伏せた。

——知っているとは、イコール理解していることにはならない。

議論するのも面倒になって、和泉は口を噤《つぐ》んだ。

杠葉敦の本当の姿がぶれてしまっていることも不可解だが、気にかかることはもう一つある。

（そういえば、諒太郎君が夜中に杠葉さんの幽霊が出ると言っていたが……）

少年の話を思い出して、和泉は難しい顔をした。

——幽霊なんているはずがない。

と、和泉は思っている。

人は死ねば土に還《かえ》るだけだ。物や思い出を介して人の記憶に残ることを「生きる」と言うのなら、死後人は他人の中でのみ生き続けることができるのだろう。しかし、そこに己は存在しないのだ。

更に言ってしまえば、死後の世界なども有り得ない。人は死んだ後に無が訪れることを怖れる。ゆえに死後の世界を作り上げ、あたかもそちら側で自分という意識が存在し続けるかのように思い込ませるのだ。

——書斎に出た幽霊の正体は、敦ではないだろう。

和泉はそう確信している。

(ただ、書斎の物が消えていることは事実だ)

諒太郎の勘違いではない。これも、確かだ。諒太郎は、意外にものを見ている。

少なくとも——敦に失望し、茜を憎み、大人には頼るまいと意地になっている真弥と比べれば、少年の方が冷静だった。幼子なりに父の死を受け入れ、そして家の中の変化を気にかけている。

(問題は、誰が何のためにあの家に出入りしているかってことだ。それと、日記……)

不自然なところの多かった敦の書斎を思い浮かべるために、和泉は一度目を瞑《つむ》った。

本棚には写真集や雑誌の他に、敦の日記も並べられていた。茶色い革の背表紙に金色で西暦が刻まれた、どこにでも売られているような日記。すべて同じメーカーのもので、十年ほど前から昨年まで欠かさずに付けられているようだった。

（そう、昨年までだ。一冊分——今年から、彼が死ぬまでの間が空白になっている）

そこが、不審だというのだ。

机の上にも、日記らしきものは見つからなかった。他の場所にある、とも考えにくい。Ｂ６判、一年分とはいえ装丁にはそこそこの厚みがある。彼がどのタイミングで書き込んでいたにしろ、この手の日記というのは普通持ち歩くものではない。敢《あ》えて隠していたというなら、見られて困る誰かがいたか、或《ある》いは敦が自分の死を予感していたということになる。

（それより、つけるのをやめてしまったと考える方が自然ではある……かな？　いや、でも十年以上続けていた習慣をある年からすっぱりやめるっていうのも、何があったのかと勘ぐりたくなってしまうな）

疑問は胸に引っかかっている。魚の小骨が喉《のど》につかえてしまったような不快感があった。

真夜中に幼子だけが遭遇する怪異。家族が——たった一人の家族として残された姉が、その異変に気付くことはない。一方で、幼子の恐怖はやがて一つの予感に変わるのだ。父かもしれないと、亡き父への慕情を募らせた幼子は次にどうするだろう？

書斎に現れる怪異の正体を確かめようとする？　姉には言わず、一人で？

ふっと暗がりを探る幼子を想像したとき、和泉には白い手が見えた気がした。手は書斎の隙間から、父を慕う少年を手招きする。その手首を掴《つか》み、こちらへおいでと慈しみに満ちた声で囁《ささや》くのだ。憐《あわ》れみと優しさを伴って――

――まるで〈幼児と死〉のシチュエーションそのものだ。

和泉はほうっと息を吐き出した。俄《にわか》に絵を求める気持ちが強くなった。それと同時に、暗闇の向こうから手招きをする〝死〟の正体を暴きたくもなった。

「もう一度、真弥さんに会いに行きましょう」

和泉は立ち上がった。

「急にどうしたの？」

「最初は真弥さんを説得できればそれで良いと思っていたんですけどね。どうやら俺好みの話になってきたので、知りたくなったんです。生前の杠葉敦という人のことを」

それに、また行くようなことを言ってしまったので――と、小さく付け加える。

「諒太郎君に？　約束をしたの？」

「約束はしていませんけど、期待を持たせてしまったので。自分の言葉には責任を持たないと。蒐集《しゆうしゆう》家ってやつは信用が第一なんです」

「子供、好きなの？」

——好きなわけではない。どちらかと言えば苦手なくらいだ。

顔をにやつかせる彩乃から視線を逸《そ》らし、

「それに、悠長に構えていたら絵が処分されてしまうかもしれませんから。国香さんがまったく頼りにならない以上は自分で何とかしないと、と思うわけです。俺的には」

誤魔化《ごまか》すように毒づく。

「な、何それ⁉ 私のせいなの？ ていうか、照れ隠しにしてももっと可愛い言い方があるんじゃないの？ すっごく可愛くない！」

憤慨したのだろう。彩乃は頬を赤くして、唇を尖《とが》らせた。

「可愛くなくて結構です。俺、男ですので。むしろ国香さんこそ可愛さとか儚《はかな》さを追求した方が良いと思います。例えばあなたがルノワールのイレーヌのようだったら、俺も少しくらいは優しくできるような気がしなくもないですし」

——自分にしては、なかなか気の利いた悪口じゃないか。

滑らかな口調で彩乃を馬鹿にしながら、和泉は唇をニィッと歪《ゆが》める。

「酷《ひど》い！ 今、一息でものすごく酷いこと言った！」

「そうでもないです。それより、出かけるなら早くしないと——」

既に夕刻を過ぎている。赤々とした夕日は沈みかけて、空の高い位置には星が幾つか輝き始めていた。彩乃の瞳が「今から行くの？」と戸惑いがちに問いかけてくる。和泉は、大きく頷《うなず》き返した。夜の方が都合が良い。和泉にとっても、諒太郎の言っていた〝書斎のお化け〟にとっても。

「本物のお化けや死神なら、もう少し気分も盛り上がるんですけどね」

呟《つぶや》いて軽く肩を竦《すく》める。退屈そうな言葉とは裏腹に、口元には微《かす》かな笑みがあった。

＊＊＊

小さな物音が聞こえた、気がした。

――和泉お兄ちゃんは、どういうつもりだったんだろう。

ベッドから体を起こした少年は、部屋の中を見回して第一にそう思った。

いつの間にか眠ってしまったらしい。時計の針は、十二時過ぎを指している。ベッドに運んでくれたのは、姉だろうか。隣を見れば、真弥はいつものように掛け布団にくるまって眠っていた。それは、昨日までとまったく変わらない光景だった。

（助けてくれると思ったのにな）

和泉の顔を思い浮かべながら、口の中で呟く。

空に月や星が輝き始めた頃、和泉と彩乃は再び別荘を訪ねてきた。

「少し気になることがあるんです。話を聞いてくれませんか？　杠葉さんのことです。これは、君や諒太郎君に関わることでもある」

真剣な面持ちで説く和泉に、真弥は渋々折れたのだ。そうして三人は長い間、どうやら難しい話をしていたようだった。主語が曖昧《あいまい》に濁された話の内容は、諒太郎には分からなかった。多分自分は聞かない方がいいのだろうと、一人でテレビを観ていたところまでは記憶にあるのだが——

二人が明日の朝を待たずに来てくれたのは、幽霊をどうにかするためではないのだろうか？

あたりを見回しても彼らの姿がないことに、諒太郎は少しだけ失望した。

眠っている間に、真弥が追い返してしまったのかもしれない。恨めしさと、どうにもならないもどかしさに、諒太郎は小さく鼻を啜《すす》った。

こんな時に父がいれば、と心の底からそう思う。

真弥のことは大好きだ。けれど、彼女はまだ諒太郎と同じ子供だった。大人を疑い、大人のように振る舞ってはいるが、大人にはなれない。

「パパがいい」

――パパなら絶対に助けてくれる。お姉ちゃんのことも！

そう思った瞬間、諒太郎は敦に会いたくてたまらなくなった。

どうしたら会えるだろう。どうしたら……。

「パパのお化け……！」

叫んで、諒太郎はパッと口を押さえた。反射的に口から飛び出たその言葉は、思いの他大きな声になってしまった。息を殺して、隣で眠る姉の様子を窺《うかが》う。真弥は諒太郎の叫び声に気付いた風もなく、眠り続けている。

――お化けは怖い。けど、そのお化けがパパだったら？

「怖くない」

自問自答。

そうだ。自分はどうして書斎の幽霊を怖れたりしたのだろう。父だと確信していたはずなのに。生きていないことを知っているから？　生きていようが死んでいようが、父が父であることに変わりはない――はずだ。

胸には一抹の不安があったが、大丈夫だと言い聞かせる。書斎へ足を向ければ、やはり薄く開いたドアから明かりが漏れていた。諒太郎は儚い光に誘われて、ドアの前に立った。ドアを掌《てのひら》で押しながら、一センチメートルほどの隙間を広げていく。勢い好《よ》く開けたら、この前のようにいなくなってしまうのではないかと――そんな気がしたからだ。

拳《こぶし》一つ分。二つ分。

開いたところで、諒太郎は手を止めた。

「パパ――」

隙間を覗《のぞ》き込みながら、追慕をたっぷりと含んだ声で呼ぶ――

その瞬間、奥からぬっと伸びてきた手が諒太郎の細い手首を摑んだ。ひんやりと冷えた、白い手だ。爪は、鋭く伸びている。敦の、硬くて皮の厚い手とは似ても似つかない。

期待は一瞬のうちに四散した。後にはとてつもない恐怖と混乱だけが残った。

「お姉ちゃんっ！」

焦った声で姉を呼ぶ。

「お姉ちゃん、ごめんなさい！　お姉ちゃん！　お姉ちゃん！」

――ああ、どうして自分は姉を頼りないと思ってしまったのか。怖いと思ってしまったのか。不満を持ってしまったのか。和泉も助けてはくれなかった。書斎のお化けは父ではなかった。姉は大人を遠ざけたが、代わりに自分のことを一生懸命に守ってくれていたのだ。

姉を呼ぶ。何度も、何度も。

あたりが明るくなったのは、その白い手が諒太郎の口を塞《ふさ》ごうとしたときだった。

数時間前に遡《さかのぼ》る。

杠葉邸を訪れた二人は、諒太郎の寝ている間に帰ってしまったわけではない。いつになく真摯《しんし》に真弥を口説《くど》き落とした和泉は、まず彼女に諒太郎が見た〝書斎のお化け〟について話すことにした。

弟からは何も聞いていなかったらしい。真弥は最初、和泉の話を一蹴《いっしゅう》した。

「お化けなんて、馬鹿馬鹿しい。高坂さんは何を考えているんですか？」

「けれど実際に、書斎からはアルバムや日記なんかが消えているんですよ」

「きっと、諒太郎が見間違えたんです」

「本当にそう思いますか？　自分で確かめてもいないのに？　そう言い切れる？」

重ねて問えば、真弥は渋々「じゃあ、私が確認してきます」と立ち上がった。そうして敦が死んで初めて書斎に足を踏み入れた彼女は、初めて家の中に異変が起きていることを知ったのだ。

真弥が長く異変に気付かなかったのには理由がある。

一つは言うまでもなく敦の書斎をずっと避けていたことだ。そうしてもう一つは、真弥が夜中に目を覚まさなかったことなのだが――実をいえばこちらの方が問題だった。少女の熟睡は、昼間の疲労が原因ではない。

「でも、私は夜中に物音を聞いたことがない」

そんな風に言う真弥を、和泉は訝《いぶか》しんだ。真弥の不健康そうな顔は熟睡という言葉から程遠い。そこで――何か飲んでいるのでは――と思い至ったのだ。

「もしかして、睡眠薬を飲んでいる？」

問えば、少女はあっさりと頷いた。リビングのテーブルに置かれていた薬袋を手にとって、

「はい。貰《もら》ったんです」

「お医者さんに？」

「いえ……」

首を振って否定する。医者に処方されたのではないと彼女は言ったが――和泉は薬袋を眺めて、微かに顔を顰《しか》めた。確かに処方箋《しょほうせん》は見当たらない。けれど、そこに記された薬の種類は市販の睡眠導入剤などとは明らかに異なるようだった。

「誰から？　知り合い？」

和泉の口調が自《おの》ずと厳しいものになる。

「お、女の子に」

真弥は怯《おび》えた様子で、しどろもどろに答えた。

「女の子？」

「そう。父の葬儀のときに、火葬場で出会ったんです。スタッフさんの子供なのかな。年下だったけどしっかりしていて、顔色の悪い私のことを心配してくれて――」

「本当に？　体調が悪いのは、それからなんじゃないかな？」

相手を庇《かば》うような真弥の早口を、和泉は途中で遮った。会話が止み、しんと場が静かになる。真弥は口を噤《つぐ》んだまま、答えようとはしなかった。青い顔の中で、充血した瞳《ひとみ》が潤んでいる。

――不調、なのだろう。

和泉は薬袋ごと、屑籠《くずかご》に放った。少々きつく責め立てすぎたのかもしれない。真弥は「だって、だって」としゃくり上げている。そんな少女の体を抱き締める彩乃が、和泉をじろりと睨《にら》んだ。

（だって、か。それなら、俺だって――）

彼女のためを思ったのだ。と言おうとして止める。言い訳は中学生ならまだしも、だ。

「睡眠薬のことも気になりますけど、まずは先にこのお化け騒ぎを解決しましょう」

彩乃の胸から、真弥が顔を上げる。涙で濡《ぬ》れたその顔からは、まるで憑《つ》き物が落ちたかのように険が抜け落ちていた。少女はずびっと洟《はな》をすすりながら訊《き》き返してくる。

「お化け?」

「幼い子供にしか見えないお化けです」

「じゃあ、諒太郎?」

和泉は大きく頷《うなず》いて、ソファの上で眠ってしまった少年の体を抱き上げた。

「真弥さんもひとまず寝室へ。ここから先は、俺と国香さんに任せてください」


そうして、今——

和泉は諒太郎の背後から手を伸ばして、書斎のドアを大きく開けはなった。板一枚を隔てて向こう側にいた〝お化け〟と対面することになった少年は、彼女の顔を見てぽかんと口を開けてしまった。

「茜お姉ちゃん?」

そう。茜だ。

書斎の中から諒太郎の手首を摑《つか》んでいるのは、お化けではない。松原茜その人だった。

驚いているのだろう。茜は諒太郎の手を摑んだまま——片手には杠葉敦の作品を抱え、逃げようともせずその場に突っ立っていた。

――彩乃さんと和泉君が、ここにいるの？

と問いたいのだろう。口をぱくぱくとさせる女は、まるで陸《おか》に揚げられた魚だった。

「どうしてこんな泥棒みたいな真似を……」

真弥は顔面を蒼白《そうはく》にしている。危ういほどに吊《つ》り上がった瞳が、カッと茜を睨み付けた。

「諒太郎の手を放して」

言うが早いか茜に詰め寄り、弟の手を奪い取る。

「泥棒、ね。確かにこの状況だとそう言われても仕方がないわ。でも、私は敦さんの私物や作品を盗みたかったわけじゃなかった。二人に分かって欲しかったの」

意外にもあっさりと諒太郎の手を放した彼女は、悪びれもせずに言った。

「何それ？　言いたいことが分からない。分かりたくもないわ」

「真弥ちゃんが頑《かたく》なだから、こうするしかなかったのよ。私は敦さんのことも愛していたけれど、真弥ちゃんと諒太郎君のことも同じくらい大事に想っていたわ」

大袈裟《おおげさ》に聞こえるほど抑揚のついた声だ。そこには姉弟《きょうだい》に対する憐《あわ》れみと、自己愛があった。

「私のことを認めてくれないあなたに、腹を立てたこともあった。でも、それでも私は先生が遺《のこ》したあなたたちを助けたかった。敦さんが大切にしていたカメラや作品が消えれば、あなたも大切なものに気付いてくれると思った。ねえ、真弥ちゃん。私は、あなたが後悔してくれたら――先生との思い出を大事にしてくれる気になったのなら、持って行ったものを全部返すつもりだったのよ。家族写真だけはもう手元にはないけれど、あなたたちと私とで新しいものを撮ればいい」

茜は続ける。

「一度諒太郎君に見つかりそうになってしまって、思いついたのよ。敦さんの書斎に入ろうともしない真弥ちゃんは、写真がなくなっていることに気付かない。だったら――」

「諒太郎君を連れて行こうって？」

聞くに堪えなくなって、和泉は口を挟んだ。

「そう。諒太郎君なら、私の話も聞いてくれると思った。多分、真弥ちゃんに遠慮をして私を避けているのだと思うけれど、家族想いの素直な子だから」

言って、優しげな眼差《まなざ》しを諒太郎に向ける。

「勝手なことばっかり！」

そんな茜に、真弥は吐き捨てるように言った。それを聞いた茜の瞳に、炎が宿る。

「じゃあ、自分は勝手じゃないって言うの？　敦さんに亡くなった奥さんとの思い出を押しつけるのは勝手じゃない？　遺品は全部処分して、挙げ句大人に頼らずに生きて行くなんて無理なことを言って、周りを心配させるのは勝手じゃないの？」

「何度も言うけど、心配してくれなんて言ってない！　無理だって、こうするしかない！　私たちのことを想っているだなんて、嘘ばっかり。本当は、私から全部取るつもりだったんでしょう？　お父さんの遺品も、諒太郎のことも、全部！」

真弥も負けじと言い返す。

憎々しげな瞳に睨まれて、女は吊り上げた目の縁を引き攣《つ》らせた。

「本当に、随分と嫌われたものね」

苦く吐き出して、返す言葉を探しているようにも見える。

これでは言い争いだけで夜が明けてしまう——と、和泉は仕方なく二人の間へ入った。

「二人とも、もう少し落ち着いてください」

宥《なだ》める気があるとは思えない冷たい声で諫《いさ》める。当然、女たちは般若《はんにゃ》の形相で振り返った。

「君は黙っていてくれる？」

「高坂さんには関係のないことです」

その言葉に甘えることができたら、どんなに楽だろう。

（関係があるから、こんな場面に居合わせているんだけどな）

投げ出したくなる気持ちを必死に抑えて、和泉は唇を無理やり笑みの形にした。

「関係ないからこそ、俺はこう思うんです。松原さんの行動はどこかストーカーじみているし、真弥さんは亡くなったお母さんのことを思うあまりヒステリックになっている」

「和泉君！」

もう少し言い方を考えろ、と言うのだろう。非難を含んだ彩乃の視線に、和泉は小さく鼻を鳴らした。言い方が悪いのは百も承知だ。そう、口には出さずにぼやきながら。

「俺は事実を言っているだけです。国香さんは、そう思わないんですか？」

「でも……」

「二人の気持ちも考えて？　そんな説教がこの場面でどう役立つって言うんです。大体、感情に流されたって良いことなんか一つもありませんよ。不毛な争いが長引くだけ、無駄ってものです。知りもしない故人の本意を勝手に決めつけて、やれ裏切りだの自分勝手だの——どちらの言い分を聞いたところで、解決には程遠いんですから」

毒づく和泉に、聞き捨てならないとばかりに声を荒げたのは真弥だった。

「実際、お父さ——父は、母の遺品をすべて処分してしまったんですよ！　それでも高坂さんは、私の言い分をヒステリックだって言うんですか？」

「……それは、真弥さんが実際にその目で見て確かめたこと？　杠葉さんは、君の目の前でお母さんの遺品を捨ててしまった？」

「………」

「たとえ事実だったとしても、それは杠葉さんが君たちのお母さんを蔑《ないがし》ろにした理由にはならない。誰も、彼に本意を訊いていないんだから」

違うかな？　と目で問う。真弥はふるふると首を振った。涙を必死に堪《こら》える少女の姿は健気《けなげ》だった。和泉はふと自分が酷《ひど》く薄情な人間になったような決まりの悪さを覚えて、少しだけ声を和らげた。

「俺は杠葉さんのことを知らない。国香さんのように、君たちの気持ちを汲《く》むこともできない。けれど、彼の作品から一つの事実を読み取ることはできるかもしれない。多分、俺はこの場にいる誰よりも作品を鑑賞することに関しては優れている」

宣言して、大きく開いた書斎の入り口をくぐる。

「鑑賞？　ちょっと、和泉君？　何のことなの？」

「まあ、黙って待っていてください。気が散るから、そこを動かないで」

とは、頼むまでもない。背後の四人は、困惑にすっかり動きを止めてしまっていた。

和泉は密《ひそ》かに口角をつり上げた。場を支配する奇妙な静寂が心地好《よ》い。

「ここのところは、少し煩《うるさ》すぎたくらいだから」

こうでなくてはと口の中で呟《つぶや》き、後ろ手でドアを閉める。


あらためて見ても、その部屋は奇妙だった。

生の喜びと、死の悲しみが同居している。壁には風景写真が飾られていたが、そこへ映し出された四季はたった数日の間で酷く色褪《いろあ》せてしまったようにも見える。

——ああ、この写真たちは悲しいのだ。

和泉はそのうちの一枚に触れながら、そっと呟いた。

写真たちは表現者の消えたことが悲しくてたまらないのだ。湖畔の風景を愛し、写真という芸術でそれを表現した男は死んでしまった。愛されすぎたが故に——杠葉敦が死んだとき、これらの写真も生きることをやめてしまったのだ。ゆっくりと死んでいく写真たちは、日に日にその鮮やかさを失い、最後にはただの詰まらない印画紙へと戻ってしまうのだろう。

まるで殉教者のようだ、と和泉は思った。

木製のデスクには先日のまま、例の絵が裏返されていた。表に返せば、そこには和泉が二人——茜と彩乃に語った通りの絵が描かれている。目を引くのは美しい幼子の姿だ。世の中のことを知らず、生の自覚さえ曖昧《あいまい》な存在だ。その顔にはまだ悩みや苦痛から生じた皺《しわ》もなかったし、柔らかそうな巻き毛は鮮やかすぎもせず色褪せてもいない。優しい金色をしていた。

絵から再び視線を外し、意識を内側へ――死んでいく写真たちへ向ける。和泉にとって、書斎の外は既に別の世界となっていた。

写真はどれも喪に服したようにひっそりと静まりかえっている。

――その中で杠葉敦を語ってくれるものは、果たして存在するのだろうか？

根気良く語り手を探していた和泉の暗い瞳《ひとみ》が、一枚の写真の上で留まった。

冬。冬の湖畔が写された写真だ。撮られた時も、そして今も、変わらぬ静寂と停止した時の中にある季節だ。この写真なら、まだものを語ることができるかもしれない。

そんな期待を抱いて見つめること数秒――

和泉は不意に、冷たい木枯らしの音を聞いた気がした。

ぽとり、ぽとり。

と落ちるのは大きめの雪だ。柔らかな冷たい固まりが、肌を濡《ぬ》らしていく感覚があった。その時、和泉の意識は確かに冬の湖畔にあったのだ。

――こうして〝中〟の世界を知るようになったのは、一体何時頃だったろうか。

和泉は独りごつ。

和泉の父は、芸術家である。ダンス・マカーブルという主題を好み、人の死に魅了され、死生観の強い作品を生み出しては世間からそこそこの評価を受けている。

彼のアトリエには様々な美術品が並べられていた。

昼間は一人で過ごすことの多かった和泉は自然とそれらの作品と生活を共にするようになっていた。骨で作られたシャンデリア、戴冠《たいかん》した骸骨《がいこつ》のレプリカ、踊り狂う死、うつろな寝室、親しい人の死を嘆きつつも、己は死神の手から逃れようとする人の図像——

ひっそりと静まりかえった広い部屋の中に、様々な死の形が存在していた。

そんな世界を眺めて過ごすうちに、幼い和泉の瞳は見知らぬ場所を眺めていたのだ。

耳はアトリエでは聞くはずのない音を捉《とら》え、目には見えるはずのないものが映った。

そこは人間の複雑さが一切存在しない場所だった。純粋な想いと思い出に彩られた、美しく静かな世界だった。

和泉は、この奇妙な能力を鑑賞眼の一種であると思っている。

才能ある絵師が空間認識能力を、天才音楽家が絶対音感を備えているように、鑑賞に優れた者は現実と作品世界を切り離すことができるのではないだろうか。ものを創る人間は、そこへ生命の代わりに自らの魂を吹き込むと言われている。ならば、その魂を〝観る〟ことのできる人間が存在しない道理はない。

——寒い。

絶え間なく空から降り注ぐ雪に、和泉はぶるりと体を震わせた。

——早く戻らなければ、凍え死んでしまいそうだ。

その声に世界が答えたのだろうか？

カシャン、という無機的な音が静寂を破った。シャッター音だ。桟橋の上には、カメラを構える人の姿がある。中年の男だった。

「杠葉さん？」

和泉は問うた。返事はない。男は熱心にシャッターを切っていた。頭髪が抜け、肉が綺麗《きれい》に腐り落ち、骨だけの姿となるまで——何枚も、何枚も写真を撮り続けていた。やがて骨すら崩れ落ち、風化し、塵《ちり》と化したあとには彼の構えていたカメラだけが残った。

和泉はゆっくりとした足取りで、桟橋に近付く。塵の中からカメラを取り上げたとき、凍った湖の上に一枚の写真が落ちた。そこに写されているのは、二人の子供である。真弥と、諒太郎だ。

和泉がハッとした瞬間、冬鳥が舞い降りて写真を掠《さら》った。

瞬《まばた》きをすれば、風景は元の書斎に戻っている。

和泉はあるものを探して再び書斎を見渡した。背の低い棚の傍で視線を留める。壁には小さな写真が掛けられていた。風景でも、人物でもない。真っ白な冬鳥の写真だった。作品の世界で、子供たちの写真を掠っていったあの鳥だ。慎重な手付きで壁から写真を外す。額縁を引っかけるための小さなフックには、短い紐《ひも》がぶらさがっていた。

紐の先に結ばれているのは、

――鍵《かぎ》？

銀色の小さな鍵だった。

(何の鍵だ？)

複雑な形はしていない。目につく場所を適当に探せば、棚の一つに鍵穴があった。

差し込み――迷った末、そのままにして和泉は部屋の外へ声をかけた。

＊＊＊

「不幸だったのは、杠葉さんが優れた写真家だったことです」

湖畔沿いのバス停である。時間はまだ早い。隣では、国香彩乃が同じようにバスを待っている。和泉が杠葉邸で〝書斎のお化け〟の正体を暴いた翌々日の朝だった。

――敦は、体の不調にすら気付かないほどに写真を愛していた。

と同時に、道を同じくする者に対しても甘かった。だから彼は、松原茜から向けられる一途《いちず》で盲目的な愛情に頭を抱えながらも、彼女を突き放すことができなかったのだ。

「彼は、松原さん本人ではなく――松原さんの才能を愛していたんでしょうね」

師であった彼は、茜の精神的な未熟さを知っていたのだろう。冷たくしてしまえば、傷付いた彼女がカメラまで手放しかねないことを危惧《きぐ》していた。曖昧な態度は茜の将来を思ってのものだった。敦は自分の手で、若い才能を潰《つぶ》してしまうことを怖れたのだ。

――人の好《よ》い男だ。反面で、身勝手でもある。

和泉は、呆《あき》れ半分にそう思った。

二人が特別な関係になかったことは、棚に隠されていた日記が教えてくれた。そこには真弥が処分されてしまったと思い込んでいた、亡き母の遺品も隠されていた。嫉《しっ》妬《と》に駆り立てられた茜に手を付けられることを怖れたのだろう。それは敦が遺児たちの母を大切に想っていた証《あかし》だった。

彼は写真家としての己と、父親としての己の間で随分と苦悩していたようだ。茜との仲を誤解する真弥にも気付いていたらしい。――本当のところを説明すれば、娘は自分を信じてくれるだろう。けれど、その一方で今より茜を憎むようになるに違いない――と迷うところで日記は途切れていた。

真弥は彩乃から渡された写真と、父の日記とを無表情で見つめていた。

「君は、そこに写っているものまで疑うのか？」

和泉は問う。

責めたわけではない。単純な一つの問いかけに、真弥の顔が歪《ゆが》んだ。双眸《そうぼう》からぽろぽろと涙が零《こぼ》れ落ちる。その様子を茫然《ぼうぜん》と眺めながら、茜は顔面を蒼白《そうはく》にして黙りこくっていた。自身の勘違いと、師の気遣いに傷付いているようであった。そんな茜に、幼い諒太郎が寄り添った。体の横に力なく垂れていた女の手へ、小さな手が躊躇《ためら》いがちに触れる。大人の事情など分からない少年は純粋に、項垂《うなだ》れる茜を心配したのだろう。

確かに茜の行動は、どこか常軌を逸したものがあった。

しかし彼女が敦の遺児たちに寄せていた同情と心配は、偽りではなかった。彼女は「とおのや」に留《とど》まって、役所の職員や葬儀社とも接触していたのだろう。遠ざけられていたわりに、彼女は妙に真弥の動向に詳しかった。それは子供たちの様子を気に掛けていなければ、必要のない情報ではある。

茜の手が震えた。指先が空を摑《つか》むような動きを繰り返す。諒太郎の手を握り返して良いものか、迷っている風であった。或《あ》いは、真弥の制止を待っていたのかもしれない。

愛情だと思っていたものは、自己中心的で一方的な感情に過ぎなかった。そう気付かされてしまった茜は許してくれとさえ言えなくなってしまったようだった。目を見開いて真弥を見つめる——その顔は、責められることを望んでいるようにも見えた。けれど真弥は何も言わずに、茜に寄り添う弟の姿を茫と見つめていた。少女も自分がどうすべきなのか分からないようだった。

十秒。二十秒。三十秒。

沈黙が流れる。まるで時が静止してしまったようだ、と考えながら、和泉は三人を眺めていた。

最初に動いたのは茜だった。

彼女は意を決したように諒太郎の手を握り返すと、

「ごめんなさい」

そう、深く頭《こうべ》を垂れた。感情を必死に押し殺した声だった。

「先生には、最後まで迷惑をかけてしまった。二人にも」

「………」

「自慢の弟子だと言われることが嬉《うれ》しかったの。私にとって、先生は自慢の師だった。

とても大切な人でもあった。だから、先生にとっても自分が一番大切なんじゃないかって……」

茜は更に続ける。

「そう思い違いをしてしまった。先生にはあなたたちがいたのに。国香さんには嘘を吐《つ》いてしまったけど、本当は知っていたのよ。先生と真弥ちゃんの仲がぎこちなくなり始めたのは、自分が来てからだって。でも、それを口にしてしまうことが怖かった。言ってしまったら、自分には何の資格もなくなってしまうと思った」

「資格？」

知らない単語でも聞いたかのように、真弥が首を傾げた。茜は苦く答える。

「先生の弟子を名乗る資格、先生のことを好きだと言う資格、この先カメラを持ち続ける資格、あなたたちのことを支援したいんだって言う資格。そういうものを全部取り上げられてしまったら、私には何も残らなくなってしまう」

「必死なんですね」

言葉とは裏腹に、驚いたような真弥の声だった。

「……大人って、もっと余裕のあるものだと思っていました。何でも知っていて、何でも自分でできるから。葬儀社のスタッフさんや、市役所の職員さん、学校の先生だってそうだし、仕事をしているときの父やあなたも――誰かにそうしろと言われたわけでもないのに、次に自分が何をすればいいのかを知っていた。私たちは、大人に指示されなくては自分が次に何をすればいいのか分からないのに」

「大人だって同じよ。学校の代わりに会社が教えてくれるだけ。仕事だから、次に何をすれば良いのか分かるだけ。中には自分の意志を持っている大人もいるけれど、多いわけじゃない」

茜の告白に、真弥はどこかほっとしているように見えた。

「それで？ 父との間に何もなかったことを認めてしまって、あなたはどうするんですか？ 何も残らなくなってしまうんでしょう？」

真弥は問う。少女は父のように、茜との関係を曖昧《あいまい》にしてしまおうとはしなかった。

「…………」

「あなたはどうしたいんですか？ 父の弟子だと認めて欲しい？ それとも、父への想いだけは許して欲しい？ これからも写真家として頑張ってくださいって、私たちに言わせたい？」

茜はそんな真弥の視線から逃れるように目を固く閉じた。眉間《みけん》に深く皺《しわ》を寄せて、何事かを考えていた。もしかしたら、胸の内を正直に明かすべきか迷っていたのかもしれない。「私は……」怯《おび》えを含んだ声が、薄く開いた唇から零れる。

「真弥ちゃんと諒太郎君のことを、支えさせて欲しいの」

再び開かれた目は、今度は真っ直ぐに真弥を見つめていた。

少女は許すとも言わなかったが、やはり彼女を責めもしなかった。ただ一度だけ頭を下げて「考えさせてください」と蚊の鳴くような声で呟《つぶや》いた。それですべてが終わったのだ。


「着地点としては妥当なところだと思います。松原さんは自らの勘違いを正すことができたし、真弥ちゃんは杠葉さんへの誤解を解いて協力者を得ることができた。国香さんは当初の予定通り写真を渡せたし、俺もこの通り絵を手に入れた。予定外の働きをしなければならなかった俺だけは損をしているけれど、概《おおむ》ね大団円といったところです」

「随分と自虐的なのね」

もっとポジティブに考えた方がいいわよ、なんて呑気《のんき》な忠告を寄越す彩乃に、和泉は脱力した。「皮肉ですよ。皮肉」と口の中で毒づいて、視線を手首へ落とす。バス停に貼り付けられた時刻表が正しければ、バスはもう十分も前に来ているはずだった。

「ねえ。和泉君」

彩乃が呼んだ。

「何ですか？」

和泉は少しだけ眉《まゆ》をひそめながら問い返した。まだ話すようなことがあるとは思えなかったのだ。会話は苦手だ。他愛《たあい》もない会話は特に、望んでもいない他人の肖像を見せつけられているような気になる。同じように自分という人間も他人の目に晒《さら》されているのだろうと思うと、堪《たま》らなく不安になった。

「あの、今更なんだけど。一つだけ訊《き》きたいことがあるの」

「……どうぞ」

それでも彩乃の話に付き合おうと思ったのは、拒絶する理由が見つからなかったからだ。先に話題を振ったのは自分だという自覚もある。彩乃はそんな和泉の胸の内に気付いた風もなく、続ける。

「どうして私のこと、信じてくれたの？」

——信じる？　何を？

不可解な問いだった。何を答えればいいのか分からずに、和泉はただ怪訝《けげん》な顔をして続く言葉を待っていた。一拍の後に、彩乃の視線がついと上がる。悔恨を含んだ瞳《ひとみ》が、和泉を見つめてゆらゆらと揺れていた。

「私でさえ、私の記憶が信じられなかったのに。先生のことを疑ってしまったのに」

その言葉で、和泉はようやく問いの意味を理解した。

——あの写真のことを言っているのか。

彩乃との会話を思い出す。敦と真弥が不仲になった理由を聞き、茜から師への想いを訴えられた彩乃は自分の写真に不審を抱いてしまったのだ。幸せな家族の写真。そこに写り込んだ幸福は、果たして本物だったのだろうか。自分は何か思い違いをしていたのではないか——と。

和泉は納得すると同時に、困惑に少しだけ眉根を寄せた。彩乃は勘違いをしている。

「別に、国香さんのことを信じたわけではありませんよ。言ったでしょう。遺品は持ち主の生前の姿をありのままに伝えてくれる。物は嘘を吐くことがない。国香さんの写真もそうです。俺はあなたの写真を通して杠葉さんに接して、自分で判断をした。それだけです」

「接した？　そんなことができるの？」

彩乃は分からない、と言うような顔をした。

「人相学や人物鑑定のようなものです。目は口ほどにものを言う。あとは微笑み方やちょっとした仕草なんかを比較できるので、複数で写った写真ほど個人の人物像が分かりやすい」

と、説明しつつもそれがすべて真実だというわけではなかった。

彩乃が以前指摘した通り、生身の人間とのコミュニケーションは不得意であるし、他人の心の機微にも疎い和泉である。人相学や人物鑑定など独学でさえ学んだことがない。

それらの言葉を使ったのは、単純に「何となく分かるんです」と言うより面倒がないからだった。杠葉敦の作品から一つの世界を観たのと同じだ。写真や肖像を観れば——余程複雑な表情をしていない限り——その人物を〝鑑賞〟できてしまう。そんな不思議な才能が、和泉にはあった。

しかし、それを他人に説明するのは難しい。いや。説明する分には容易《たやす》いのだが、原理がはっきりしないだけに理解してもらうのが難しい。

彩乃はまだ首を傾げている。

「でも、写真は生身の人間を見るのとは違うわ」

「でしょうね。生身の人間は常に一定の状態にない。だから尚更《なおさら》、写真で人を観るのは容易い」

「それも確かなんだけど、私が言いたいのはそういう意味ではなくて。写真にはカメラを持つ人間の意志が、多少なりとも写り込んでしまうということ。もしも私の撮った写真が客観的じゃなくて、和泉君の判断した先生の像が間違っていたら……どうするつもりだったの？」

彩乃の言う意味が分からずに、和泉は怪訝な顔をした。

「写真に意志が写り込む？」

　そんなはずはない。

「有り得ません。カメラのレンズは、人間の脳と繋《つな》がっているわけじゃない。あくまで、目の前にあるものを写す道具に過ぎないんです。思い込み一つで異なる風景を写すことができるような、魔法の道具ではない。それに杠葉先生も役者ではないでしょう？」

「それはそう、だけど……」

　彩乃は納得できないようだった。そんな彼女の様子に和泉は軽く嘆息した。

「……言葉を改めます。俺は素人だから、国香さんが写真に込めるような想いを読み取ることはできない。そこに写っているものを観ることしかできないんです。確かに、あなたの写真はとても観やすかったけれど」

「え？」

「まるで過去を切り取ってきたかのような、ありのままの写真だ。杠葉先生は確かに若い才能を見る目はあったってことです。あなたが彼らを撮っていなかったら、俺はこの絵を手に入れることができなかったかもしれない。真弥さんたちの関係もこじれたままだったかもしれない。あなたは、あなた自身が思っているよりずっと公正な写真家なんだと思いますよ」

――ただ、彼女の写真は作品としては苦手な部類に入るのだが。

個人的な感想は口の中で呟くに留めて、控えめに称賛する。

国香彩乃の撮る人物写真はあまりに、人の生きたままを写しすぎている。言うなれば「動」だ。「静」を好む和泉には、彼女の作品が少しだけ騒がしいように感じられるのだった。

「和泉君って……」

へんなひと。

ぽかんと口を開けていた彩乃は、やがてぽつんと呟いた。失礼な人だ。反論しかけて――和泉は一つだけ、まだ解決していなかった疑問があることを思い出した。

真弥に薬を渡した少女は、何者だったのか。何の意図があって、そんなことをしたのか。しかし、和泉がその話題を口にすることはなかった。遠くから、静寂に満ちた湖畔には不釣り合いなエンジン音が聞こえてきたからだった。

――バスだ。

これからまた一時間もバスに揺られなければならない。考えるだけで気分が悪くなりそうだった。尤《もっと》も、バスに乗らなければ家へ帰れもしないのだが。

和泉は憂鬱《ゆううつ》な息を吐き出した。脇に抱えた絵だけが唯一の慰めだった。

「和泉君！」

バスのステップを踏んだとき、彩乃の声が再び呼んだ。

——今度は何だ。

うんざりしつつも振り返る、と同時にシャッター音が響いた。背後には重たげな一眼レフを構えた彩乃の姿があった。虚を突かれて、和泉は狼狽《ろうばい》する。

「な、何、勝手に撮っているんですか！」

抗議をすれば、彼女はカメラを胸の前で抱いたまま「ごめんね」と笑った。謝罪とは裏腹に、その顔は何かを喜んでいるようだった。頬を上気させて、照れているようにも見える。そんな彩乃を不審に思いながらも、和泉は表情の意味を問おうとはしなかった。

訊《たず》ねたところで、謎は増えるばかりだ。彼女はあまりに自分の日常とかけ離れている。

——最初から最後まで、この人のことだけは分からなかった。

だから生き物を相手にするのは嫌なんだ、と呟《つぶや》いて和泉は今度こそバスに乗り込んだ。後ろから二番目、窓際の席に腰を下ろす。後から乗り込んだ彩乃は前の方の席に座ったようだった。安堵《あんど》しながら、和泉は視線を窓の外へ投じた。

バスの外には、来た時と同じ風景が広がっていた。草木はまだ深緑に変わりきってはいない。名前も分からない白い花の周りでは、蜜蜂《みつばち》がやはり忙《せわ》しなく飛び回っている。空から降り注ぐ陽射しも相変わらず明るくて、眩《まぶ》しい。杠葉敦の愛した風景は、彼の死んだ後も変わらないのだ。

だから湖畔に残された彼の弟子と子供たちも、少し時が経てばそれぞれ立ち直っていくだろう。安らかな停滞を許されるのは、死を迎えた人間と残された物だけだ。死にまつわる作品と遺品に魅入られた和泉でさえ、それらと共に留《とど》まることは不可能である。

生と死、動と静――相対する二つの在り方を思ったとき、和泉の胸を疑問が掠《かす》めた。

（そういえば、国香さんは何故ポートレートにこだわるのだろう。どうして彼女の作品は物でありながら、あんなにも騒がしいのだろう）

多分、二度とその理由を訊《き》く機会は巡ってこないだろう。何となく損をしたような、一方でほっとしたような奇妙な感覚に囚《とら》われながら、目を車内へ戻す。二人の他に乗客はいない。隙間ばかりが目立つ空間の中、彩乃の後ろ姿に目を留めれば、彼女は視線を感じたように振り返った。目が合う。大人びた顔が微笑む。苦手な笑みに、和泉は訳も分からぬままふいっと視線を逸《そ》らした。

第二話　元老院議員と死

弱い人の叫びに耳を閉ざす者は
自分が呼び求める時が来ても答えは得られない。

(『箴言《しんげん》』二十一章十三節)

高坂和泉の朝は遅い。

夜明け前——夜の帳《とばり》が辛うじて空を覆っている頃にベッドへ潜り込んだ和泉は、昼近くにようやく目を覚ました。カーテンの隙間から射し込む陽射しが、眠りの浅い脳に覚醒《かくせい》を促している。不機嫌に眉《まゆ》をひそめながら枕へ顔を埋《うず》めれば、そのタイミングを狙ったように目覚まし時計がけたたましく音を立てた。

「ん……」

枕へ顔を押しつけたまま、片手でナイトテーブルの上を探る。指先には冷たい金属の感触。耳障りな音を止めて、視線だけを上げて文字盤を睨《にら》む。十時二十分。一度目のアラームは無意識のうちに止めてしまっていたらしい。随分と遅い。

和泉は目を擦《こす》りながら起き上がり、ぼんやりと自室を見渡した。

ホテルの一室のように生活感のない部屋だ。黒い合皮張りのベッドの傍らに、ガラスの天板が付いたナイトテーブル。部屋の隅にはフロアランプと幅の狭いデスクが設《しつら》えてある。

しばらくそうして部屋を眺めていた和泉は、やがてフローリングへ足を下ろした。ひんやりとした心地の好《よ》さに思わず再び目を瞑《つむ》りかけ――慌てて軽く頭を振りながら、立ち上がる。

窓際へ寄って厚手のカーテンを引けば、強めの陽射しが目を灼《や》いた。とはいえ西向きに作られた窓からの光量は、部屋を満たすには不十分である。家具の配色が暗いこともあって、室内はどことなく夜の雰囲気を残しているようにも見える。

不機嫌に目を細めつつもすぐに朝の明るさに慣れた和泉は、薄いレースカーテン越しによく晴れた外を眺めた。連れ立って歩く子供たちの姿を見て、訝《いぶか》しみつつもカレンダーを見れば今日は休日である。

いっそう眉間《みけん》の皺《しわ》を深くしながら、和泉は窓際を離れた。午後の予定から美術館を消さなければならない。人の多い場所は好きではないのだ。人が嫌い――というわけではないが。

大きな姿見のついたクローゼットの前へ立てば、鏡には眠たげな半眼の青年が映った。今日も酷《ひど》く血の気の薄い顔をしている。神経質そうな自分の顔を一瞥《いちべつ》して着替えを取りだすと、和泉はパジャマのまま浴室へ下りていった。

少し広めの浴槽は、父のこだわりだった。今は栓を抜かれて中は空になっている。シャワーの蛇口を捻《ひね》って少し熱めの湯を頭からかぶれば、意識はようやく夢の中へ戻ることを諦《あきら》めて、はっきりと目覚めた。不健康なまでに白い肌の上を滑っていく水流を眺めながら、午後からの予定を考える。

――まずは食事を作らなければならない。

和泉はどちらかといえば料理が上手《うま》い方である。意外と言われる特技だが、もう随分と前から高坂家においては和泉が食事担当になっている。同居する父は料理ができなかったし、何と言っても和泉は偏食が酷かった。幼い頃から野菜を中心とした好き嫌いはあったが、成長とともに、加えてある種の食べ方を拒絶するようになった。

料理とは、生を失った食材を解体し、組み合わせ、様々に調理することによって人の口に入るものへと作り替えることである――何を切っ掛けにそんな意識を持つようになったのか。とにかく、和泉は〝そのまま〟であることに異様な嫌悪感を示した。露骨に食材の形が残ったものや、火の通っていないものはまず口に入れることができない。

飽食の時代に生まれたからそんな贅沢《ぜいたく》なことを言えるのだ、と言われてしまえば耳が痛い。けれど、和泉にしてみればそういった食物への嫌悪は、例えば女性がわけもなく節足動物の足の動きを気味悪がるような感覚にも似ていた。

味ではなく視覚のもたらす印象による好みであるからこそ、克服が難しい。むしろ歳を重ね、自己が形成されていくにつれて苦手意識はますます強まるばかりだ。そんな息子に父はすっかり手を焼いて、

「それならお前の好きなものを作りなさい」

と、食に関する一切を投げ出したのだった。

食事を作ったら、アトリエにいる父のところにも持って行ってやらなければならない。それから——と、そこまで考えたところで、和泉はふと思考を止めた。前日に父から呼びつけられていたことを思い出したのだ。

「明日の昼までにアトリエへおいで。できれば、早い方が良い」

和泉に負けず劣らず時間にルーズな彼が、そんな風に言うのは珍しかった。理由を訊《き》いても、

「頼みたいことがあるんだ。明日になれば分かるよ」

と微笑むばかりで何も教えてはくれなかった。その勿体《もったい》ぶった態度から察するに、楽な内容ではないのだろう。和泉は重い溜息《ためいき》を吐《つ》いた。

憂鬱《ゆううつ》さの表れた緩慢な手付きで湯を止め、着替えを済ませる。たっぷりと時間をかけて髪を乾かした後に時計を見れば、起床してから既に一時間半も経っていた。

——まだ昼前だ。十分も早ければ十分だろう。

慌てるでもなくそんなことを思いながらアトリエへ向かう。ドアを軽く叩《たた》けば、中からは「どうぞ」と男の声が応じた。

「和泉です」

「お前以外に誰がいるんだ。早く入りなさい」

声には僅《わず》かに笑いが交じった。促されて、和泉はようやく中へ足を踏み入れる。

中は八畳ほどで、画家が創作をするには狭いほどである。淡いクリーム色の壁に、チョコレート色のフローリング。光を採り入れる造りの大きい窓から、申し分のない量の陽光が降り注ぐ。眩《まぶ》しい部屋だ、と和泉は目を細めた。

奥に見える両開きの扉の向こうはもう少し広い造りになっていて、展示室として使われている。

画架に立てかけたキャンバスの前では一人の男が気難しげな顔をしていた。伸ばし放題の金髪に、だらしのない無精髭《ひげ》。ゆったりとしたシャツは白だったように記憶しているが、今や絵の具に染め上げられて無惨な色になっている。不潔に感じさせないのが不思議なほどだ。

彼が和泉の父親——名を、高坂五樹《いつき》という。

職業は芸術家である。特に絵画を好んで手がけるが、稀《まれ》に彫刻や造形などにも手を出しているようである。今は、裸婦を描いているらしい。

入り口の壁に背を預けたまま、和泉は五樹の背後から画布を眺めた。彼は一心不乱に筆を動かし、背景を塗り上げている。繊細な筆致と光を採り入れた鮮やかな色使いは、五樹の絵の特徴でもある。そこには生命の息吹と生きることへの喜びが存分に塗り込められていた。

しかし背景と装飾品に目一杯生を吹き込む一方で、肝心の裸婦――ソファへ横たわる女の姿ときたら悲惨なものだ。血の巡りの完全に止まった体に虚《うつ》ろな目。紫色の唇に、艶《つや》を失った髪。まるで黄泉《よみ》の国の人を思わせる風体だった。

生と死、明と暗。

使い古されてはいるが、五樹もその主題に魅入られた一人である。無機物に生を吹き込み、人を死で表す風変わりな彼の絵は十数年前までは斬新《ざんしん》だと過剰に評価され、今もなお一部のマニアに熱狂的な支持を受けている――と、和泉は人伝《ひとづて》に聞いている。

「お早うございます、五樹さん」

和泉は筆を離そうとしない彼に声をかけた。

「おそよう、だ。和泉」

五樹は間髪容《い》れずに答えた。返事をするだけの余裕はあるらしい。

「五樹さん――」

「ちょっと待ちなさい。もう少しで休憩にするから」

「できるだけ早く来いと言ったのは五樹さんでしょう」

自分が遅れたことを棚に上げて、和泉は父の手から絵筆を取り上げた。五樹は空になった手を恨めしげに眺めていたが、すぐにそれもそうかと頷《うなず》いて顔を上げた。

「なぁに？　休憩にするの？」

部屋の中央から、気の抜けた女の声が問うてくる。和泉は努めてそちらへ視線を向けないようにしていたが、そこには情熱的な薔薇《ばら》色のソファが一つ設《しつら》えられていた。声の主は、画布の中の裸婦と同一人物である。女は一糸纏《まと》わぬ体をソファの上に横たえていた。

「ああ、千明《ちあき》。ごめんよ」

五樹が然程《さほど》すまなそうには聞こえない声で謝る。「まあ、いつものことだしね」と軽く答える彼女は、父のモデルに慣れているのだろう。よくもまあ死人のように描かれて怒らずにいられるものだ。

千明と呼ばれた女は一度「うんっ」と伸びをして、猫のような優雅さで体を起こした。恥じらいはないのか、それとも肉体への自信からか――和泉を前にして裸体を隠そうとする様子もない。横目で女を見て、和泉は小さく鼻を鳴らした。

絵の中の彼女とは対照的に、酷く瑞々《みずみず》しい体をしている。血色の良い肌色に、豊満な胸。無駄な肉のないすらりと伸びた四肢は確かに芸術的で、人目を前に恥じらいを覚えるような醜さなどただの一点もない。意図的にあどけなさを残したような顔に、成熟した肉体のアンバランスさは和泉の目にも官能的に映る。絵に描いたような小悪魔といった風で、いかにも五樹の好きそうなタイプだった。

――新しい愛人か。

と肩を竦《すく》めながら、和泉は気分を悪くしたように女の体から視線を外した。

眉《まゆ》をひそめる和泉に気付いたのだろう。五樹は苦笑しながら、

「上着を羽織って。あの子はそういうの、苦手だから」

と若い愛人に促した。理由が分からないらしい。女は可愛らしく小首を傾げている。

「息子さん、初心《うぶ》なの？　五樹さんの子なのに？」

「初心なもんか。照れるんじゃなくて、生物的なものが駄目なの。我が息子ながら変わっていてね。裸体や筋肉なんかの動くのを見ると――ほら、あんなに青ざめてしまっているだろう？」

五樹が笑うように、和泉は初心なわけでも性に対して潔癖なわけでもない。単純に生まれたままの姿というものが苦手なのだった。そのままの姿をしたものへの嫌悪は、偏食と通じるものがあるかもしれない。肉付きの悪い痩《や》せた自分の裸体はともかく、躍動的な――と形容される類《たぐい》の肉体には妙な悪心を催すほどだった。

「何それぇ。変なの」

和泉の青い顔をじっと見つめて、女は猫のように喉《のど》を鳴らした。

甘い笑声と衣擦《きぬず》れの音――素直に服を着ているのだろう。ややあって「もう大丈夫だから」と女の蠱惑《こわく》的な声が促した。和泉は口の中に溜《た》めていた息を吐きながら、再びちらっと千明の様子を窺《うかが》った。肩から淡い色の上着を羽織って、女は誘うように足を揺らしている。布の隙間から見える深い谷間や、肌の上へ落ちる陰影がいっそういやらしい。

和泉は引き結んだ唇をへの字に歪《ゆが》めて、一歩だけ後退《あとずさ》った。

――五樹の愛人を務めるだけあって、性格が悪い。

「五樹さん、用がないようでしたら俺は部屋に戻りますよ」

「それは困る。千明――」

苦笑交じりに言って、五樹は画架の前から立ち上がった。そのままゆったりとした足取りで千明に歩み寄ると、ソファの隅でくしゃくしゃになっていた毛布を体へかけてやった。

「これでいいだろう？」

微笑とともに振り返る父に、和泉は小さく顎《あご》を引く。その肯定を見て取ると、五樹はやれやれと息を吐きながら千明の隣へ腰を落とした。

「それで、五樹さん。俺に頼み事って何ですか？」

和泉は壁に背を預けたまま訊《たず》ねる。

「その前に紹介が先だね」

「……どうぞ。聞きますよ、紹介」

隣を見る五樹に、仕方なく先を促す。「いらないって言っても、聞かされるんでしょう？」皮肉交じりに付け加えれば、五樹は気を悪くした風もなく爽《さわ》やかに笑った。

「はは、よく分かってるじゃないか。こちらは今井《いまい》千明嬢。私の友人で、モデルを頼まれてくれている。歳はお前よりも二つほど上だったかな。明るくて素敵《すてき》な子だ」

「ええ～、恋人じゃないの？」

当たり障りのない、妥当な紹介が気に入らなかったらしい。千明は拗《す》ねたように唇を尖《とが》らせている。

五樹はそんな彼女の髪を手で梳《す》いてやりながら、甘い声で続けた。

「恋人だなんて冗談じゃない。激しい恋は燃え尽きるのも速い。私の恋人を名乗った女で、いつまでも関係を続けてくれた人は少なかったよ。大抵、どちらかが先に恋することから醒《さ》めてしまうんだ。そうなると、もう逢《あ》う理由がなくなってしまうだろう？　相手を恋い慕う以外に接し方が分からないのだからね。しかし友情はもう少し曖昧《あいまい》なものだから、自由がある。肉体関係を続ける気がなくなったって、会ってお茶をするも良し、趣味を語り合うも良し。友情の方が長続きするものだと思っているよ、私は」

　そんな勝手なことを言う五樹に、千明が「ふうん」とはっきりしない相槌《あいづち》を打った。分かったのか分かっていないのか——多分、分かってはいないのだろう。

　五樹の恋愛観は特殊である。はっきり言ってしまえば変だ。

　自分が一般的な価値観を持っているとは思っていない和泉ですら呆《あき》れるほど、普通ではない。彼は作品作りの間、絵にのめり込むのと同様にモデルをも熱愛する。性交すら対象への理解を深める手段に過ぎない、と言って憚《はばか》らない。

　それでも一応は後腐れのなさそうな女を選んでいるのか、それとも類は友を呼ぶ現象で同じような価値観の人間が集まるからか、女性遍歴のわりに揉《も》めたことはないようだった。

　——我が親ながら変人だ。

　と呆れながら、和泉は辛抱強く父の話を聞いていた。再び向き直った五樹が、先を続ける。

「話を戻そうか。千明のおじいさんは——今井正晃《まさあきら》氏と言うのだが、若い頃に仕事で成功してそこそこの土地を所有しているそうなんだ。地主、というやつだね」

「でも、田舎の地主なんてこっちじゃ自慢にもならないでしょ？」

　千明がひょいと肩を竦めた。

「自慢にならないだけならいいんだけどね。別に。身内仲が悪いから、もう最悪。おじいちゃんにはうちのお父さんを含めて四人ほど子供がいるんだけど。みんな超自分勝手で」

話を聞きながら、五樹はうんうんと相槌を打っている。彼自身はもう話を聞いているのだろうに、律儀なことだ。だから女に愛されるのかもしれない。愚痴っぽい女の声が続く。

「家庭を持つとそうなるの？　私独身だからよく分からないんだけどぉ。実の兄弟や親のことなんかより、自分の家庭の方が大事になっちゃったらしいのね。何かにつけては金、金、金。誰がいくら貸してもらっただの、家の修理にお金を出してもらっただの、そんな些細《ささい》なことで大騒ぎするんだからやってられないっていうか。息が詰まるっていうか」

息が詰まる——と言うわりには奔放に見えるが、と和泉は口には出さずに呟《つぶや》いた。大袈裟《おおげさ》に嘆息する彼女を、五樹が気遣わしげな声で労《ねぎら》う。

「気持ちは分かるよ。私も窮屈なのは大嫌いだ。千明はさしずめ、自由を求めて籠《かご》の中から飛び立った小鳥というわけだね」

「やだぁ。五樹さんてば詩人みたい～」

詩人と言うよりは奇人。もしくは、やはり変人である。

——そもそも普通の親なら、素っ裸の愛人と息子を対面させようとは思わないだろう。

楽しげな二人を眺めて、和泉は一人溜息《ためいき》を吐き出した。ちらっと腕時計に視線を落とせば、もう十二時を十五分も回っている。アトリエを訪れてから二十五分も経っているのに、会話が一向に進んでいないという事実が恐ろしい。

「詩人か。いいね。言語は絵に表すことのできない物事の詳細を表現してくれるし、絵は言語にない微妙なニュアンスを無言のうちに物語ってくれる。この二つを極めることができたのなら、世の中のありとあらゆるものを表現することができるようになるのだろうな」

美しい愛人に乗せられて、五樹は上機嫌である。

「……芸術家気取りでいるところ、水を差すようで悪いんですけどね。五樹さん、そろそろ本題に入ってくれませんか？」

流石《さすが》にうんざりとして、和泉は先を促した。見返してくる五樹の顔に反省の色はない。

「我が息子ながら忍耐力に欠けるな。面白味がないし、ノリも悪い」

悪びれもしないどころか、そう駄目出しをしてくる始末である。

余計なお世話だ、と和泉は鼻先に皺《しわ》を寄せて唸《うな》った。

「あんたらの調子が良すぎるんです」

「調子が良いのは悪いことではないよ」

「限度があるって言うんですよ。そのノリに付き合って話を聞いていたら、あっという間に夕方になってしまいますよ。はっきり言えば時間の無駄。自由人な五樹さんには分からないかもしれませんけどね、普通の人間にとって時間ってのは有限なんです。つまり今この瞬間、俺の貴重な二十五歳の一年——五十二万五千六百分のうちのおよそ三十分が何の実りもない会話に費やされている」

早口で捲《まく》し立てながら、両腕で自分の体を抱き締める。あらためて口に出してみれば恐ろしい事実のように思えてくるから不思議だ。「俺の時間を返してください」恨めしげに言えば、五樹は呆れたように鼻を鳴らした。

「お前なぁ。それは午前いっぱい寝ていたやつの言っていい台詞《せりふ》じゃないだろう」

「睡眠には意味がありますから」

少なくとも、芸術家を気取った父から他人の家庭事情を聞かされることよりはよっぽど無駄がない。即答する和泉に、五樹は「違うな」と大仰に首を振った。

絵の具のついた人差し指をピンと立てて、語り始める。

「いいかい、和泉。無駄だ無駄だと思うから無駄なのさ。有用無用の判断というのは本人の好みと自覚に依《よ》るところが大きい。他人から見てどれだけ充実した日々を送っていたって、当人が虚《むな》しいと思えばそれまでだ。ならば逆を考えてみてはどうか。他人から見てどれだけ空虚に思えても、お前が何か有用なものを見出《みいだ》せばこの時間にも意味があると言えるのではないか——」

和泉は尤《もっと》もらしく言う父親を、じとりと半眼で睨《にら》んだ。

「……では五樹さんにとってはどう有用だと言うんですか。この会話が」

五樹が真顔で答える。

「単純に、楽しい」

「俺はまったく楽しくないんですが」

「まあ、そうだろう。こういった楽しみ方は私の好みだから、お前の好みとは違うだろうね。好みの不一致。これが人間の難しいところだ。私の楽しみを優先させるには、どうしてもお前のことを蔑《ないがし》ろにせざるを得ない。……ということは、だ。お前が蔑ろにされて喜ぶような趣味に目覚めれば無駄はなくなるということではないだろうか」

「目覚めませんよ！　というか、何なんですか。人が大人しく頼み事を聞いてやろうとしているっていうのに。どうしてそう理不尽に絡んでくるんですか。暇潰《つぶ》しなら他を当たってください」

和泉は日頃血色の悪い顔を紅潮させて、ついに声を荒げた。こめかみのあたりが痛いのは、珍しく頭に血が上っているせいだろう。やってられるか。不機嫌な顔で踵《きびす》を返そうとする和泉を、五樹の苦笑が呼び止めた。

「まあ、待ちなさい。たまには親子らしい会話でも――と思っただけであって悪気はないんだ。頼み事だって、今からしようとしていたところさ」

「はあ……」

どのあたりに親子らしさを演出したつもりだったのだろう。

和泉は眉根《まゆね》を寄せたまま、仕方なしに再び父とその愛人へ向き直った。苦い顔をした五樹と目が合う。「どうにも、上手《うま》くいかないな。父親ごっこってやつは」彼はぼやくように言って、一旦《いったん》唇を引き結んだ。何を考えているのか――隣で退屈な顔をしている千明を見つめながら、何から話したものかと迷っている風にも見える。

「少し脱線しすぎたな。どこまで話したのか、すっかり分からなくなってしまった」

「今井さんのご実家が田舎の地主で、身内仲が悪いというところまでですよ」

和泉は呆れつつも教えてやる。

「ああ、そうだった。まあとにかく、千明の家は仲が悪い。親に甘える権利を自分のものと主張するのは子供の喧嘩《けんか》に似ているが、しかし大人は子供に比べれば遥《はる》かに狡猾《こうかつ》で、陰湿なところがある」

頷《うなず》いて、五樹はようやく続きを話し始めた。

「年老いた親の金を、誰がどう使うか――。千明も言った通りだよ。やれ長男はいつまでも親の脛《すね》を齧《かじ》っている。嫁に出た娘は親の面倒《めんどう》も見ないくせに本家のやり方に口を出してくる。といった陰口から始まって、それで決着がつかないとなると彼らは過去の出来事まで丁寧に掘り返して、互いの薄情や浅ましさを責め立てる……といった具合だったかな?」

「そうそう。まるでドラマみたいでしょ! って、そんなのドラマの設定にしても古すぎるか」

問う五樹に、千明は他人事《ひとごと》のように笑った。「ま、おじいちゃんが元気だった頃には、それでも少しは体面とか気にしてる感じではあったんだけどね。人間、いつまでも元気で! ってわけにはいかないから」すらりと伸びた足を、ぶらぶらと揺らしながら続ける。

そうした骨肉の争いは、正晃が病床に臥《ふ》すとともにいっそう激しくなったのだという。

彼は八十九という高齢で、体力も随分と衰えているそうである。その上、若い頃の不摂生が祟《たた》って持病も多い。もしかしたら、自らの死を薄々と予感しているのかもしれない。彼は頑《かたく》なに入院を拒んで自宅療養を続けた。そんな正晃老人の落ち着きようとは対照的に、慌てたのが今井家の人々だった。

主治医は老人のことを、いつ帰らぬ人となってもおかしくはないと診断している。

ない。

——遺産配分はどうなるのか。

彼らの心配は偏《ひとえ》にそこにあった。この期に及んで金というのだから、正晃も報われない。

一人の人間として生を受けながら、齢《よわい》八十九まで生きて身内に〝遺産〟と見られるようになった男の心中には遣《や》りきれないものがあっただろう。

長男——千明の父親から遺産相続に関して訊《き》かれた彼は、

「遺言書を見つけた者に、遺留分を除いた財産を相続させよう。また、遺言書を孫が見つけた場合でも遺産を遺贈すること。形見分けについても、遺言書の指示に従うように」

と答えたそうである。

「それはまた……」

面倒なことをする老人だ——と、和泉は思った。

最後に金の亡者と化した身内を焚《た》きつけて、彼らの右往左往する様を彼岸から嘲笑《あざわら》おうとでも言うのだろうか。よくありそうな話であり、凄絶《せいぜつ》でもあり、またもの悲しくもある。

——ただ、死に行く人の在り方としてはあまりに寂しい。

湿った息を吐きながらソファの二人へ目を向ける。彼らは今井家の事情を語ったが、まだ本題に触れてはいなかった。まさか老人のために相続争いの仲裁に入れというわけではないだろうが……。

「話は分かりました。けど、それで？　一体、俺に何を頼もうっていうんですか？」

警戒しつつも問えば、五樹は軽く笑った。

「そんなに怖い顔をしなくても、無茶《むちゃ》なことは言わないさ。ただ……」

「ただ？」

「お前に、千明を手伝ってやって欲しいと言うだけで」

続く声は軽い。

「はい？」

和泉は思わず訊き返した。

「千明を、というか、千明の父親なんだけどね」

「そんなゲーム感覚で遺産配分を決めるなんて、普通は有り得ないでしょ？　私は別におじいちゃんの遺言とか身内の争いとか興味ないんだけど。親が遺言書探しを手伝えって煩《うるさ》くって。ほんと、嫌になっちゃう。私だって仕事があるのに。勝手すぎるじゃない？」

言葉を引き継ぐ千明の顔は、酷《ひど》く面倒そうだった。

「そうだよなぁ。千明は仕事があるもんなぁ」

「そうそう。こう見えて私、受付嬢なの。結構忙しいんだよね。休みの日は五樹さんのモデルだし」

「とてもじゃないが、千明には実家に戻っている暇なんてないんだよ。だから、お前が代わりに――」

「ちょっと待ってください」

和泉は困惑しながら、五樹の声を遮った。

「だから、の意味が分からないんですけど。何で俺なんですか？」

何が悲しくて、今日初めて会った父親の愛人に代わって遺言書を探さなければならないのだ。鈍く痛む額を押さえながら訊けば、五樹は不思議そうに目を瞬かせた。そんな問いは予想していなかった、という顔だった。

「だって、お前は暇じゃないか。千明のように仕事があるわけでもなし」

答える声に責める色はない。けれど、単純な事実のみを指摘した言葉であるだけに耳に痛い。うぐっと返す言葉を詰まらせる和泉に、彼は更に続ける。

「それにお前は探し物が得意だったろう。特に不吉な匂いのするものを嗅《か》ぎつける能力はちょっとしたものだ。或《あ》るいは、向こうさんから呼びつけられているのかもしれないが――ともかく遺言書一枚探すことくらい、お前ならわけないことだと思ったのさ」

まるで犬か鴉《からす》のような言われようである。

「怖いことを言わないでくださいよ。それじゃあまるでオカルトじゃないですか。確かに、一部ジャンルの作品においては人より見る目があると自負していますけどね。それって所謂《いわゆる》、審美眼ってやつでしょう」

和泉はむっとしながら言い返したが、五樹はふっと鼻で笑っただけだった。

「彼岸を見るのは審美眼とは言わないよ」

そんな奇妙なことを言って、無精髭《ひげ》を生やした顎《あご》を撫《な》でる。反論を聞いてくれる気はないらしい。トーンの僅《わず》かに変わった声が「ところで――」と一方的に話を区切った。どこか浮世離れしたような、独特な抑揚を備えた低い声に表れたのは、不満の色だった。

「お前。私の絵を一枚、勝手に持ち出しただろう？」

それはこれまでの会話とまったく関係のない問いかけだった。しかし確かに思い当たる節のあった和泉は、その瞬間ひくりと目の下を引き攣《つ》らせた。

先日、とある写真家から一枚の絵を譲り受けるために、対価として父の作品を勝手に送ってしまったことは記憶に新しい。

それは以前の恋人とスキー旅行へ出かけた思い出を、別れの後に偲《しの》んで描いたのだという。生と死という主題に魅入られた五樹にしては珍しい、単純に美しいだけの風景画だった。本人は描いてみた後で満足し——そしてやはり、素朴な美に物足りなさを覚えたようだ。画布すら掛けられず、長いこと放っておかれていたのだった。

「だ、だって五樹さん。あれは個展にも出さないし、発表する気もないって言って部屋の隅に投げてあったじゃないですか」

「しかし、私の作品を勝手に持ち出したのは事実だ。違うかな？」

唇を尖《とが》らせて言い訳をする和泉に、五樹はぴしゃりと言い返した。

「違いませんけど……」

腑《ふ》に落ちないが、事実ではある。和泉は渋々頷《うなず》いた。

「それなら、私はお前に一つ貸しを作っていることになるね。私の顧客は皆、絵の対価を金銭で支払ってくれるが——勿論《もちろん》、息子であるお前にそんな要求をしようとは思わないよ」

「でも、借りは返せって言うんでしょう？」

「たかだか遺言書一枚探すだけだ。お使いと同じようなものさ」

他人事《ひとごと》のように言って、五樹は愛人の腰を抱いて引き寄せた。会話終了の合図だ。

毛布が床に落ちる音を聞きながら、和泉は二人に背を向けた。

「地図は」

「玄関に置いてある」

「用意がいいですね」

ふて腐れたように言って、乱暴にドアを閉める。バンッと鳴り響く音に驚いたのだろう。背後では「興が削《そ》がれた」とぼやく父の声が聞こえた。彼は何をするにも、とにかく気儘《きまま》で気分屋な人なのだ。

――いい気味だ。

憮然《ぶぜん》とした五樹の顔を想像して、和泉は少しだけ笑った。

＊＊＊

――成程。

確かに千明の言った通り、今井家とは〝田舎の〟地主である。

男の後ろに続きながら、和泉は「ほう」と息を吐いた。かつてあたり一面は畑だったのだという。正晃が土地を買い取り身内に貸し与えてからも、つい最近まで農業などが続けられていたようである。一戸の家に対してやけに庭が広い。かといって高級住宅街のような堅牢《けんろう》な様相ではなく、むしろ門などないような開放感に溢《あふ》れている。木造の家が多いのも昔の名残だろう。コンクリートジャングルと呼ばれる近代の閉塞《へいそく》感に慣れた和泉は、そんな田舎の風景に却《かえ》って居心地の悪さを感じたのだった。

人は都会を孤独な場所だと言うが、それは違うと和泉は思う。狭く冷たい灰色の世界は、しかし少し手を伸ばしただけで触れることのできるものも多い。人にしても、物にしても、距離が近すぎる。ゆえに、人の領域を侵さぬようにと神経質になってしまうのだ。

和泉は、その微妙な緊張感と気遣いから生じる擬似的な孤独が嫌いではない。必要以上に人と付き合うことを苦手とする和泉のような人間にとって、田舎ほど独りを感じる場所はない。人との繋《つな》がりに縛られなければ、ぽつんと取り残されてしまう。

——この空間の広さも不安を煽《あお》る要素の一つなのかもしれない。

鼻腔《びこう》に土の臭いを感じながら、和泉は独りごちた。

「遺品探しの専門家と聞きましたが——いやいや、千明にそんな知り合いがいるとは知りませんでした」

千明の父——名を今井祐介《ゆうすけ》というらしい。痩《や》せぎすだが長身で、そのためにいっそう全身が骨張って見える。骸骨《がいこつ》標本を思わせる男である。娘は男親に似るというが、彼から千明を想像するのは難しい。よく注意して見れば、すっと筋の通った鼻のあたりに面影は見られるかもしれない。しかし娘に比べると、彼の顔はどこか狡猾《こうかつ》そうだった。

目尻《めじり》を下げて必死に愛想良く振る舞ってはいるが、雰囲気に隠しきれない冷たさが滲んでいる。高坂五樹の名を聞いているからだろうか――和泉を見る目には媚《こ》びるような色があったが、彼が親族へ向ける顔は侮蔑《ぶべつ》で歪《ゆが》んでいた。

「親戚《しんせき》連中は気楽なものです。散々、外で好き放題やっていたくせにこういうときばかり集まるのが速い。遺言書を見つけた者に――と父が言ったのを良いことに、部屋や物置を荒らし回る有様ですよ。まるで死肉へ群がるハイエナじゃあないですか。家中漁《あさ》られて、妻はすっかり参ってしまいましてね。前から神経質なところがあったのですが……こんな状況は耐えられたものではないと言って、実家に帰ってしまいました」

言って、忌々《いまいま》しげに舌打ちをする。妻の身を案じているというわけではないらしい。

「それでいて、遺言書は見つけろと言うのだから勝手なものです。勿論、私も家を荒らされるだけ荒らされて遺産までくれてやるほどお人好《ひとよ》しではありませんが、しかし一人では分が悪い。息子もいるにはいるんですが、妻帯しておりましてね。当てにならない。それればかりでなく守銭奴な嫁に背中を押されて、私たちとは別に遺言書を探すと言い出す始末。まったく、親不孝とはこのことですよ。千明も誰に似たんだか、あんな調子でしょう？　途方に暮れていたんです。高坂さんが来てくださって、本当に助かりました」

祐介は鼻息荒く捲《まく》し立てた。

「そうですか」

今井家と関係のない和泉としては、そう相槌《あいづち》を打つ他ない。

死の床につく老人。遺産配分で揉《も》める一族。外から見てこれほど醜い光景もないが、内にいる人々は必死なのだろう。典型的だな――と胸の内で小さく呟《つぶや》く。千明ではないが、一昔前のチープなドラマでも見ている気分だった。

祐介は邸内を案内しながら身内を紹介していく。

地元の役所で働きながら、家の改築や娘の受験など事あるごとに金の無心をする弟夫婦。夫がギャンブルにのめり込み、負債を抱える妹。一番下の妹は都会で一人暮らしをしているが浪費家で、今はホストクラブに通い詰めているのだという。

金、金、金。

誰しも金は好きなものだが、揃って金と切り離せない生活を送っている兄弟というのも珍しい。珍しいがゆえに、和泉には若かりし頃の今井正晃という人の在り方が見えるような気がした。今でこそ死の淵《ふち》にある老人も、昔は息子や娘たちのように口を開けば「金」と言うような生き方をしていたのだろう。一代で財を築いた人だというから、もしかしたら子供たち以上に財への信奉が厚かったのかもしれない。

他人の生き方はともかく――紛れもない家族であることの証《あかし》に、彼らの顔は皆どことなく似ているように思われた。パーツはそれぞれ異なるが、雰囲気に共通したものがあった。祐介を含め、誰も彼も表情に余裕がない。険しい瞳《ひとみ》は遺言書を探しつつも、常に自分以外の行動を監視していた。

そうして他を牽制《けんせい》しつつ、自らの利は逃すまいとしている。

——これでは確かに息が詰まるな。

突き刺さる視線に気後れしながら、和泉は祐介の話を聞いていた。

「中でも一番油断のならないのが、甥《おい》の一成《いっせい》です。こいつは妹の子なんですが、昔から父に媚びるようなところがありましてね。遺言書探しにも加わらず、付きっきりで看病をしているんですよ」

「はあ。良い甥御さんですね」

——他の身内に比べると、随分まともだ。

続く辛辣《しんらつ》な感想を、口に出す寸前で呑《の》み込む。五樹から言われたことを思い出したからだ。

「くれぐれも失礼のないように。正直すぎるのも、駄目だ」

愛人の父親に気を遣っているのか、それとも彼の言う「父親ごっこ」の延長なのか——日頃は小言など口にしない五樹が、そんな風に釘《くぎ》を刺すのは珍しいことだった。

（やれやれ、何て面倒な……）

和泉は重い息を吐き出した。与えられた想いを過去のものとしてその身に刻んだ芸術品が相手なら、ともかく。リアルタイムで感情を変えていく人間との対話は、酷《ひど》く難しい。まして気の利いた返事を心がけろなどと言われると、もう何を言えばいいのか分からなくなってしまう。

「どうして油断できないと思うんです。遺産に興味がないなら、それで良いじゃないですか」

悩んだ末に和泉はそう訊《き》き返した。なかなか無難な問いだ、と内心で自画自賛する。

祐介の方も、そう訊かれるのを待っていたらしい。彼は薄い唇の端を吊《つ》り上げて「でしょう！　普通は、そう思いますよねぇ。見上げた甥だと思いますよねぇ」と、大仰に頷《うなず》いた。

「しかし、そこがおかしいと言うんですよ、高坂さん。うちの兄弟に立派な人間なんていないんです。いや、謙遜《けんそん》ではなくてですね。若い頃の父は金のためには人の道に反するようなことなんかも平気でやってのけたものでして。他人よりも自分が大事。もっと言ってしまえば、身内よりも我が身が大事――そういう風に育てられているんですよ。育てるというほど父は家庭を顧みませんでしたが、それでも私たちはそうした父の背を見て同じようにろくでなしに育っている。尤《もっと》も、私なんかは長男ですから多少は人に気を遣うことも覚えましたが」

彼は一度言葉を切って、舌で乾いた唇を湿らせた。

「類は友を呼ぶとはまさに正しい諺《ことわざ》でして、そんな兄弟たちの伴侶《はんりょ》もそれぞれがろくな人間ではないときている。うちの子供たちでさえ、そうした身内に囲まれてろくな大人にはならなかった。……明け透けな言い方をしていますが、身内の恥を晒《さら》しては愚痴る情けない人間だとは思わないでください。この家の行く末を憂えるからこそ、私はこうして高坂さんに話しているのです」

「そうですか」

和泉は頷いた。その適当な返事を、前向きに肯定と捉《とら》えたのだろう。祐介は「そうです」と大きく頷いて、喋《しゃべ》り続ける。

「ですから、一成だけが特別なはずはないんです。内孫ではないから、千明のように父から可愛がられていたわけでもない。何の見返りもなしに看病を続けるなんて有り得ないでしょう」

興奮気味に捲し立てる。和泉は飛んでくる唾《つば》に顔を顰《しか》めて、僅《わず》かに体の位置を変えた。

「そうですね」

と再び首を振る。「そうでしょう！」と、祐介。

「私はね、高坂さん。一成は遺言書の在処《ありか》を知っているのかもしれない、と思っているんです。父の傍にいる時間も、あれが一番長い。私が部屋に入れば早く出て行けと怒る父が、一成には何も言わないんですから」

「そう——つまり、正晃さんは甥御さんを信頼していると？」

機械的に頷きかけた和泉は、相手の不審な瞳に気付いて言い直した。肯定系の相槌は便利だが、同意を求められているときしか使えないから難しい。

「ええ。今は遺産に興味のない顔をして、父の機嫌を取っているのでしょうね。まったく頭のいい甥ですよ。このふざけた遺言書探しも、一成の入れ知恵なのではと疑いたくなるほどです。あれはきっと、父が死んだ後に何食わぬ顔で遺言書を見つけてくる。或《あ》いは、葬儀の済んだ後にでも母親に遺言書の在処を教えるつもりかもしれません。私は何としてもその前に遺言書を見つけて、偽善的なあれの鼻を明かしてやりたいんです」

祐介は肉の薄い、骨張った手を握りしめて叫ぶ。

「そうですか。頑張ってください」

和泉は予想外に鼻息の荒い彼に辟易《へきえき》しながら、素っ気なく言った。男の目が丸くなる。

「頑張ってください、じゃありませんよ。高坂さん」

「はあ。では是非そうしてください、でしょうか。すみません。俺、人の背中を押すのって苦手なんですよ。そもそも、趣味以外のジャンルで人と話すのがあまり得意ではないと言うか」

「背中を押して欲しいわけでもありません。得意不得意の問題ではなくて、ですね。どうして他人事《ひとごと》のような言い方をするんですか。高坂さんは、私を手伝いに来てくださったわけでしょう？」

どうやら返答を誤ったらしい。祐介がもどかしげに声を荒げた。眉間《みけん》にうっすらと皺《しわ》を寄せ、目には苛立《いらだ》ちを浮かべている。最近の若者はこれだから——とでも思っているような顔だった。

何もそんな顔をしなくてもと思いながら、和泉は曖昧《あいまい》に頷いた。

「ええ。まあ」

——仕方なく。

とは、胸の内でのみ付け加える。

「でしたら！　頑張りましょう、でしょう」

「そういうものですか」

「そういうものです。もしくは、お宅のお嬢さんの代わりに頑張ります、とか」

「はあ」

——つまり、彼も他人任せではないか。

腑《ふ》に落ちない。けれど皮肉を探すのも面倒になって、和泉はやはり「そうですね」

とだけ答えた。祐介は「そうです」と答えた後で、やり取りにデジャヴを感じたのだろう。奇妙な顔をしたが、すぐに気を取り直したように歩みを再開したのだった。

「それで、お嬢さんの代わりに頑張るのは分かったんですけど。俺はどこを探せば良いんですか？」

和泉は訊きながら、男の痩《や》せた背を追う。

「はい？」

前方から返ってきたのは戸惑うような声だった。

「どこをって……」

「ダウジングとか透視とか、そういうオカルトっぽい能力を期待されていたら申し訳ないんですけど、そういうのは無理なので。俺、ただの遺品蒐集家《しゅうしゅうか》ですし」

「蒐集家？　遺品探しの専門家じゃないんですか？」

千明から聞いていなかったのだろう。祐介は驚いたようだった。

「蒐集家ですよ。専門は、集める方です。……というか仮に探す方の専門家だったとしても、やっぱり胡散《うさん》臭い能力なんか使わないのが普通だと思うんですけど」

「……でしょうね」

「他の人と同じように片っ端から探していくしかない。つまり、俺もさっきあなたが身内のかたを指して言ったような〝部屋や物置を荒らし回る〟行為をしなければならないんです。けれどここで問題が一つ」

「問題、ですか？」

「はい。問題だと思いますよ。俺だけ赤の他人なんですから。千明さんの知人とはいえ、あなた方とは初対面なわけですし。普通の人は、初対面の人間に部屋の隅々まで漁《あさ》らせたりしないでしょう」

言えば、祐介は「確かに」と頷き、ちらっと振り返った。視線が交わる。すぐに彼は視線を前へ戻したが、その目に疑わしげな色が浮かんだことを、和泉は見逃さなかった。

無言が続く。たっぷりと数十秒——迷っていたのだろう。やがて、祐介は再び振り返った。顔にはたった今貼り付けたような愛想笑いがある。

「そうですね。仰《おつしや》る通り、父や他の身内なんかも良い顔をしないでしょう。高坂さんには物置の方をお任せするとしましょうか」

やはり、自由にさせようとは思えなかったらしい。彼は一拍の後に「私は、高坂さんを頼りにしていますが」と続けたが、その言葉が本心でないのは明らかだった。酷く浮いて聞こえた台詞《せりふ》に居心地の悪ささえ覚えながら、和泉は「そうですか」と素っ気なく頷く。

「物置ですね。分かりました。千明さんやうちの父の顔も立てないといけませんからね。できるだけのことはやってみますよ」

「……よろしくお願いします」

何か引っかかるものを感じたのだろう。祐介はほんの少し眉《まゆ》をひそめたが、すぐに何事もなかったかのように顔を戻した。和泉も口を噤《つぐ》んで、あとはぼんやりと物思いに耽《ふけ》ることにする。

――しかし物置なんていかにも日頃手を付けないような怪しい場所は、普通真っ先に探しているものではないのだろうか。広さがあるわけでもなし。すぐに帰らせてもらえると言うのなら、探す場所が狭いに越したことはないが。

祐介に続いて母屋を出た和泉は、邸《やしき》の奥へと視線を向けた。

物置というからには、鋼板で造られたオーソドックスな形を想像していたのだが、ぱっと見渡してもそれらしきものは見当たらない。代わりに前を歩く男の視線の先には、コンクリートに固められた、車庫のようなそうでないような建物が造られていた。入り口はシャッター式で固く閉じられている。

――これはどちらかと言えば、車庫かちょっとした倉庫だ。

祐介の言う「物置」を見たとき、和泉は少しだけたじろいだ。

和泉が持つ物置のイメージとはほど遠い。家が一軒建つ広さ――とまではいかないものの、車庫と言うにしても大きい。祐介はシャッターを開けるのに四苦八苦している。手伝って欲しそうな視線に気付いて、和泉は仕方なく鎧戸《よろいど》の縁に手をかけた。

とはいえ、非力な和泉が手伝ったところで何がどうなるはずもない。地面から少し浮いたままぴくりとも動かないシャッターを眺めて、和泉は「無理ですね」と早々に諦《あきら》めた。

「ちょっと、高坂さん！」

「俺、腕力に頼るの苦手なんですよ」

「……さっきから、得意ではないことばかり聞いているような気がするんですが」

小声で呟《つぶや》く男を無視して空いた隙間に爪先《つまさき》を押し込む。そのまま力いっぱい蹴《け》り上げれば、シャッターはガラガラと音を立てて半ばまで上がった。「こういう場合、まだ足を使った方が楽なんです」言いながら、和泉は恨めしげな顔で汚れた靴の先を眺めた。

祐介が残りを押し上げて、入り口はようやく身を屈《かが》めなくても通れるほどの広さになる。

「ここにはないんじゃないですか？」

中をざっと見渡しながら、和泉は呟いた。薄暗くて奥の方は見えない。

「どうしてです」

祐介は訊《き》きながら、照明のスイッチを探している。

「だって入るだけでも一苦労でしょう」

「だからこそ、ですよ。家族すら滅多《めった》に足を踏み入れない場所こそ、隠すに適した場所です」

しかし灯台もと暗しという諺《ことわざ》もある——という言葉を、和泉は呑《の》み込んだ。何を思い直したというわけでもなく、ただただ面倒だったのである。

照明が点《つ》いた。切れかけた蛍光灯がちかちかと瞬いて、目に痛い。しっとりと冷たい空気に、黴《か》びた臭いが充満している。

不快感に、和泉は軽く眩暈《めまい》を覚えた。そのまま倒れてしまえれば、どれほど幸せだったことか。

不要なものはとりあえずここへ押し込んできたのだろう。奥まで物が雑然と積み上げられて、どこから手を付けるべきか途方にくれるような有様である。思わず「酷《ひど》い」と零《こぼ》せば、祐介は乾いた声で笑った。彼は和泉が真っ青な顔をしていることに気付かなかったらしい。或《あ》るいは、気に留めなかっただけかもしれないが。

「では、私はこのあたりを探しますので。高坂さんは、そちらをお願いします」

「……はい」

泣きそうな顔で頷《うなず》いて、和泉は周囲を見回した。とにかく何か気の紛れるものを見つけて、意識をそちらに向けなければならない。古びたランプに錆《さ》びた灯油缶、割れた竹箒《たけぼうき》——処分しろと言いたくなるようなガラクタばかりだが、食指の動くものがまったくないというわけでもなかった。

例えば、箱へ無造作に詰められた雛《ひな》人形や五月人形。大きな壺《つぼ》に、まるで傘のように突っ込まれた飾り太刀。造りのいい和箪笥《だんす》なんかもそのままに置かれている。少し引き出しを開けてみれば、中には和紙で包まれた食器や昔の衣服などが押し込まれていた。

きつい樟脳《しょうのう》の匂いに顔を背けながら、引き出しを戻す。

——勿体《もったい》ない。

和泉は密《ひそ》かに溜息《ためいき》を吐き出した。それらは昔気質《かたぎ》の職人に作られたのだろう。金銭的価値をそれほど重視しない遺品蒐集家の目から見ても、〝良い〟と言えるものであった。しかしそれだけに、和泉が感じた失望も大きかった。

どれも状態が酷く悪いのだ。

持ち主を慕うあまり、共に死んでいく遺品とはまた違う。陰気臭い物置の中で、日の目を見ることもできずに朽ちるのを待つばかりの道具は悲惨である。持ち主に愛された頃の姿は見る影もない。

職人の誇りをその身へ刻んでいるだけに、そうした扱いはいっそう無念であったろう。

箱の中から覗《のぞ》く雛人形の目を見て、和泉はそっと手を伸ばした。持ち上げれば、体を包んだ紙の隙間からもう何年前のものか分からない防虫剤が零《こぼ》れ落ちる。効果が切れてどれだけ経つのか。美しい人形の顔には黴《かび》と思《おぼ》しき黒い斑点《はんてん》が浮かび、かつては鮮やかだったはずの十二単《ひとえ》はすっかり虫に食われていた。

美術品や遺品の中でも人形はまた特別な存在である。人の姿をしているためだろうか。そこに魂があるとまでは言わないが、作り手の想いや持ち主の思い入れを何となく想像できてしまうようなところがある。

――可哀想なくらい、惨めな顔をしている。

薄汚れた顔を指先で撫《な》でれば、瞳《ひとみ》のあたりが僅《わず》かに滲《にじ》んだ。

まるで泣き出してしまいそうだ――と、人に対するよりも幾分か感情的な眼差《まなざ》しを向けながら、和泉は爪の先で人形の黒髪を丁寧に梳《す》いた。

「その人形が何か？」

他の箱を探していた祐介が、怪訝《けげん》な顔で覗き込んでくる。

「いえ。手入れが悪いので勿体ないな、と。造りも良いですし、保存状態が良ければ何代も先まで持ちそうなものなのに」

「妹たちが幼い頃には飾っていたんですけどね」

祐介は小さく鼻を鳴らした。

「でも、新しいものは次から次へと出るでしょう？　子供や孫なんかには、お古じゃなくて新しい綺麗《きれい》なものを買ってあげたいじゃないですか」

「そういうものですか？」

「そういうものです。それにしても、その雛人形は酷いですね。入り口の方へ分けておいてください。処分しますから。父がしまい込まずに捨てておいてくれたら楽だったんですが……」

それきり、もう人形には見向きもしない。素っ気ないものだ。

和泉は渋々人形を元の場所へ戻した。恨めしげな彼女の目に謝りつつ、他の箱を開けていく。そうして二十分も遺言書を探した頃には、白い軍手がすっかり煤《すす》けた色に染まってしまった。

髪も何となく埃《ほこり》っぽい。「最悪だ」和泉が呟いたとき、入り口の方から祐介を呼ぶ声が聞こえた。

「義兄《にい》さん、お客さんですよ」

髪の短い、気難しげな女だ。弟の嫁だと言っていただろうか。女は嫌そうな顔で来客を告げると、すぐに母屋の方へ戻ってしまった。

「ああ、写真家の方が来たのかもしれない」

「写真家、ですか？」

思わず眉《まゆ》をひそめたのは、先日知り合った女のことを思い出したからだった。名前は何だっただろうか。国香――国香彩乃と言っていたような気がする。写真家としては駆け出しだが、確か人物写真をメインとした作品作りをしていたはずだった。彼女とは数日を湖畔の民宿で過ごしたが、特に連絡先を訊くこともしなかったのでそれから一度も会っていない。

とにかく快活でお節介。積極的に人と関わりたがる、和泉が最も苦手とするタイプだった。

「はい。父は昔から写真を撮られるのが嫌いなので、遺影に使えそうな写真が一枚もないんですよ。それでも私たち身内には撮らせたくないと言うので、仕方なく知人に専門の方を紹介してもらったというわけです。まだ若いんですが、ポートレートではそれなりに評価をされているそうでして」

祐介はそんな曖昧《あいまい》な言い方をした。芸術分野にはまったく興味がないのだろう。

――ポートレート。人物写真。若い写真家。

不吉な単語ばかりだ。

思わず探す手を止めれば、祐介が不思議そうな顔で見てきた。

「どうかしましたか？」

「いや、その……」

——その写真家の名前は。

何となく訊く気にはなれずに、和泉は言葉を濁した。その問いを口に出したが最後、あの写真家——国香彩乃が物陰からひょいと顔を出してきそうな予感があった。

「写真を撮られるのが嫌いって、あまり聞かないなぁと」

代わる言葉で誤魔化《ごまか》して、嫌な予感を振り払う。答える祐介は気楽なものである。

「そうですかね。まあ、昔はよく魂を抜かれるなんて言ったものですが」

「あはは、懐かしい迷信ですね」

自然と会話に割り込んだ声に、和泉は抱えていた木箱の蓋《ふた》を落とした。ごとん、と大きな音が庫内に反響する。「おや」祐介が入り口へ顔を向けた。射し込む光を遮る人影は、随分と華奢《きゃしゃ》である。

「こんにちは。連絡頂いた国香です」

聞き覚えのある女の声が、そう名乗った。

「こちらまで来てくださったんですか。今、母屋へ戻ろうと思っていたところなんですが」

向き直る祐介の手が止まる。彼は相好を崩して、猫撫で声で答えている。

そんな会話の傍ら、和泉はひっそりと気配を殺していた。

不幸な偶然に愕然《がくぜん》としている場合ではない。ハッと我に返って、息を止めたまま移動を開始する。入り口へ背を向けていたことだけが幸いだった。このまま彼女の目の届かない位置まで移動して、二人が母屋へ移動するのを待てば十分にやり過ごすことは可能だ。可能なはずだった。

祐介に、その不審な行動を見咎《みとが》められなければ。

「どうしたんです、高坂さん」

中年男の怪訝な声が和泉を呼んだ。その向こうで「高坂さん?」と繰り返す女の声が聞こえる。

——馬鹿!

思わず胸の内で罵《ののし》りながら振り返って、後悔。

「あ、和泉君!」

振り返った先には予想通り、国香彩乃の姿があった。彼女は少しだけ驚いた顔をしていた。肩からは見覚えのあるカメラバッグ。シンプルなパンツスーツに身を包んだ姿は、カジュアルな私服より少しだけ大人びて見える。和泉は「どうも」と小さな声で言って、軽く目礼した。

「やだ、何でいるの? すごい偶然!」

「そうですね。すごい偶然です」

不幸な——という枕詞《まくらことば》は胸の内にしまって、鸚鵡《おうむ》返しに頷《うなず》く。

それを口に出せば彼女はまた母親のように咎めるのだろう。「そういう言い方は良くないわ」だとか「またそうやって後ろ向きなこと言う！」だとか。

そんな反応が予想できてしまう自分にも、戸惑うのだ。多分、国香彩乃という人間が他より単純な性質をしているだけなのだろうが。日頃から他人には無関心でいるだけに、「分かってしまう」という感覚はどうにも気持ちが悪い。まるで友人だと認識してしまっているようで。

——アホらし。

呟《つぶや》きながら、小さく首を振る。

「まさか、また会うことになるなんて思いませんでしたよ」

「そうね。丁度良かったわ。この前、連絡先訊《き》き忘れちゃったから。撮った写真をどうやって渡そうかずっと考えていたのよ」

そう言って、嫌みなく笑う。和泉は毒気を抜かれて「いりません」と溜息《ためいき》交じりに答えた。

「いらないの？　もしかして和泉君も、写真に撮られるの嫌いだった？」

「別に嫌いじゃないですけどね。でも、他人の写真ならともかく——自分の顔なんて、嫌でも毎日鏡で見るでしょう？　わざわざ現像してもらう必要なんかないって話ですよ」

別に自分の顔が好きってわけでもありませんし。と鼻を鳴らせば、彩乃は「それは違うわ」と眉をひそめた。写真家として聞き捨てならないところがあったのだろう。

「鏡と写真は別のものよ。鏡は常に現在を映すけれど、写真に写るのは過去だもの。過去を鏡で映すことはできないし、過去からまったく顔の変わらない人もいないわ。似た表情はあっても、同じ表情はない。そういう意味では、人が一番知らないのはむしろ自分の顔だと思うの。和泉君が毎日鏡の前で一人百面相するって言うなら話は別だけど」

「し、しませんよ！　そんなこと、するはずないでしょう！」

カッとなって言い返せば、彩乃は「そうよね」と笑った。

――本当に、一々年上ぶった人だ。

引き結んだ唇をへの字に歪《ゆが》めながら、ふんとそっぽを向く。会話の途切れた隙を見計らって、祐介が口を挟んだ。

「お知り合いでしたか」

「いえ。知り合いというか、ただの顔見知りです」

和泉はきっぱりと否定した。彩乃は首を傾げている。

「それって、つまりは知り合いよね」

「……そうかもしれませんが、何となくそこは否定したいところがあったというか」

知り合いたくなかったというか。口ごもりつつも正直に言えば、彼女は眉《まゆ》を吊《つ》り上げた。

「何それ。根暗で失礼なところも相変わらずね」

「失礼なのは、国香さんも同じだと思いますけど」

相手に面と向かって根暗と言う人もそういないだろう。裏表がないと言えば聞こえは良いが、やはり付き合う上では面倒だと思う。たじろぐ和泉に、彩乃は畳みかける。

「今日も遺品とか怖い絵を探しに来たんでしょう？」

「違いますよ。今回は知人の頼みで――」

そう反論すれば、彼女は驚いた顔をした。

「和泉君に知人なんているの⁉」

「人を何だと思ってるんですか！　あんたは！」

「……ちょっと個性的な趣味を持った根暗で我儘《わがまま》な引きこもり、もしくはロイヤルニート？」

少し考えた末に、彩乃は一息でそう言った。少しだけ語尾をはね上げて――問いかけられても困るのである。一ミリも悪意のないその顔に、和泉は何となく傷付《や》いた。

「あの……。何というか、普通はもう少しやんわりと、思い遣りの心を持って、オブラートに包むものなんじゃないですか？　訊いたのは俺ですけど」

親しくもない他人からそれを指摘されると流石《さすが》に応《こた》えるものがある。何となく――自分で自覚がないわけでもないせいか――否定することもできずに、和泉は唇を震わせた。やはり彼女のことは好きになれそうもない、と口の中で呟く。

――目頭が熱いような気がするのは何故か。

僅《わず》かに顔の角度を上げて、痛む胸のあたりを押さえる。祐介が決まり悪そうに顔を背けてくれているのも、遣りきれない。彩乃は自分の発言の破壊力に気付いた風もなく、にこにこと笑ったまま「そうだ」と両手を打ち合わせた。パァンっと軽快な音が庫内で反響する。

「和泉君、暇なら助手をやってくれない？」

「……和泉君、の後がまったく聞こえなかったのでもう一度お願いします」

「暇なら助手をやってくれない？」

「Pardon?」

よく聞こえない。いや、聞こえてはいるのだが理解ができない。

「発音がそれっぽくて腹立つわね」

彩乃はむっとしたように眉間《みけん》に皺《しわ》を寄せると、あたりのガラクタを掻《か》き分けながら近付いてきた。無表情で突っ立った和泉の耳を摑《つか》んで、思いっきり引っ張る。「助手をしてってお願いしてるの！」耳元で怒鳴られて、和泉は思わず体を仰《の》け反らせた。耳鳴りが頭の奥まで響いているようである。

「俺、耳元で怒鳴られたのは初めてですよ。親にだって怒鳴られたことないのに」

「それって、自慢できることじゃなくない？」

「まったく手のかからない子供だったんです。大体、皆して俺のことニート扱いしますけどね。俺だって常に暇してるわけじゃないんですからね。今回は本当に、私用じゃありませんし」

ねえ、今井さん――と視線で助けを求めれば、祐介は一拍遅れて頷いた。

「ああ、はい。高坂さんにはうちの娘の代わりに、遺言書を探す手伝いをお願いしておりまして」

「遺言書？」

訊き返す彩乃に、老人からの酔狂な指示を説明する。

事情を聞き終えた彼女は、何と言えばいいのか分からないような顔で「そうなんですか。それなら仕方ないですね」と頷いた。そんな彩乃の顔を眺めていた祐介が、ふと笑みを作った。

「あ、それなら高坂さんには先に国香さんを手伝って頂くのはどうでしょう？　父との会話から何かヒントを見つけて頂ければこちらとしては幸いですし、撮影が早めに済んだら国香さんにも遺言書探しをして頂くということで——」

これぞ名案という風に提案したが、何とも虫の良い話である。

——俺には何の得もないじゃないか。

ぼやく和泉を無視して、彩乃はあっさりと頷いた。

「いいですよ」

「俺は良くないです。大体、写真のことなんて何も分からないのに」

「大丈夫よ。レフ板を持っていてもらうだけだもの。角度とか、光の当て方は私が調整するから」

ね？　と言われて、和泉は渋々了承する。食い下がったところで時間の無駄であることは分かっていたし、何より、少しだけ面白そうだとも思ったのだ。彩乃のことは苦手だが、彼女の作品作りには興味がないこともない。

「それにしても、遺言書探しなんてサスペンスドラマにありそうなシチュエーションですね」

彩乃は呑気《のんき》なものである。

「国香さんのように好奇心が無駄に強い人から殺されるんですよね」

和泉はぼそりと呟いた。他人の家の相続争いに首を突っ込んでいくあたり、彼女の方がよっぽど暇そうに見える。「まあ、殺人は起こらないでしょうけどね」と、祐介は苦笑を零《こぼ》した。

＊＊＊

正晃老人の寝室は、母屋の一階奥にある小さな部屋だった。

重たげな色をしたドアを、彩乃が二、三度叩《たた》けば「どうぞ」と若い男の声が答えた。

「国香です。失礼します」

彩乃は礼儀正しく答えて、さっさと部屋の中へ入っていく。その後ろ姿を見つめながら、和泉は一瞬だけ躊躇《ためら》った。ドアを開けた瞬間、部屋の中から流れ出た陰鬱《いんうつ》な空気が、体を押し返したように錯覚したのである。

――話を聞く限り偏屈だろうとは思っていたが。

光量の少ない部屋の造りは、和泉の部屋と少しだけ似ている。けれど決定的に異なるのは、この部屋が意志を持っていることだった。和泉は夜の静寂を好むがゆえに、意図的に空間を作り上げている。言わば、人工的で無機的である。

しかし正晃老人の寝室は、孤高の老人と完全に同化を果たしていた。部屋が彼を孤独にしたのか、それとも老人の孤独がそうした部屋を作り上げたのか。或《ある》いはその両方なのかもしれない。薬の匂いを含んだ空気は沈黙して、音を拒んでいるようである。

清潔感がある——というよりは潔癖で、まるで病院を思わせる白いベッド。そこへ横たわっていた老人は、客の来訪に上体だけをゆっくりと起こした。ベッドの傍らへ腰掛けていた男が、老人の背に手を添えて支える。

「写真家さんですね。伯父《おじ》から話は聞いております。こちらが祖父の今井正晃。私は、孫の花村《はなむら》一成です」

　穏和な顔をした青年は柔らかに微笑んだ。

「国香彩乃です。よろしくお願いします」

　彩乃も丁寧に頭を下げて、それぞれに名刺を渡している。

「……そちらの方は？」

　名刺をしまった一成の目が、和泉の上で留まった。彩乃の後ろでぼんやりと突っ立っていた和泉は、青年の胡乱《うろん》げな瞳《ひとみ》に気付いて慌てて頭を下げる。

「どうも、高坂和泉です。……千明さんに頼まれて、お手伝いに来ました」

　嘘を吐く気にもなれないが、露骨に遺言書のことを言うのも気が引ける——迷った末に曖昧《あいまい》な言い方をすれば、一成は小さく笑った。

「はは、代わりに人を寄越すなんて千明ちゃんらしいですね。彼女、興味ないって言っていたでしょう？」

　皮肉、というわけではないのだろう。親しい口ぶりで言う一成に、和泉は頷《うなず》く。

子だ」

「ええ」

「……千明は、あれでいて祐介なんぞより余程しっかりしている。仕事にも真面目な
服の襟元を整えながら、正晃が口を挟んだ。

成程、その酷薄そうな目元と唇は祐介とよく似ている。彼は衰えを感じさせない峻《しゅん》
厳《げん》な声でそう言うと、孫を睨《にら》んだ。「それなのにお前ときたら、有休まで取って年寄りの世話とは情けない」老人の憎まれ口に、一成は気を悪くした風でもなく微《かす》かな苦笑を浮かべている。

「そうですね。千明ちゃんと比べられてしまったら、何も言えません」

「でも、正晃さんのことが心配だから傍にいるわけでしょう？」

いいお孫さんじゃないですか。と、照明用の三脚を組み立てながら彩乃が言った。

正晃はふんと面白くもなさそうに鼻を鳴らしただけだった。

撮影は三十分ほどで終わった。

バストアップ写真一枚を撮るにしては、随分と時間がかかったものである。

彩乃はシャッターを切っては首を捻《ひね》り「もう一度お願いします」と繰り返した。仏

頂面の老人相手では撮り甲斐《がい》がないだろうと思ったが、和泉は黙ってレフ板を抱えていた。皮肉を言えるような雰囲気ではなかったし、彩乃の仕事ぶりに興味を覚えたためでもある。

――この沈黙した老人を、彼女はどう撮るのだろう？

以前見せてもらった彩乃の作品には、生の輝きがあった。静止した写真でありながら、場の雰囲気を感じさせるような何かがあった。例えば自分もその風景の中に存在して、目の前で情景を見たと錯覚してしまうような――

――正晃老人も、そのように写るのだろうか？

分からない。

写真の仕上がりを想像してみたところで、違和感を覚えるばかりだ。辛うじてそれらしいと思えるのは、厳《いか》めしい老人の、見た目通りに感情のない冷たい顔だった。

最後の一枚を撮り終えたとき、彩乃は初めて表情を緩めた。「これで終わりです」

優しげな声で老人と一成に告げて、その後でようやく和泉に向き直った。

「和泉君もお疲れ様」

「……別に。俺、突っ立ってただけですから」

言って、小さく首を振る。「国香さんもお疲れ様です」躊躇いつつもそう労《ねぎら》えば、彼女は少しだけ目を大きくした。

「な、何？　どういう風の吹き回し？」

「さあ」

肩を竦《すく》めて、彩乃の手の中へレフ板を押しつける。

「さっさと片付けてくださいよ。正晃さんも疲れているみたいですし、そろそろ出て行った方がいいんじゃないかと思うんですがね」

和泉は問いを無視すると、視線だけでベッドの上を示した。

病に冒された身で体を起こしているのは流石《さすが》に辛《つら》かったのだろう。気丈な老人は一成に背中を支えられ、今は水差しから水を飲んでいる。彩乃はしまったという顔をした。撮影に集中するあまり、正晃の病を忘れていたらしい。

「すみません！」

深く頭を下げて、すぐにレンズやレフ板、三脚といった道具を片付け始める。正晃はそんな彩乃を無言で眺めていたが、やがて疲れた吐息を零しながらベッドへ体を横たえた。

「一成。彼らを見送るついでに、お前も帰れ。やかましくて敵《かな》わん」

「でも――もうすぐ夕食ですから。食事ぐらいは、一緒に」

「帰れと言っている。それとも、アレは満足に飯も作れんのか」

アレとは、正晃自身の娘――一成の母親を指しているのだろう。これには、一成も悲しげな顔をして「いいえ」と首を振った。膝《ひざ》の上におかれた手が、小さく震える。

「では、ゆっくり休んでください。また明日《あした》も来ますから」

「必要ない」

冷たく言って、目を閉じる。それ以上の会話を拒んでいるようだった。一成は何か言いたげに口を開いたが、すぐに諦《あきら》めて祖父に背を向けた。「行きましょうか」溜息《ためいき》交じりに呟《つぶや》いて、力なくドアを押す。

「何も、あんな言い方しなくても……」

廊下へ出ると、彩乃が困惑したように呟いた。

「ああするしかないんですよ。祖父もきっと、辛《つら》いんだと思います」

答える一成の顔こそ、辛そうに見える。和泉は黙って二人の会話を聞きながら、確かに一成の言う通りだと思った。老人の拒絶にも似た沈黙は、身内への不信感と失望からきている。千明を悪く言わないのは、彼女だけが老人の財産とこの家に無関心だからだろう。

疑心暗鬼に陥った老人が自分を守るためにできるのは、心を閉ざすことだけだった。

「………」

彩乃は、でも——と言いたげな顔をしている。

「いいんですよ、国香さん。祖父は本当に迷惑なのかもしれない。それでも私が祖父の看病をしたいと思って押し掛けているんですから、これはただの自己満足なんです。……自己満足、というより負い目なのかもしれませんが」

一成が伏し目がちに呟く。

「負い目？」

「はい。仕事で来てくださった方にお話しするようなことではないのですが……」

訊《き》き返す和泉に、彼はそう言って口を噤《つぐ》んだ。左手をジーンズのポケットへ突っ込んで、ちらと固く閉じられたドアを振り返る。ポケットの中には何が入っているのだろうか。じゃら、と金属の擦れ合う音がした。一成は再び二人へ向き直り、気を取り直したように続ける。

「まあ、そういうことなので。祖父も少し素っ気ないところはありますが、あまり悪く思わないでください。病気で気が滅入《めい》っているのもあるんだと思います」

「……何か、すみません。正晃さんのことを知りもしないのに口を挟んだりして」

しゅんと項垂《うなだ》れる彩乃に、一成は「いえ」と首を振った。瞳には優しげな色が浮かんでいる。

「私は伯父に挨拶《あいさつ》をして帰ります。お二人はこの後どうしますか？　もしお帰りになるのでしたら、駅の方までお送りしますよ。地味に遠いでしょう？　タクシーだとお金もかかりますし」

「是非お願いします――と言いたいところなんですが……」

――ここは悲愴《ひそう》な顔をした彼らに合わせるべきなのだろうか。

迷いつつも、和泉は軽い調子で首を振った。案の定、彩乃が眉《まゆ》をひそめたが知ったことではない。居心地の悪い空気を砕くように、苦笑交じりで続ける。

「成り行きで撮影まで手伝う羽目になってしまったわけですが、俺の用事はこれからなので」

「ああ……。そうですよね。高坂さんは、遺言書を探しに来たんですよね」

すっかり忘れていたらしい。一成は複雑そうな顔で頷《うなず》いた。

「国香さんはどうします？」

「え？」

「仕事、終わったんでしょう？　送ってもらったらどうですか？　タクシー代、浮きますよ。祐介さんには俺から説明しておきますから。たかだか三十分俺の手を借りたぐらいで、あの物置で遺言書探しなんて割に合いませんよ。黴臭《かびくさ》いわ、埃《ほこり》っぽいわで女性には向かない場所ですし。俺も少し居ただけで、ほら。髪ギッシギシなんで。帰った方がいいです。絶対」

当然のようにこちらを手伝う気でいたのだろう。きょとんと目を瞬かせる彩乃に、和泉は捲《まく》し立てた。一成は呑気《のんき》なもので「優しいんですね。高坂さん」などと感心している。

しかし当の彩乃は、冷静だった。気遣いに感動した風もなく、ただ冷めた目でじぃっと和泉を見上げた。

「……もしかしなくても、一人の方が気楽でいいって思ってる？」

問いに、和泉は答えなかった。半ば確信した顔の彩乃から顔を背ける。

単純な思考回路をしているくせに、なかなか鋭い。もしかしたら自分でもお節介だと自覚しているのかもしれない。誰もいない方向を眺めながら——たっぷりと十秒ほど間を空けて、ぽつりと呟く。

「被害妄想ですよ。多分」

「多分って、馬鹿にしてるの？」

「馬鹿にするだなんて滅相もない。ただ、お仕事で疲れていらっしゃるのに申し訳ないなぁと」

「心配してくれてありがとう。でも、少なくとも和泉君よりは体力あるから大丈夫よ」

彩乃は皮肉交じりに言って袖《そで》を捲った。確かに重い撮影機材を持ち運ぶ彼女の方が、力はあるかもしれない——と形良く膨らんだ二の腕の筋肉を眺めて、和泉は思わず頷いた。

「で、結局こうなるのか」

石畳の上を選んで歩きながら、和泉ははぁと溜息を吐き出した。

祐介に挨拶をしてから帰る――と言って母屋へ残った一成と別れ、二人は物置へ向かっていた。それほど長い時間を今井家で過ごしたわけではなかったが、陽はもう大分傾いてしまっている。

――今日中には見つからないだろうな。

明日はもう少し早く起きなければならないかもしれない。そんなことを考えながら、和泉は憂鬱《ゆううつ》そうに目を伏せた。茜色《あかねいろ》の西日が目に痛い。機材を担いでいるにもかかわらず、先を歩く彩乃の足取りは軽かった。彼女は時折後ろを振り返っては「もっと背筋を伸ばして歩く！」と母親のようなことを言った。……母親が本当にそんなことを言う生き物なのか、和泉には分からなかったが。

「前も思いましたけど、無駄に元気ですよね。国香さんって」

「元気に無駄なんてないと思うけど？　少なくとも、陰気な顔してるよりはよっぽどいいわ」

「……陰気な顔ですみませんね」

「自覚があるなら、やめたらいいのに」

くるりと軽やかに足首を返して、彩乃が振り返った。不思議そうな瞳《ひとみ》が和泉を見つめる。

「やめたらって――」

和泉は困惑した。手袋をはめたままの指先で、無意識に顔へと触れる。そこにあるのは確認するまでもなく、血の気の薄い仮面のような男の顔のはずだった。今は少しだけ困惑に歪《ゆが》んでいるのかもしれないが、それでも大きく表情が動いた様子はない。

無感動だとか、人生が詰まらないだとか、そういったことではないのだ。ただ、彩乃のように感情を露《あら》わにする必要があるとは思えないだけで。喜ぶときには、口元を少し微笑ませるだけでいいし、怒りたいときには顔を顰《しか》めればいい。悲しいときにも軽く眉間《みけん》へ皺《しわ》を寄せるだけで十分だ。破顔してはしゃがなければ、楽しめないわけでもない。冷めているのだろうと言われればそうかもしれないし、表情の動きにくい顔の作りに性格の方が引き摺《ず》られたのかもしれなかった。心当たりのある要素を思い浮かべながら、和泉は続ける。

「生まれつきこの顔ですから。まあ標準よりは大分痩《や》せているので、余計にきつく見えるのかもしれませんが。別にあなたと一緒に行動するのが嫌で顔を顰めているとか、そういうわけでは――」

「いや何かそういう否定の仕方をされると、故意なのかなって思ったりもするんだけど。でも、顔の作りや和泉君の性格の悪さが問題なわけじゃなくてね。この前の——」

言い返す彩乃は釈然としない面持ちをしている。和泉の言い訳を否定して更に何かを言おうとした彼女だったが、台詞《せりふ》は途中でふつりと途切れた。

「トーゴ！　助けてっ！」

気持ちよく晴れた夕空の下に、不釣り合いな悲鳴が響き渡る。甲高い声には幼さがあった。

——子供だ。

と気付いた和泉の前を、小さな影が走り抜けていく。

小学生ぐらいだろうか。赤いチェック地に、デフォルメした髑髏《どくろ》の貼り付けられたパーカーを着た少女だ。その後を、ハッハッと桃色の舌を出しながら四つ足の獣が追う。見事な赤金色の毛並みをした大型犬——何という犬種だったか。それほどマイナーではなかった気がする。

——ええと、確か……。

「あ、ゴールデンレトリバーか」

目の前の光景をぽかんと眺めていた和泉は、思い出してぽんと手を打った。犬種を思い出したことに特に意味はない。

少し遠くまで駆けて行った少女は、途中で折り返すようにして戻って来た。そのまま、楕円《だえん》を描くように和泉と彩乃の周囲を走り続ける。助けを求める余裕もないのか、口を開いても零《こぼ》れるのは奇妙な悲鳴とバッグの中身のみである。

「い、和泉君！　助けてあげないと……。でも、どうしよう」

彩乃は珍しくおろおろしている。腰が引けている様子からして、犬が苦手なのかもしれない。彼女にも苦手なものなんてあるのか——と意外に思いながら、和泉は少女と犬の間へ割って入った。ようやく足を止めることのできた少女が、ぴたりと背中に張り付く。

「おい、助けろ！」

少女は震える声で言って、シャツの裾《すそ》をぐいと引っ張った。助けを求めるにしては居丈高な態度だ。まだ遊び足りない風の犬から少女を庇《かば》いながら、和泉はうっすらと眉間に皺を寄せた。

「おいっ、お前！　聞いてるのか？　早く何とかしろよ」

少女は再び——今度はもう少し語気を荒くして叫んだ。周囲の大人たちからたっぷりと甘やかされているのか、逆に物だけを与えられて人と接することを知らずに育ってきたのか。

尊大とは少し違う。無知というのが近いのかもしれない。悪気なく大人に命令する少女は、自分が子供であることを知らないようだった。

少女の態度は、ともかく。これ以上長引くとシャツの皺が心配だ。もう手遅れかもしれないが——嘆息しつつも、和泉はあらためて目の前の犬へ視線を落とした。

成程、確かに大型犬に分類されるだけあって大きい。後肢で立てば背中で震える少女の身長を超えてしまうかもしれない。しかし人に忠実なことで知られるこの犬は、獲物を追う本能からというよりは、その人懐っこさゆえに少女を追いかけていたようであった。アーモンド形の目には穏やかな光がある。

遊んで欲しそうに少女を見つめていた犬の目が、やがて和泉を見上げた。視線が交わる。不意に、犬から表情が消えた。心なしか、吐く息さえ細くなったような気がする。それまで千切れんばかりに振られていた尾は、ぴたりと動きを止めていた。

だから動物は嫌いではない。と、和泉は思う。彼らは人よりよっぽど繊細で、鋭い感性を持っている。和泉がそっと手を出せば、人懐こいはずの大型犬がじりっと後退《あとずさ》った。水平に伸ばしていた尾を、くるりと下方に巻いて後肢の間へ挟む。皺の寄せられた鼻先には、怒りとも怯《おび》えともつかぬ色が浮かんでいた。

「いい子だ。おいで」

柔らかな声で親しげな様子を見せるほど、犬はますます後ろへ下がる。こちらには悪意など一欠片《かけら》もないというのに、不思議なものだ——と首を傾げて、和泉はもう半歩だけ前へ踏み出した。その瞬間、犬は弾《はじ》かれたようにパッと体を反転させた。脱兎《だっと》の如く逃げ出す。恐ろしいほどの勢いで逃げ去った赤金色の背を、彩乃が唖然《あぜん》と見つめている。

「どういうこと……？」

「俺、昔から動物に嫌われるんですよ」

和泉は手を伸ばした恰好《かっこう》のまま、無感情に言った。

感覚の鋭い動物は、死の匂いに鋭敏である。美術のモチーフとしての死、死者の人生の語り手とも言うべき遺品——それらを愛好する和泉から、彼らは擬似的な死の香りを嗅《か》ぎ取るようであった。

——それにしたって、あんなに怯えることもないと思うのだが。

手袋をはめた手を鼻先に近付けて、臭いを嗅いでみる。乾いた土にも似た埃《ほこり》の臭いがほのかに鼻腔《びこう》を突いた。こちらの方がよっぽどの悪臭だと顔を歪めながら、和泉は背後の少女を振り返った。

「あんなのを放し飼いにしてんじゃねーよ！　ばか！」

犬の姿が見えなくなった途端に、これだ。和泉の後ろからひょいと飛び出した少女は、姿の見えなくなった犬に向かってしばらく罵倒《ばとう》の言葉を浴びせていた。一通り口汚く罵《ののし》ったところで、ようやく気も済んだのだろう。明るい色のポニーテールを揺らしながら二人に向き直った。

「おい、お前ら」

腰に手を当てたポーズで平らな胸を反らせる少女に、二人は顔を見合わせた。互いの目には困惑の色がある。こういったシチュエーションでは、怒りよりもまず戸惑いが先立つらしい。決まりの悪くなるような沈黙にも何ら思うところがなかったのか、少女は再び口を開いた。

「トーゴを知らないか？」

その唇から飛び出たのは、感謝の言葉ではなく乱暴な問いかけだった。

「トーゴ？」

先にも聞いた気がするその単語を反復する。

名字だろうか、名前だろうか。どちらとも取れる響きである。いや、もしかしたら人の名前ではないのかもしれない。「ええと、それって人？　それともペット？」同じことを考えたらしい。困ったような彩乃の問いに、少女は「ニンゲンに決まってんだろ！」と噛《か》み付くように答えた。

「ここのうちの人の名前かな？」

彩乃が顔を寄せて、小声で訊《き》いてくる。和泉は小さく首を振った。

「いえ、俺が知る限りではそんな名前の人はいませんけど……」

トーゴなる人物も、そういったあだ名のつけられそうな名の人も、和泉の記憶にはない。尤《もっと》も成人していない子供たちの名前までは聞いていないから、或《ある》いはトーゴという人は少女と同じ子供なのかもしれないが。

「君のお兄さんか、友達？」

「何でトーゴがあたしの兄貴になるんだよ」

「だって、どんな人か分からないからさ」

肩を竦《すく》める和泉に、少女はふんっと鼻を鳴らした。

「知らないのかよ。使えないヤツだなぁ」

どこでそんな表情を覚えたのか、歳に不相応な呆《あき》れ顔で毒づく。これには流石《さすが》にかちんときたのだろう。「あのね――」口を開きかけた彩乃を、和泉は片手で遮った。

「悪かったね」

悪びれもせずに素っ気なく謝る。勿論《もちろん》、本心から少女に対してすまないと思ったわけではない。それどころか、大人の余裕から彩乃を制したわけでもなかった。

――少女が今井家の子であるなら放っておいた方が、面倒がなくていい。

制止の根底に流れる怠惰さを見抜いたのだろう。彩乃は口を噤《つぐ》んだまま不満げな顔をしている。一方で、空っぽのバッグに気付いた少女はもう自分の暴言など忘れた風に、散らばった荷物を拾い集めていた。

ノート、ペンケース、財布、携帯電話、ゲーム機、ポップな表紙のファッション誌に、じゃらじゃらとキーホルダーを付けた鍵《かぎ》——あとはどこかから拾ってきたようなガラクタがいくつも。

点々と落ちたガラクタを拾い集めていた和泉は、ふと飛び石の上に落ちた一枚の額縁に気付いた。子供でも脇に抱えられそうな、B5判ほどの大きさである。銀縁にツタの絡みついた意匠はシンプルでありながら、控えめな美しさがあった。

しかし和泉の目を釘付《くぎづ》けにしたのは、精巧に作られた額縁ではなかった。額縁を必要とするもの。そこへはめ込まれた、一枚の絵。様々な彩りの中には傲慢《ごうまん》と嘲笑《ちょうしょう》がたっぷりと塗り込められている。和泉ははっとして、足早に近付く。心臓が早鐘のように脈打っていた。

「これは……。でも、何で……」

小さな画布の中では毛皮の帽子に豪奢《ごうしゃ》なコートを纏《まと》った男が、一人の富者との会話に熱中していた。いや——男の陰鬱《いんうつ》な顔は、彼の心が相手との会話には向けられていない事実をすっかり暴いてしまっていた。後ろから男の外套《がいとう》を引くのは、貧しい身なりをした男だ。豪奢なコートを纏った男は、貧者の訴えから耳を塞《ふさ》ぐために敢《あ》えて目の前の人物との話に忙しいふりをしているのだった。

〈元老院議員と死〉

それがこの絵のタイトルであることを、和泉は知っている。

比良原倫行の描いた〈死者の行進〉の一枚である。遺品を集める傍らで、和泉はもう何年もかけてこの作品群を求め続けていた。比良原は一般的に評価されている画家であるとは言い難い。絵そのものにも価値を認められないことがほとんどで、見つけてしまえば交渉に入るのはそれほど面倒ではなかった。

――しかし有名でないからこそ、探しにくいという問題もある。

それが作品群であることも知らずに何となく持っている人もいれば、気味の悪い絵だと言ってすぐに他の手へ渡してしまう人もいる。そしてもう一つ――これはできれば杞憂《きゆう》であって欲しいのだが、比良原の名を知らない人の手によって、幾つかの作品が処分されてしまっている可能性すら考えられないこともないのだった。

和泉は震える指先で、額縁の端を摘《つま》み上げた。

――こんなものをどうして、子供が持ち歩いているのか。

絵ばかりではない。注意して見れば、少女が拾い集めているガラクタは、どれも子供が持ち歩くにしては不自然なものばかりであった。古い銀細工のブローチに、揃いの指輪、使い古された万年筆。それらのうちの一つに触れた和泉は、奇妙な違和感を覚えた。そこには、例えば見知らぬ人に触れられて体を強張《こわば》らせている人のような―

—行き先も告げられずに連れ出された人のような、緊張と不安とがある。家族のものを持ち出した、というわけではなさそうだ。

「何だ？　それ、欲しいのか？」

「…………！」

思考する和泉の横から声をかけてきたのは、ポニーテールの少女である。拾った持ち物を乱暴に詰め込みながら、きょとんとした目で和泉を見上げてくる。

「あ、ああ」

「じゃあ、やるよ。これで貸し借りはなしだからな！」

口籠《くちご》もりつつも頷《うなず》けば、少女が無邪気に言ってにかっと笑った。子供らしい笑顔だけは可愛いものだった。戸惑う大人二人を余所《よそ》に、少女はもう用はないと言わんばかりにくるりと踵《きびす》を返した。

「あ、ちょっと——」

手を伸ばす。けれど、指はポニーテールの先にすら触れることがなかった。ガラクタの詰まったバッグを肩に掛けた少女が、軽やかに駆けて行く。

「変わった子ね」

彩乃はまだ、少女の去った方角へ視線を注いでいる。和泉は手の中の絵に視線を落としながら、頷いた。あらためて画布を見る。鮮やかな色彩の中で、元老院議員の肩へと留まったグロテスクな悪魔だけが鑑賞者に視線を向けている。

——さてさて、我らが出会ったのは世にも哀れな元老院議員。哀れにも死神に足を摑《つか》まれた男。私に肩を貸す男と君が出会った男はまったくの赤の他人だが、その実同じ魂を持っている。金の魔力に取り憑《つ》かれた彼らは、果たして死を前に何を思うのか。何に救いを求めるのか……？

鑑賞することも知らない少女から解放されて、安堵《あんど》していたのかもしれない。絵の中の悪魔がストーリーテラーのごとく、大仰に、雄弁に語りかけてくる。

（今井家の人々の運命を見届けろと言うのだろうか）

これも人生の塗り込められた絵を集める者に付きまとう、宿命のようなものなのだろう。人とはなるべく関わり合いになりたくないのだが、他人の人生の方から手元に転がり込んできてしまった。和泉は重い溜息《ためいき》を吐いた。

自分は、この遺言書探しに最後まで付き合わなければならないのだろう。そんな予感があった。


それから彩乃と二人で二時間ほど物置を探したが、遺言書は見つからなかった。遺言書探しの名目で、実は大掃除を手伝わされているのではと疑いたくなるほどの重労働だった。手前の箱を外へ運び、奥の箱を引っ張り出す。何が入っているのか分からない不透明な袋を開き、中身を漁《あさ》る。そのままゴミとして出してしまうような物には紛れていないと思いたいが、老人の考えていることは分からない。

肉体労働にも汚れ仕事にも慣れていない和泉は、二時間経つ頃にはぐったりと座り込んでいた。隣では、彩乃が片っ端から引っ張り出したものを片付けている。

「……体力、なさすぎじゃない？」

詰《なじ》る気にもなれないのだろう。彼女の声はむしろ控えめだった。

「そんなこと、自分が一番良く分かっています」

項垂《うなだ》れながら肯定すれば、苦笑が応《こた》える。重たげな灯油ストーブを奥へ押し戻して、彩乃はようやく一息入れることにしたのだろう。和泉の隣に「よいしょ」と腰を下ろした。

「国香さん、おばさんくさいですよ」

「そういう和泉君は、体力おじいちゃん並みじゃないの」

切り返しが速い。口では敵《かな》いそうにないな、と思って和泉は口を噤んだ。彩乃が汚れた軍手を外して、冷たいコンクリートの上へ投げる。「ねえ、和泉君」トーンの落ちた声が、和泉を呼んだ。

「何ですか」

　和泉はちかちかと明滅を繰り返す蛍光灯に目を細めながら、答える。彩乃は温度の低い声色に気後れした風もなく、続けた。

「こんなに広い家でさ。遺言書を隠して、見つけた人に財産を相続させる――なんてやり方を選ぶことにしたとき、正晃さんってどんな気持ちだったのかな」

「どんな気持ちって……」

「こうして家族がばらばらになって血眼で探すのを、どんな気持ちで眺めているのかな」

　声には何となく疲れたような、やるせないような色が含まれていた。

　彼女は探している間中ずっと、今井家の人々のことを考えていたのだろうか？　怪訝《けげん》に思って、和泉はついと視線を下ろした。彩乃の細い指先が、埃《ほこり》をかぶったガラスケースの側面へ円を描いている。彼女が何を言い出そうとしているのか、和泉にはまったく分からない。

「写真を撮ってるときにね、考えたんだ」

「何をですか？」

　ぼんやりと訊《き》き返す。彩乃が手でカメラの形を作って答えた。

「ファインダーを覗《のぞ》きながら、正晃さんの顔を見ながら。どうやったらこの人の生きた表情を撮ることができるんだろうって。だって――こう言うのはなんだけど、正晃さんってば撮られる前から遺影みたいな顔をしているのよ。レンズ越しの私の目に、はっきりと白黒で見えてしまったぐらいに。これぞ遺影の見本！　って顔をして私を見るのよ」

「撮りやすくて、いいんじゃないですか？」

記念写真でも卒業写真でも証明写真でもない。遺影用なのだから。和泉が単純に――何も考えずにそう返せば、彩乃は少しだけ考え込むような顔をした。形の良い眉《まゆ》を僅《わず》かに寄せて、もどかしげにしている。どうすれば自らの正確な胸の内を伝えることができるのか、思案しているようだった。

「じゃあ――」

唇が開く。

「和泉君は、遺影らしい遺影ってどういうものだと思う？」

問いに、和泉は困惑した。彩乃との会話は問答ばかりだ。ただの肯定や否定、意味のない追従では答えられないことが多すぎる。

「……多分、彩乃さんが想像しているものと同じだと思います。黒塗りのフレームに、バストアップの写真。比較的、見栄えのするものを選ぶのかな」

自然と、言葉選びも慎重になる。和泉がたどたどしく答えると、会話がふっと途切れた。重い沈黙が二人の間に降りる。しばらくして、彩乃が「でもね、和泉君」と柔らかな言葉で続けた。まるで子供の間違いを諭す教師のような声だ、と和泉は思った。

「最初から遺影に使う目的で撮る写真って、ほとんどないと思うの」

「………？」

彩乃の言う意味がよく分からずに、首を傾げる。彼女は自らの指先に落としていた視線を上げると、何となく寂しそうに和泉を見つめた。

「だからね。普通は、遺影に使われる写真って日常の中で撮られたものを使うでしょう？　家族で撮った写真や、友達と撮った写真をその人の部分だけ切り抜いて使うことが多いわ」

「はあ……」

多分、彩乃の言う通りなのだろう。――一般的には。

家族や友人と写る自らを想像できないまま、和泉は曖昧《あいまい》に頷いた。声が続ける。

「そういう写真は、言わば生きている写真よ。お葬式のときに参列した人たちが見て、その人が生きていた頃のことを思い出すの。棺《ひつぎ》に納められてしまったら、人は生前とあまりに変わってしまうから。つまり死者となった人を棺で送り出す代わりに、写真をその人の生きていた証《あかし》として胸の内に残すわけね。体裁が整えられてしまうから、何の思い入れもない人にとってはどれも似たような写真に見えてしまうわけだけれど」

「成程」

和泉の返事は、やはりぎこちない。

「だから、国香さんは不満に思っているんですか？　遺影に用いるためだけに撮られた写真には、何の思い出も残らないから？」

「ううん、不満というのとは少し違うんだけど……」

適当な表現が見つからないのだろう。彩乃は困った顔で、胸の内に言葉を探している。

「つまり、ファインダー越しに遺影がイメージできてしまうってことは、実際に遺影にしても遺影にしか見えないわけよ。その写真から、他の何かを想像できるわけでもなく」

「はあ」

「和泉君は〝思い出〟って言ったけど、別に写真を撮ったシチュエーションには思い出なんかなくてもいいのよ。実際、こうして遺影用の写真を撮ってくださいって頼まれることもあるわけで。ただ、その中身って言うの？」

問いかけるように語尾を上げて、彩乃は一度口を噤《つぐ》んだ。視線が別の場所を彷徨《さまよ》う。

ややあって、それらしい言葉を見つけることができたのだろう。

「生前を思い出す切っ掛けになるような、写真」

彩乃はぽつりとそう呟《つぶや》いて、満足そうに頷《うなず》いた。

「勿論《もちろん》、見ず知らずの写真家にいきなり笑顔を向けてくれる人なんてそういないけど――それでも普通は、その人らしい顔を見せるものよ。それが自然って言うか……。緊張している顔もね、みんな同じじってわけじゃないの。怒っているように見えたり、気恥ずかしそうだったり、泣きそうに見えたりね。下唇を噛《か》むような癖のある人もいたわ」

「……正晃さんは？」

訊き返せば、彩乃は左右に首を振った。

「だから、何にも。何も、なかった。まさに見知らぬ人が見た遺影。緊張しているわけでもなく、家族に憤っているわけでもなく、自分の境遇を悲しんでいるでもなく。言い方は悪いけど、もうすっかり死んだ気になってるって言うのが一番近いのかな……。それでこの遺言書探しでしょ？」

ハァ、と湿った溜息《ためいき》。

和泉は何も答えない。彩乃の言葉を追うのに必死だった。最初の問いかけのあたりから順を追って、胸の内で咀嚼《そしやく》していく。彩乃はあの三十分の間、彼女の言う〝生きた〟正晃を撮ろうと苦心していたのだろう。彩乃が奮闘している間、和泉自身は正晃の仏頂面を眺め――彼女はこの撮り甲斐《がい》のない老人をどう写すのだろう、とぼんやり考えていただけなのだ。

——答えられるはずがない。

決まりの悪さを覚えたわけではなく、和泉は単純にそう思った。

分からない。理解できない。手繰り寄せていた糸が途中でぷつり、と切れてしまったような、そんな困惑があった。ぽっかりと胸の内に空洞を見た気分だった。

問いに答えを求めていたわけではないらしい。彩乃は和泉の口が開くのを待たずに、続ける。

「あの後、一成さんが辛《つら》く当たる正晃さんのことをこう言ってたじゃない？〝ああするしかないんですよ。祖父もきっと、辛いんだと思います〟って。辛いのは、病気になった自分の傍に一成さんしかいないから？　それとも、いまわの際になってもお金以外に信じられるものがないから？　どうして、正晃さんは遺言書を隠そうなんて思ったんだろう。何の目的で？」

「それは……」

——自分のいまわの際でさえ、金にしか興味のない身内への抗議では？

言いかけて口を噤む。誰がそう言ったわけでもない。それは今井家を外から眺めた和泉が勝手に抱いた印象であって、真実ではない。和泉は傍へ立てかけた小さな額縁へ、ふっと視線を向けた。絵の中の悪魔がじっと見つめる。

――果たして死を前に何を思うのか。何に救いを求めるのか……？

「救い、か」

和泉はぽつりと呟いた。彩乃が「え？」と訊《き》き返してくるが、それには答えずに再び口を閉じる。母屋で親戚《しんせき》たちと話をしていたらしい祐介が、夕食だと呼びに来たのはそれからすぐのことだった。

＊＊＊

遺言書探しという名の労働と、国香彩乃から解放された夜――

深夜、零時――とはいえ郊外から戻れば、電飾に彩られた都市の夜は随分と明るい。駅前で難なくタクシーを捕まえてようやく我が家に辿《たど》り着いた和泉は、げっそりと息を吐いた。

埃《ほこり》を吸ってしまったのだろうか。喉《のど》が痛い。

明日……いや、今日も同じ作業が待っているのかと思うと、酷《ひど》く憂鬱《ゆううつ》だった。「はあ……」唇から大きな溜息が零《こぼ》れる。塀の上から「ふぎゃっ」と怯《おび》えた悲鳴。力なく顔を上げれば、和泉の帰宅に気付いた猫の逃げていく姿が見えた。

和泉は夜の静寂に尾を曳《ひ》く悲鳴を聞きながら、虚《うろ》ろな顔を上げた。

アトリエの窓からは皓々《こうこう》と明かりが漏れている。五樹は朝からずっと絵を描いているのだろうか。父親としては何一つ見習うべきところのない男だが、芸術を追究する一人の人間としては尊敬しても良いと思う。

ふとそんなことを考えてしまったのは、疲労に思考が麻痺《まひ》してしまっていたからかもしれない。和泉は軽く頭を振りながら、玄関の扉を引いた。施錠はされていない。不用心なことこの上ないが、五樹には息子が帰って来るまで玄関の鍵《かぎ》を閉めないという妙なこだわりがあるらしかった。

「おや、おかえり。和泉」

扉を開けるなり出迎えた父親の顔に、和泉は目を瞬かせた。

「五樹さん？」

待っていた――はずはないだろう。だとすれば、偶然か。戸惑いつつも「……ただいま。遅くなってすみません」そう返せば、無精髭《ぶしょうひげ》を撫《な》でていた彼は驚いたようだった。

親子できょとんとした顔を見合わせる。その間抜けな絵面に気付いて、和泉はすぐに顔から表情を消した。余程意外だったのか、五樹は自分が驚いた顔をしていることにも気付いていないようだった。目を丸くしたまま、けれどどこか嬉《うれ》しそうに口を開く。

「何だ。珍しいじゃないか」

「何がですか」

「私に気を遣うことが、だよ。いつも好き勝手出て行って、好き勝手帰って来るくせに」

「五樹さんが出迎えてくれた理由と一緒ですよ。偶然か、気紛《きまぐ》れです」

和泉は答えながら靴を脱ぎ捨てる。

そうだ。偶然か、ただの気紛れだ。例えば、他人の胸の内を想って生きる国香彩乃に無意識に感化されてしまった——とか、そんな馬鹿なことがあるはずはなかった。らしくない自分に苛立《いらだ》ちながら、和泉は楽しそうに笑う父親の横を通り過ぎる。

「収穫は？」

「ありませんよ。正晃さんはまだ生きているんですから。俺の出る幕なんてあるはずがないんです」

他人事《ひとごと》な五樹の声に素っ気なく答えて、浴室へ向かう。

「そうか。まあ、無理のないように頑張りなさい」

追ってくる声が、やけに父親らしく聞こえたのは気のせいだろう。何せ幼い自分に母と二人——〝老け込むから〟という理由で父母と呼ばせることはせずに、名前で呼ぶよう教えた人だ。彼らにとっては、家族的役割より何より、まずは個こそ重視されるべきものなのだろう。

（そういった意味では、うちも今井さんのところと変わらないのかもしれない）

ただ、特に争うこともなく上手《うま》くやっているというだけで。

皮肉っぽく唇を歪《ゆが》めながら、掌《てのひら》で扉を押す。そんな表情が見えたわけでもないだろうに、背後では苦笑交じりの溜息が聞こえた、ような気がした。


ああ、疲れることばかりだ。

顎《あご》のあたりまで湯船に浸《つ》かりながら、和泉はぼんやりと考えていた。

どうにも、昼間の少女の存在が胸に引っかかっている。生意気なあの少女が今井家の子でないことは、祐介に訊いて知っていた。彼は、近所の小学生だろうと言っていたが——本当にそうなのだろうか？　ただの小学生が、偶然〈死者の行進〉を持ち歩いていた？

それこそ、出来すぎている。

（遺言書探しといい、変なことばっかりだ）

犬を放し飼いにしていたのは、勝手に入り込んでは遊んでいく近所の子供たちへの意趣返しらしい。お世辞にも趣味がいいとは言えないやり方だが、一方で彼らしくもある。もっとも、彩乃の方はそんな彼のやり方に納得できなかったようで露骨に嫌悪感を滲《にじ》ませていたが。

「まったく、国香さんももっと大人になってくれればいいんだけどな。大体、あの女の子のことにしたってそうなんだ。そりゃあ態度は悪かったけど、別に俺たちが注意するほどのことでもないし。少し我慢をしてしまえば、それで終わりなんだから……」

ぼやきつつも――気になってしまうのは、やはり少女のことだった。

（あの子はガラクタを……〝遺品〟を、どうするつもりだったんだ？）

遺品。そう、子供が持つに相応《ふさわ》しくないあれらは恐らくすべて遺品だ。

触れた瞬間に覚えた違和感。主《あるじ》を失った悲しみと、見知らぬ人に連れ去られる戸惑い。物たちが纏《まと》ったそうした雰囲気は、遺品蒐《しゅうしゅう》集家として活動する和泉にも馴染《なじ》みのあるものだった。少女は持ち出してきた遺品たちを、どこかへ運ぼうとしていたのだろう。

――しかし、どこへ？　何のために？

分からない。少女が何者であるかさえ不明なのだから、思考がそれ以上発展するはずもなかった。唯一少女の手を離れたあの〝絵〟は、しかし見知らぬ少女のことなど語ろうとはせずに、病床にある老人の行く末を見よと言っている。

「正晃さんの行く末、か」

和泉は溜息《ためいき》交じりに呟《つぶや》いて、頭をぐったりと浴槽へ預けた。

頭の中では悪魔の台詞《せりふ》と彩乃の問いかけが、ぐるぐると回っている。

親しくもない偏屈な老人の考えることになど興味はないし、彩乃の話は難しすぎる。日頃は生温《なまぬる》い湯船のような生活に浸かりきった和泉にとって、今日の出来事は頭の痛くなるようなことばかりだった。苦い疲労感。もう何も考えずに眠ってしまいたいのに、良心的な何かが「それでは駄目だ」と頭の奥で囁《ささや》いている。

水滴の浮かぶ白い天井を眺めながら、和泉はもう少しだけ考えてみることにした。

遺言書。病床の老人。遺影らしい写真。死に瀕《ひん》して、人は何を考えるのか？

今までの生を振り返るのか？　そこに何を想うのか？

「ヒントは……絵、なんだろうな」

ぽつり、と呟いて目蓋《まぶた》の裏へ小さな絵を思い浮かべる。

――〈元老院議員と死〉

礼儀正しい貧者の訴えに耳を貸そうとはしない、富める男たち。元老院議員の肩に留まる悪魔は様々な疑念を囁いて、彼を疑心暗鬼にしている。

いや、疑心暗鬼になっているのは絵の中の男ではなく今井正晃だ。和泉は画布に描かれた元老院議員と正晃――そして今井家の人々を重ね合わせた。かつて金にこそ価値を見出《みいだ》し、家族との繋《つな》がりさえ構築することのできなかった老人。そして、今この瞬間にも金に執着している彼の息子たち——

比良原倫行が絵に起こした頃から遡《さかのぼ》り、ホルバインが原版を作り上げた十六世紀から存在する人の業だ。目に見えて役立つ物を崇拝し、面倒な日常からは思わず目を背ける。目を背けた日常の断片に価値あるものが含まれていると気付かないまま、人は歳を経る。

後悔先に立たず。

何が大切だったのか、気付いたときにはいつだって遅い。時間は巻き戻すことができないし、自らの生を悔いたところで離れた人の心が戻ってくるわけでもない。年老いて初めて、かつて自分が顧みることのなかった家庭へ手を伸ばしてみても、既に自らの居場所はないのだ。己の居場所を失い、家族という存在に絶望した孤独な老人は、己の掻《か》き集めてきた財産だけに囲まれた小さな世界に引きこもる。

実にありがちな構図ではないか。気が重くなる話ではあるが、疑問を持つほどのことではない。

溜息を吐けば、口元でぶくぶくと泡が生まれた。無意識のうちに沈みすぎていたらしい。

遣《や》りきれないような、諦《あきら》めたいような、そんな陰鬱《いんうつ》な気持ちになって和泉はざぶんと湯の中に潜った。目を固く閉じる。

──「こんなに広い家でさ。遺言書を隠して、見つけた人に財産を相続させる──なんてやり方を選ぶことにしたとき、正晃さんってどんな気持ちだったのかな」

彩乃が脳裏で首を傾げた。

──「ああするしかないんですよ。祖父もきっと、辛《つら》いんだと思います」

一成の声が、それに答える。

どうしようもない息苦しさに、和泉はばっと水面へ顔を出した。酸欠で頭がくらくらする。

「……っは。やめたやめた。よく考えれば、俺が悩む必要なんてどこにもないじゃないか」

濡《ぬ》れた髪を掻き上げながら、毒づく。髪から垂れる水滴が湯船に小さな波紋を作っていた。

＊＊＊

時間の流れというのは常に一定ではない。

特に疲労を感じているときの眠りは一瞬で、気付けば望んでもいない朝が来ている。

五樹に起こされたとき、和泉はそんなことを思った。思いの外あっさりと目が覚めたのは、体の痛みが原因だろう。痛くない場所がどこなのか分からないほど満遍なく、全身が痛い。

――これが所謂《いわゆる》、筋肉痛というやつか。

それは滅多に体を酷使することのない和泉にとって、馴染みの薄い痛みだった。顔を顰《しか》めながら体を起こして、溜息を吐く。今すぐにでも二度寝してしまいたい気分だ。それでもどうにか――着替えようと立ち上がったのは、国香彩乃との約束が脳裏を過《よ》ぎったからだった。

「明日《あした》は十時集合ね！」

あの無駄に元気な女は、約束を破れば家にまで押し掛けて来かねない雰囲気がある。和泉は彩乃に連絡先さえ教えてはいなかったが、行動力のある彼女のことだ。祐介を通じて、千明に辿《たど》り着きかねない。想像に身震いしながら、和泉は目覚まし時計へ視線を落とした。

飾り気のない液晶は、十時十五分を告げている。

違和感に首を傾げる。おかしい。液晶を見つめたまま硬直する和泉の脳内で――頼んでもいないのに、彩乃の声が「明日は十時集合ね！」と復唱した。十時。当然、午後十時ではないだろう。

残念ながら、彼女の決めた集合時間とやらは守れそうになかった。

「和泉君、おそよう！」

集合時間を四時間ほど過ぎて今井家に到着した和泉を迎えたのは、待ちかねた様子の彩乃だった。腰に手を当てた無駄にやる気のあるポーズで「重役出勤ご苦労様」と微笑む。その唇が引き攣《つ》っているように見えるのは目の錯覚ではないだろう。

「どうも。第一声から爽《さわ》やかに嫌みを飛ばしてきますね」

「だって十時集合って言ったのに、あっさり約束破るんだもの」

今何時？ との問いかけに、和泉はちらと腕時計へ視線を向けた。十四時二十分。

「あれ？ おかしいな。間に合うように家を出てきたはずなのに」

たった今気付いたとでも言う風に白々しく呟けば、彩乃は子供っぽく頬を膨らませた。

「おかしいな、じゃないわよ。おかげで私がどれだけ居心地の悪い思いをしたことか」

「だったら帰れば良かったじゃないですか。仕事、終わっているんでしょう？」

現像まで彼女が手がけるのか、そうでないかは知らないが――写真さえ撮ってしまえば後はもう郵送で済むはずだった。彩乃が今井家に足を運ぶ必要など、どこにもない。

——いや。あるとすれば、昨日のあれか。

和泉は頭の隅に、昨日の彩乃との会話を思い出した。酔狂な彼女は、孤独な老人の心を理解したいとでも思っているのだろう。或《ある》いは、一成の誠実さを老人に理解させたいのかもしれない。

素っ気なく言えば、彩乃は少しだけ目を怒らせて「だって、気になるじゃない」と呟いた。

「私が遺影用の写真を撮ったんだから。昨日の魂を抜くって話じゃないけど、写真は人の〝現在〟を切り取るわ。切り取られた景色は過去として未来に残るの。その人の一部としてね。特に人物写真は、人そのものに成り代わることさえある。教科書に載ってるような偉人の写真をイメージしてみて」

言葉に、和泉は渋々千円札を思い浮かべる。

「………………」

「私たちは私たちが生まれる前に活躍した人のことを知らないけれど、肖像を見て幾つかのエピソードを聞いただけで、その人のことを知った気になるでしょう？」

「……確かに」

頷《うなず》く和泉に、彩乃は生真面目な顔で続けた。

「そう考えると、写真を撮るって責任感を伴う行為だと思うのよ。だから私は、できる限り被写体の生きている顔を撮りたい。正晃さんが生きていたって証《あかし》になるような写真を撮りたいの」

言って、バッグの中からコンパクトなデジタルカメラを取り出す。遺言書探しの傍ら、暇を見て正晃の写真を撮り直そうというのだろう。彩乃が何故そこまで他人の表情にこだわるのか、和泉には分からない。答えは彼女自身の口から発せられているのだから、理解ができないと言った方が正しいのかもしれない。しかし、和泉は「そうですか」と頷いたきり話をそこで切り上げた。

——考えても頭が痛くなるだけだ。

口の中で呟《つぶや》いて、今日も物置へ向かう。

中は昨日より幾分か片付いて、すっきりしていた。物も減っているように思える。

「午前中に、一成さんと祐介さんと三人で片付けをしたのよ。このままじゃ、作業がはかどらないから。かさばるものから外へ出して、中に遺言書がないかチェックして、いらないものは清掃業者に持って行ってもらったわ」

頑張ったでしょう？　と彩乃は偉そうに胸を反らせている。

寝坊して良かった——と思いながら、和泉は相槌《あいづち》を打っていた。彩乃は何でもないことのように言ったが、相当の重労働だったろう。

「で、遺言書は出てきたんですか？」

「出てきたら、最初に報告してるわよ」

「そうですか。まあ、そうでしょうね」

頷きながらあたりを見回す。「一成さんと、祐介さんは？」訊《き》けば、既に棚の上へ手を伸ばしていた彩乃が答えた。

「一成さんはいつも通り、正晃さんの看病。祐介さんは亡くなったお母さまの部屋を探すって」

「亡くなった……正晃さんの奥さんですか」

成程、ここを探すよりそちらの方が余程何かありそうだ。和泉は皮肉っぽく呟いた。よく考えれば、体力のない老人が物を隠すことのできる場所など限られている。特にこの物置のような場所は、大人三人で片付けてようやく奥の方まで見渡せるようになったのである。家族に悟られず奥へ物を隠すとなれば、健常な人でも難しい。

今井家の人々が物置にまったく手を付けずに、家の中ばかりを探すのもそういうことなのだろう。

途端にやる気を失って段ボールへ腰掛ける和泉を、彩乃が窘《たしな》める。

「もう。そんなこと言って拗《す》ねたって仕方ないでしょう？　私たちは他人なんだから、家の中を探させてくれって言うわけにもいかないし。やれることをやるしかないんじゃない？」

「やれること、ですか」

そうして必死になってやれることをやったところで、何になるというのだろう。

正晃が喜ぶわけでもない。一成の献身が報われるわけでもない。意味のないことばかりだと溜息《ためいき》を吐きながら、コンクリートの床へ視線を落とす。視界の端で何かがきらりと光ったように見えた。

「和泉君、怠けてないで手伝ってよ。探すことに意味がなくても、和泉君にとっては良い運動になるわよ。少しは体鍛えないと、そんなにガリガリじゃあ女の子にもモテないんだから」

「……あんたは俺の母親ですか」

別にモテたいなんて思ってませんよ、と呟いて和泉は腰を上げた。箱と箱の隙間に腕を差し込み、覗《のぞ》いている鎖を手繰り寄せる。

——鎖？

じゃらっと聞いた覚えのある音が鼓膜に触れた。長い金色の鎖の先には、蓋《ふた》付きの小さな時計。

「これは……」

「懐中時計ね」

後ろから覗き込んできた彩乃が言った。物置にしまわれていた物ではないのだろう。

鎖から蓋まで綺麗《きれい》に磨き上げられた懐中時計には、使用感があった。

「誰が落としたのかしら。祐介さんかな？」

——祐介の物にしては、大事にされている感じがする。

首を傾げつつも、和泉は提案する。

「どうでしょうね。訊きにいってみましょうか。捜しているかもしれませんし」

彩乃の顔を見ると、彼女はぽかんと口を開けていた。

「……何ですか。その顔」

「いや、だって。和泉君が自発的に人のためになることを提案するなんて、信じられなくて」

唇から零《こぼ》れたのは驚愕《きょうがく》の声だった。

「……いい加減怒りますよ。いくら温厚な俺でも」

言葉とは裏腹に、声はまったくの無気力だったが。

和泉はふんと鼻を鳴らして、まだ驚いている彩乃の脇を通り抜けた。背後では「温厚じゃなくて、怒るのが面倒臭いんでしょ。単純に」と呟く声が聞こえる。

国香彩乃という人間は、やはりどこまでも無遠慮だ。胸の内を見透かされた気がして、和泉は密《ひそ》かに苦い顔をした。

母屋は前日にも増して酷《ひど》い有様だった。

家捜しに入った泥棒でもここまで荒らしはしないだろう――と二人は呆《あき》れ果てた眼《ま》差《な》《ざ》しで部屋の中を眺めた。これでは身内以外の人間を招くことなどできるはずがない。正晃の亡き妻の部屋でさえ例外ではなく、僅《わず》かに足の踏み場を残した床の上で、祐介は決まりが悪そうに笑っていた。

「いやぁ、お恥ずかしい限りです。父に頼まれましてね。業者を呼んで母の遺品などを片付けてもらったんですが――まさかこんなに物があるとは思いませんでしたよ」

男の愛想笑いには答えずに、和泉は小さく肩を竦《すく》めた。彼の目の前に、物置で拾った懐中時計をぶらさげる。

「これ、祐介さんの物ですか？」

訊《たず》ねれば、祐介の表情が少しだけ変わった。値打ち物かと期待する顔だ。狡《ずる》そうな目が、じっと和泉の手元を見つめる。けれど彼はややあって、ふんと鼻から嘲《あざけ》りにも似た笑いを零した。

「古いですねえ。私なら、もっと良いものを持ちますね。物置にあったのなら、父の物かもしれません。ブランド物ではなさそうですから、若い頃に買ったものかな。今はもっと良いものを持っているでしょうし、訊きに行くのが面倒でしたら処分してしまっても構いませんよ」

「なっ……！」

面倒臭そうに答える祐介に、彩乃が気色ばむ。「ちょっと、国香さん」和泉は慌ててその腕を摑《つか》んだ。言葉を選ばない男も悪いが、彩乃も大概感情的すぎる。理性の欠如を疑いたくなるほどだ。

どうにか彩乃を引き摺《ず》って、その場を離れる。祐介の怪訝《けげん》な視線が追って来たが、部屋の片付けを優先すべきだと判断したのだろう。彼の声が二人を呼び止めることはなかった。

「我慢するということを覚えてくださいね、国香さん。疲れますから」

廊下に出たところで、和泉はゆるゆると息を吐き出した。

——まるで猛獣使いにでもなった気分だ。

下から睨《にら》み上げてくる彩乃の目を見ながら、そんなことを思う。

あの程度の、自分には関係のない言葉を何故我慢することができないのか——と思う和泉に対して、彩乃は何故我慢を強いられなければならないのかと憤っているようであった。

「疲れる、疲れないの問題じゃないでしょう！」

正義感の強い言葉が、責め立てる。

「疲労は思考力を奪いますよ」

ある部屋へ向かって歩きながら、和泉は冷えた声で答えた。

「写真への熱意。他人への興味、親切、お節介、大いに結構です。でも、もう少し他のことも考えてくださいね。例えば――今日の午前中、あなたが祐介さんの他に誰と、あの物置の掃除をしていたのか、とか。それを考えれば怒る前にもう一人、この時計を捜しているかもしれない人の名前が浮かんで来ると思うんですけど」

窘めながら、正晃の寝室で足を止める。「それって……」彩乃の問いかけには答えずに手の甲で軽く扉を叩《たた》けば、中からは「どうぞ」とやや控えめな男の声が答えた。ドアノブに手を掛け、音を立てないように内側へ開く。

正晃は眠っているのだろう。眉間《みけん》に皺《しわ》を寄せて目を瞑《つむ》る老人の傍らには、一成の姿があった。

「こんにちは、一成さん」

声を潜めながら、和泉は部屋の中へ足を踏み入れる。彩乃も小さく頭を下げて後に続いた。

「どうしたんですか？　お二人とも」

「正晃さんがお休みのところ、すみません。物置でこれを見つけたので。一成さんのものですよね？」

ベッドへ体を向けて座る一成の膝《ひざ》に、金色の懐中時計を置く。それを見た一成の瞳《ひとみ》が大きく見開かれた。目の中には驚愕と、微《かす》かな喜びが入り交じっている。

「これ……！」

思わず大きくなりかけた声を抑えて、一成は和泉の顔を見返した。

「ありがとうございます。確かに、これは私のものです」

ほっとしたように掌《てのひら》で懐中時計を包む。そんな一成に、彩乃の表情が柔らかくなった。

「随分と大事にされているんですね」

「大事ですよ」

一成が頷《うなず》く。

「これは祖父に貰《もら》ったものなんです」

「正晃さんに？」

彩乃が意外だという顔をした。一成の顔が、過去を見つめて微笑んだ。

「はい。小学生くらいの頃だったかな。丁度、桃の節句の時季でした。千明ちゃんが八段飾りの立派な雛壇《ひなだん》を買ってもらって、私はそれが羨《うらや》ましくて一人で拗《す》ねていたんです」

思い出しているのだろう。彼の指先は、懐中時計の円い輪郭を愛《いと》おしげに撫《な》でている。

「うちは父親がとにかくろくでもない人だった。競馬、競輪、パチンコ――ギャンブルの類《たぐい》が好きで、でも弱くて、借金ばかり作っていたんです。だから当然お金もなくて、端午の節句に鯉のぼりや兜《かぶと》を飾ることもありませんでした。〝どうして僕はこの家の子供じゃないんだろう〟って、小さい頃はそんなことばかり考えていたような気がします」

「一成さん……」

話に聞き入る彩乃の瞳にも、共感の色がある。幼い頃に自分より恵まれた他人を羨むのは、誰もが通る道なのかもしれない。――自分にもそんな時期があったのだろうか、と考えながら和泉も黙って彼の話を聞いていた。

「まあ、雛壇の件はただの切っ掛けに過ぎなかったんでしょうね。千明ちゃんのことが羨ましくて、自分がとても惨めで、家に帰りたくなかったんです。だから、いつもは千明ちゃんと一緒に遊んでいた物置の中に一人で隠れていました」

一成が自嘲《じちよう》気味に呟《つぶや》く。「すみません。こんな、どうしようもない話を」そう苦笑しつつも、話を止める気はないようだった。もしかしたら、彼は自分と祖父との思い出話をずっと誰かに聞いて欲しかったのかもしれない。彩乃の言葉を借りるのなら、思い出というのも切り取られた過去の一つだ。写真と違って形のない記憶は、第三者へ語られることで初めて共有され、後へ残るものとなる。

懐かしいような、苦いような昔話は続く。

「そこへ捜しに来てくれたのが、祖父でした。当時から無口な人で、実を言えば私は少しだけ祖父のことが怖かったんです。けれど祖父は、古い雛人形を抱えて泣いている私を見ると、黙って頭を撫でてくれました。私が泣き止むのを待った後で、この懐中時計をくれたんです」

指先が金色の蓋《ふた》を弾《はじ》いた。

「子供だった私は、何も知りませんでした。父の借金を、祖父が何度か肩代わりしてくれたことも。伯父《おじ》さんたちは当然、祖父が我が家を援助するのにいい顔をしませんでしたから、祖父としては愛用していた懐中時計を私にくれることしかできなかったのでしょう」

かちりと音を立てて、文字盤が露《あら》わになる。手入れのされた時計は精確に時を刻み続けている。

「当時はまだ子供だったんです。そんな祖父の立場も考えずに、私は不満にさえ思いました。千明ちゃんのように新しい物を買ってもらうことができずに、お下がりの懐中時計を渡されたことを」

一成の顔には、幼かった自らへの嫌悪感。しかし過去の自分を糾弾するように、彼は続けた。

「男のくせに大学を出ていないのは恥ずかしいから、と乱暴な言葉で私を大学へ行かせてくれたのも祖父でした。けれどそのときも、私はまず祖父の厳しい言葉に畏縮《いしゅく》してしまった。この歳になるまで、祖父が自分にしてくれたことを理解できなかったんです」

それが前日に言った「負い目」なのだろう。

「もしかしたら、今でも理解できていないのかもしれない。私には祖父のことが何一つ分からない。祖父が生きているうちに、少しでも祖父の考えていることを知りたいと思うんです」

一成の目が、眠る正晃を見つめる。敬愛以上に、恥じ入るような感情を含んだ瞳だった。

「一成さんは……」

そんな一成に声をかけたのは、彩乃だ。

「正晃さんのことを慕っているんですね。そんなに小さな頃から、ずっと」

一成が顔を上げた。彼は不思議そうな瞳で、彩乃を見つめた。

「どうして、そう思うんですか?」

「だって、その懐中時計——」

とても綺麗《きれい》だから、と彩乃が言った。確かに彼の手の中にある懐中時計は、もうずっと昔から大事にされてきたようだった。指摘に、一成の目が大きくなる。

文字盤を見つめる目には戸惑いと混乱が代わる代わる浮かぶ。何かに気付かされて——しかし自分が何に気付いたのか分からないまま胸の内に答えを探しているような、もどかしげな顔だった。

「私は」

一成の唇が、僅《わず》かに開いた。答えが出たのだろうか？

「……物置へ行ったのか。一成」

しかし、続いた言葉は悩める青年の口から出たものではなかった。正晃だ。声にはもたつく孫を咎《とが》めるような、苛立《いらだ》ちが含まれている。一成がハッとした顔で振り返る。

いつから目を覚ましていたのか、ベッドの上の老人は灰色の瞳を孫に向けていた。

目には何らかの感情がある。怒りか？　苛立ちか？　焦燥か？

和泉は考えながら首を捻《ひね》った。死に肩を叩かれた老人の感情が少なからず読めてしまうのは、遺品を鑑賞することと似たところがある。けれど人という対象への興味が薄い和泉には、老人の胸中が分からない。彼が何に怒り、或《あ》いは苛立ち、焦燥に駆られているのか、見当がつかないのである。

——もしかしたら、物置に遺言書があるのかもしれない。

ふとそんなことを思ったが、しかしそれにしても目の前の頑迷な老人が感情を動かす理由にはならないような気がした。遺言書を発見されたくなかったのか？　いや、そうではないだろう。遺言書を隠して「探せ」と言ったのは彼だ。その動揺には不自然なところがあった。

「はい。祐介伯父さんに頼まれて、ゴミ出しを手伝ったんです」

素直に答える一成に、正晃の顔が苦くなる。

「お前は──」

乾いた唇が開いた。

眉間《みけん》に深く皺《しわ》を寄せた老人の顔が、言葉に迷った。

「お前は母親に言われて見張っているつもりかもしれんが──私は、絶対に遺言書の隠し場所を言わんぞ。お前の馬鹿な父親には、散々金を貸してきた。お前の母親には何度も離婚をしろと言ったし、お前にも自立しろと言った」

「分かっています。でも、私は……」

左右に首を振る一成の言葉を遮って、正晃は続ける。

「これ見よがしに客人に懐中時計なんぞ持って来させて、情に訴えようというのが透けて見える。そんな小芝居を見せつけられるぐらいなら、まだ祐介のように露骨であった方が幾らかましだ」

「そんなつもりはないんです。お祖父《じい》さん、私は」

一成は悲痛な顔で訴えるが、とりつく島もない。むしろ老人はそんな孫の気弱な態度にいっそう腹を立てたようで、眉《まゆ》を吊《つ》り上げると激しく喚《わめ》き立てた。唐突な感情の爆発に、一成が驚いて椅子から腰を上げた。「落ち着いてください。あまり興奮すると――」どうにか宥《なだ》めようとする孫の声を遮るように、老人は傍らにあった水差しを摑《つか》んで壁に叩《たた》き付ける。

「気分が悪い。出て行け！」

「…………」

「一成、出て行け！」

声を荒げた老人に、何事かと彼の息子たちが集まってくる。「何をやらかしたんだ、一成」「ちょっと、一成。父さんを怒らせちゃ駄目じゃない」「まったく、義兄《にい》さんといい一成といい花村の男は使えないな」疎ましげな身内の声に、体を縮こまらせているのが一成の母親なのだろう。

「……すみませんでした」

一成は小さく肩を震わせると、逃げるように外へ飛び出した。

「一成さん、待って――」

慌てて青年を追いかけようとする彩乃を、和泉は呼び止めた。

「国香さん」

「何？」

「撮らなくていいんですか？」

——正晃さんの、生きた顔。

老人の顔には、それまで抑圧されていた感情がありありと表れている。そんな予期せぬ表情を撮るために、彼女はデジタルカメラを持ち歩いていたはずだ。しかし、彩乃は「馬鹿！」と一言。罵倒《ばとう》の言葉を吐いて、駆けて行ってしまった。

——やれやれ、難しい人だ。

溜息《ためいき》を吐きながら二人の跡を追おうとした和泉は、部屋を出る前に一度だけ老人を振り返った。急に声を荒げた正晃は、疲れたように肩を上下させている。疲労が怒りを上回ったのか、既に目に激昂《げきこう》の色はなかった。いや、そもそも最初から激昂していたのかどうか。瘦《や》せこけた頰に、落ち窪《くぼ》んだ眼孔。どうにか威厳を保とうとしていた灰色の瞳《ひとみ》からも、気力がすっかり抜け落ちてしまっている。疲労に彩られた老人の顔を見た和泉の胸に、そんな疑問が過《よ》ぎった。「お前たちも、戻れ。戻れ」と身内を追い払う彼は、努めて声を荒げているようにも見える。

——死相が、濃い。

覇気のないその顔に、和泉は不吉なものを感じた。一瞬だけ老人と目が合う。彼は死神でも見たような顔でせせら笑って「言うな」とひび割れた唇だけを動かした。

＊＊＊

正晃が急逝したのは、その翌日だった。

朝から慌ただしくしていたのだろう。今井家の人々は二人への連絡すら忘れていたようだった。何も知らずに前日通り今井家を訪れた二人は、庭に止まる救急車を見て初めて、正晃の身に異変のあったことを知ったのだった。

今は医師が死亡診断書を作っているのだろうか。診断書が発行された後には、訃報《ふほう》の連絡をし、葬儀社を呼ばなければならない。今井家の人々は、特に長男であり正晃と同居もしていた祐介は、喪主として忙しくなる。遺言書のことも、葬儀が終わるまでは保留になるに違いない。

挨拶《あいさつ》だけして帰ろうとした二人を、しかし祐介は引き留めた。

「面倒な手続きなんかは女衆に任せておけばいいんですよ。葬儀にしても、人を多く呼ぶつもりはありませんし。それより、問題は遺産相続です。お二人とも、手伝ってくれますよね？」

「はあ……」

これには和泉も呆《あき》れるしかなかった。隣では彩乃が肩を震わせていた。怒りに言葉も出ないのだろう。和泉は視線だけを動かして一成の姿を探した。もしかしたら——青年は昨日祖父に追い出されたきり、二度と言葉を交わすことができなかったのかもしれない。部屋の隅には、目を真っ赤にして項垂《うなだ》れる彼の姿があった。

しばらくして医師が帰っていくと、祐介は疲れたように息を吐き出した。

「やれやれ。まさか父さんがこんなに急に死んでしまうなんて、驚いたな。何だかんだで、遺言書が見つからなければ焦《じ》れて口を出してくると思っていたのに」

「親父は短気だったからなァ」

肩を竦《すく》めたのは、祐介の弟である。女の声がそれに続いた。

「けど、兄さん。これだけ探しても見つからないし、父さんも死んじゃったし。遺言書なんてなかったと思って諦《あきら》めた方がいいんじゃない？　弁護士にでも頼めばさ、いいようにしてくれるでしょ」

言いながら煙草に火を点《つ》ける。女の手元から立ち上る紫煙に眉をひそめながら、弟が「いや」と首を振った。

「せめてもう少し、探してみるべきだろう。親父は他に遺言を残さなかったわけだし」

祐介も頷《うなず》く。

「こいつの言う通りだ。それに遺言書を諦めることは、父さんの遺志にも反する」

「父さんの遺志って、ただ単に兄さんたちが遺産を独り占めしたいだけじゃない。賤《いや》しいわよ」

「そういうお前こそ。遺言書を探すのは面倒だが、おこぼれは欲しいと言うんだろう？　その金でまた男に貢ぐ気か。まったく、いい身の上だな」

一つの本音が零《こぼ》れると、それを皮切りに各々の口からは他の兄弟への不満が噴き出した。兄の言葉が、弟の言葉が、妹の言葉が――それぞれ相手を傷付ける言葉となって容赦なく発せられる。

彼らは他人を交えていることも忘れて、しばらく罵《ののし》り合っていた。堪《たま》りかねた彩乃が「あの――！」と非難交じりの声を上げたことで、ようやく身内だけでないことに気付いたらしい。一瞬の静寂の後に、祐介がこほんと一つ咳《せき》払いをして、

「とにかく。弁護士に相談なんて以《もっ》ての外だ。父さんの遺志に従わないと言うのなら、どんな遺言が出てきても相続には関わらないと一筆書いてもらおう」

そう締めくくった。

「は？　何それ。横暴じゃない？」

「俺は兄貴に賛成だな。大体、お前たちは女だからって親父に援助してもらうばかりだったじゃないか。それで弁護士に頼んで遺産まで貰《もら》おうだなんて、考えが甘い」

「そんなこと言って、兄さんだって子供の受験だ何だって父さんに散々お金の無心し

てたくせに」

こうなると、もう収拾がつかない。

間を置かずして再び始まった争いに、和泉が眉を寄せたとき——

それまで部屋の隅で蹲《うずくま》っていた一成が、勢い好《よ》く立ち上がった。彼の掌《てのひら》が、バンッと怒りを含んで壁を叩く。身内を睨《にら》む瞳には、激しい憤りと軽蔑《けいべつ》とが浮かべられていた。

「伯父さんたちは、亡くなったお祖父《じい》さんに恥ずかしいと思わないんですか！　まだ葬式すら済んでいないのに、遺産のことしか頭にないなんて……！」

まさか日頃穏やかな彼が声を荒げるとは予想していなかったのだろう。初めて激昂してみせた一成に、彼の身内は皆ぽかんと口を開けていた。そんな親戚《しんせき》たちをぐるりと見渡して、一成は続ける。

「何がお祖父さんの遺志ですか。何が遺言書ですか！　そんな薄情で、よくも遺産を相続しようなんて言えますね」

吐き捨てるように言って、部屋を出ようとする。「一成！　お前、まさか父さんから遺言書の隠し場所を聞いているんじゃないだろうな」追いかける祐介の声に、一成は一度だけ振り返った。

「知りませんよ！　僕は遺産なんかに興味はなかった。お祖父さんにも分かってもらえなかったけど、本当に遺言書なんてどうでも良かった。葬儀の仕度が整うまでやることがないなら、僕は家に帰ります。母さんも、見つかるか分からない遺言書を当てにするぐらいなら、お祖父さんの言った通りさっさと離婚をしてしまえば良かったんだ。お祖父さんに散々助けてもらったのに、恩を仇《あだ》で返すことしかできないなんて」

「一成！」

息子の激しい糾弾に、一成の母親は肩を震わせていた。けれど青年は母親や親戚には目もくれずに部屋を飛び出すと、足音も荒く走って行ってしまった。

「一成さん……！　待って！　和泉君、どうしよう」

どうしたら良いのか分からないのだろう。彩乃は落ち着きなく、部屋の入り口と和泉とを見比べている。和泉は呆れたように、顎《あご》で外を示した。

「どうしようって、追いかけたいんでしょう？　国香さんは」

「そうだけど……」

「だったら、追いかければ良いだけの話です。俺に対する気遣いはまったくないくせに、変なところで遠慮するんですね」

皮肉っぽく言えば、彩乃の眉《まゆ》が吊《つ》り上がる。ようやくいつもの調子に戻ったようだった。

「お、追いかけるわよ。追いかけてやろうじゃないの！」

そんな逞《たく》しい宣言をして、駆けて行く。和泉も苦笑しながら彼女の跡を追った。

——正晃が死に、一成の持つ〝懐中時計〟が遺品となった今、遺言書が見つかるかもしれない。

根拠はない。しかし、予感があった。

時計とは時間を刻むものである。時間とは人の手で止めることのできないものである。人は時の流れに抗《あらが》うことができない。この世に生を受けたその日から、人は時間とともに歩み続け、年老いていく。

人生の象徴たる時計。正晃とともに時を刻み、そうして幼い一成へと受け継がれた〝彼〟は、きっと何かを知っている。元の持ち主が演出した「遺言書探し」という舞台に幕を下ろすため、ものを語ってくれるはずである。

——死んだ正晃のためにも、遺言書の在処《ありか》は明らかにされなければならない。

玄関から外に飛び出して、あたりを見回す。彩乃が「あっ」と声を上げた。

彼女が指さした先には、物置の陰で息を吐く一成の姿があった。

「待ってください。一成さん」

「あ……。高坂さん、国香さん」

声をかければ、一成は振り返った。怒りの長く続かない人なのだろう。表情から興奮が消え、今は静かな悲しみがあった。

「すみません。急に、飛び出したりして。母にも酷《ひど》いことを言ってしまった。ああいう言い方はすべきじゃないって、分かっていたんです。でも我慢ができなかった。私は」

一成の唇からは悲鳴にも似た言葉が零れる。青年はずっとそうして自らの感情を抑えてきたようだった。花村一家を侮蔑する身内の目が、彼をそうした性質にしたのかもしれない。一成は、激しい悔恨に彩られた顔で続けた。

「私は、ずっと、伯父《おじ》たちに何も言えませんでした。言えるはずがなかった。父が身内に迷惑をかけていることは嫌というほど分かっていたし、私が少しでも何かを言い返せば今度は母が非難される。かと言って、父や母と向き合うことも怖かった。どうしようもない父でも、母にとっては大切な人です。母の想いを無視してまで、家族の在り方を変えることなんてできなかった」

言葉が途切れる。青年の荒い呼吸だけが、重たい沈黙の中に響く。

「祖父だけです。祖父だけが何を言っても自由だった。伯父たちや、両親や、私自身に——祖父は私の言いたいことをすべて言ってくれました。私はそんな祖父が怖くて、そして憧《あこが》れていました。昨日、国香さんに言われて気付いたんです。自分がずっと〝負い目〟だと思っていたものが何だったのか」

「何だったんですか？」

彩乃の優しい声色が訊《き》いた。その問いに導かれるようにして、一成が答える。

「好きだったんだと思います。祖父が優しい人だったのかどうか、私には分かりません。でも、私は随分と祖父に救われてきました。だから何かを返したかった。でもやっぱり私は……そんな自分の想いさえ、言葉にできずに祖父に何を伝えることもできなかったんです」

「一成さん……」

「すみません。昨日から、こんな話ばかり」

深く頭《こうべ》を垂れる彼に、和泉は「いえ」と首を振る。跡を追ってきたのは謝罪を聞くためでも、彼を慰めるためでもない。ずい、ともう一歩。足を踏み出す和泉に、一成が怪訝《けげん》な目を上げた。

「高坂さん？」

疑問を無視して、和泉は口を開く。

「時計を――」

「え？」

「あの時計を、貸して頂けませんか？」

急な申し出に、一成は戸惑ったようだった。「何を言ってるの？　和泉君」と、彩乃の声には非難が交じる。

「でも……」

　案の定、一成は躊躇《ためら》う素振りを見せた。右手がジーンズのポケットに伸びる。そこに懐中時計があるのだろう。じゃらり、と金属音を聞いた彼の目が少しだけ潤んだ。和泉は辛抱強く続ける。

「大丈夫です。すぐにお返しします。乱暴に扱ったりもしません。絶対に。これでも、古美術品の取り扱いには慣れていますからね」

　白い手袋をはめた手でアピールすれば、ややあって一成は小さく頷《うなず》いた。自らの疑《うたぐ》り深さに恥じ入るように頭を垂れて「すみません——」と項垂《うなだ》れる彼に、思わず苦笑する。

「謝らないでください。無理を言っているのは、俺の方なんですから」

「何をするの？」

　訝《いぶか》しげに覗《のぞ》き込んでくる彩乃の頭を、片手で押し返す。そうして一成から差し出された懐中時計を恭しく受け取り、和泉は初めて悪戯《いたずら》っぽく微笑んだ。

「俺も、死者の前で騒がしくするのは好みじゃないので。黙らせる手伝いをしようかな、と」

　手の中の時計には、明確な意志がある。これで役割を果たすことができると喜んでいるようでもあった。怪訝な顔をしている二人を残して、和泉はシャッターが半開きになった物置の入り口をくぐる。

生者が想いを語ったのだ。死者も、秘めていた胸の内を明かさねばなるまい。

シンとした物置内に足を踏み入れれば、ざわ、と何かのさざめく声が聞こえた。中では家の中に居場所を失った老人と同じ、追いやられた物たちが身を寄せ合っている。正晃が死んだことで、つい昨日まで静かだった物置の中は酷く混乱しているようにも感じられた。

──彼らは正晃さんの死を悲しんでいるのだろうか？

それとも老人の息子たちに捨てられる自らの運命を嘆いているのだろうか？

和泉は息を潜めて、彼らの囁《ささや》きを聞いていた。

金色の時計が手の中でじんわりと熱を帯びて、和泉の冷えた掌《てのひら》を温めていた。スッと息を吸い込み、懐中時計を包み込むように右手で覆う。チッチッチッと響く秒針の音が、時を巻き戻していくような錯覚を引き起こした。

目を瞑《つむ》る。

カタカタと音を立てているのは、手前へ寄せられた木箱だろうか？

音とともに空気の変化を感じ取ったとき、和泉は再び目を開いた。

──木箱の傍には小さな影が蹲《うずくま》っている。

影の前には、古びた金色の屏風《びょうぶ》に男雛《おびな》と女雛が並んでいた。

それは幼き日の一成と、二度と飾られることのなくなった古い雛壇なのだろう。少年は惨めな自分の境遇を、暗い物置に追いやられた雛人形と重ねていたのかもしれなかった。生きている人を鑑賞することのできない和泉には、そう想像するしかない。

幼い影の傍らで膝《ひざ》をついているのは、最後に見たよりも若い正晃の矍鑠《かくしゃく》とした姿だ。皺《しわ》の少ない、厳《いか》めしい顔。しかしその表情には困惑があった。

少年と思《おぼ》しき人影の顔のあたりからはコールタールのような黒い雫《しずく》が零《こぼ》れて、コンクリートに染み込んでいく。慰める言葉を持たない初老の男は溜息《ためいき》を一つ零すと、少年の頭にそっと皺の少ない手を載せた。ずっと引き締められていた唇が一度だけ、動く。彼は何を言ったのだろうか。瞳《ひとみ》には感情の色があった。厳しさ、ではない。孫を慈しむような、穏やかな何かだ。

――彼にも、そんな顔をしたことがあったのか。

眺めながら、和泉は少しだけ驚いた。

男の唇がぎこちなく動く。一言、二言。孫を慰めているのだろうか。それとも泣くなと窘《たしな》めているのだろうか。どちらにしろ、泣きじゃくる少年には和泉と同じように祖父の声など聞こえていない風であった。やがて、男は途方に暮れた顔で小さく溜息を吐き出した。息子からも「我が身が大事」と言われた男は、子供を慰める言葉をそう多く知らなかったのだろう。弱り切った彼は、尖《とが》った指先で上着のポケットを探った。菓子でも探していたのかもしれない。

その瞬間、じゃらり――と微《かす》かな金属音が鼓膜に触れた。耳に心地の好《よ》い涼やかな音に、人影が少しだけ頭を擡《もた》げる。初老の男の手には、金色に輝く懐中時計。男は顔を上げた少年と手の中の時計を見比べると、再び溜息を零した。

「一成」

そこで初めて、男の声が音となる。ひどく優しげな声色だった。

男はしばらく自分の声音に驚いたように、孫の顔を見つめたまま口を噤《つぐ》んでいた。どれだけ、そうして沈黙していただろうか。やがて彼は孫の視線に耐えかねたように顔を背けると、手の中の懐中時計をそっと少年の掌へ載せたのだった。

やり場のない目をくすんだ金色の屛風へ向けたまま、ぽつりと呟《つぶや》く。

「男がぐずぐずと泣くもんじゃない。我慢しなさい」

声にはやはり不釣り合いな柔らかさがあった。しかし小さな人影は、音の含む優しさよりも言葉の冷たさに傷付いたようだった。時計を握りしめたまま、ふいと俯《うつむ》く――

それが時計の見せた過去の終わりだった。影である一成少年の手の中で、和泉の掌の上で、懐中時計は目映《まば》ゆく光った。物置の内は朝日が射し込んだような明るさで満ちる。白々とした光の中に、やがて老人の肉体は形を失った。ふっと吐息を浴びせられた塵《ちり》のように、皮膚や肉が蕩《とろ》けていく。肉体は白骨となり、白骨は骨粉に変わり、さらさらと音を立てて崩れた。

思わず目を瞑りたくなるような眩《まぶ》しい世界の中で、和泉はそっと手の中へ視線を落とした。時計の針がまるで羅針盤のようにくるくると回っている。時計を手にしたまま〝彼ら〟の姿があった場所へ歩み寄れば、そこには蓋《ふた》の落ちた木箱が一つ——

——語り手は、もう一人いるのか。

箱の中からは女雛が、滲《にじ》んだ顔を向けていた。その黒目がちの瞳がじっと和泉の手元を見つめる。〝彼女〟はぎょろりと瞳を動かした。まるで何かを探しているようにも見える。忙《せわ》しなく瞳を動かす女雛を手伝うように、和泉は箱の中の物を取りだした。男雛、三人官女、五人囃子《ばやし》、矢大臣、衛士《えじ》にぼんぼり、高坏《たかつき》、菱台《ひしだい》、桜、橘《たちばな》——どれも違う。小物をすべて取りだして、最後に屏風へ手を掛ければ女雛の目がぴたりと和泉の手を凝視した。

「これ……？」

時計の針が静止したのは和泉がそう呟いたときである。代わりに再び、秒針の進む音。

早く戻れと急《せ》かされたような——あまりに急速な覚醒《かくせい》に、和泉は風景が元の闇に戻った後も、しばらくぼんやりと女雛の顔を見つめていたのだった。

「一成さん。これ、ありがとうございました」

物置から出ると、和泉はすぐに一成の手の中へ懐中時計を戻した。片手には長方形に折り込まれた薄い風呂敷《ふろしき》包み。「もしかして、それ……！」気付いた彩乃が指さす――そう、雛人形たちに護《まも》られていたそれこそ、正晃の隠した遺言書である。

「高坂さん、どうして？」

一成は戸惑っている。身内の争いが収まることへの安堵《あんど》と、遺言書への複雑な思いがない交ぜになった表情だった。和泉はそんな彼を眺めて、軽く微笑む。

「はい。お祭しの通り、正晃さんの残した遺言書です。一成さんには必要のないものですよね？」

遺言書をひらひらとさせながら言えば、彩乃が「え？」と驚いた顔をした。どうやら彼女は、見つけた遺言書を一成に渡すものと信じて疑わなかったらしい。

「和泉君、何で？　せっかく見つけた遺言書を、何であんな人たちに渡しちゃうの？」

問いの意味を理解して顔を引き攣《つ》らせる彩乃に、和泉は素っ気なく答えた。

「国香さん、何か勘違いしていませんか？」

「勘違い？」

不審そうに眉《まゆ》をひそめる彩乃は、一成に入れ込むあまり当初の目的を忘れてしまったようだった。

やれやれと息を吐きながら、和泉は説明を付け加えた。

「俺は元々、千明さんに――祐介さんの娘さんに頼まれてここへ来ているんです」

「で、でも……！」

「父の信用問題にも関わりますからね。何も考えずに感情に任せて、一成さんに渡してしまうわけにもいかないんです。すみませんね」

冷たく言えば、彩乃は傷付いたような顔をして押し黙った。一成の気遣わしげな目が、彩乃を見下ろす。先《さっき》まで悲しみに暮れていた瞳には、今や穏やかさが戻っていた。

「国香さん、ありがとうございます。でも、私には必要のないものですから。高坂さん、遺言書は伯父《おじ》に渡してやってください。私には、祖父の思い出があれば十分です。財産なんか貰《もら》わなくたって、今まで祖父には良くしてもらいました。してもらうばかりで何も返せなかったことが、心残りなくらいに」

言って、懐中時計を見つめる。

――彼が脳裏へ浮かべる思い出の中には、自分が見たものも含まれているのだろうか。

ぼんやりと考えながら母屋へ戻る。結末を見届けようと言うのだろう。少し離れた後ろから、決まりの悪そうな顔をした彩乃と、何か吹っ切れた表情の一成が続く。

和泉が遺言書を持って行くと、親戚《しんせき》たちの集まっていた部屋は大変な騒ぎになった。

「高坂さん！　よく見つけてくださいました……！　さすが、遺品の専門家だ！」

祐介はそんな調子の良いことを言って、和泉の手から遺言書を引ったくった。尖った指先がもどかしげに包みを開く。中からは厚みのある封筒が現れた。その表には、達筆な毛筆で遺言と記されている。封筒の裏には押印で封がされていた。

躊躇《ためら》いもせず、封筒を破こうとする祐介に和泉は冷えた声を投げかける。

「ここで開けてもいいんですか？」

遺言書の封筒には、検認の必要な旨が丁寧にしたためられていた。自筆証書遺言――というのだろう。遺言書探しなどという酔狂なことをやってのけたわりに、形式に則《のっと》って作成されているようである。

検認とは家庭裁判所で相続人またはその代理人立ち会いの下、開封することを指す。これをしないことによって遺言が無効になることはないが、怠ると五万円以下の過料が科されることとなる。

「いい、いい。ようやく見つけたんだ。そんな面倒な手続きなんて取っていられるか」

祐介が面倒そうに手を振る。彩乃は見ていられないといった風に、顔を背けていた。

「そうですか」

頷《うなず》く和泉のことなど、もう眼中にないのだろう。乱暴な手付きで封筒を開く祐介の周りにはきょうだいが集まり、食い入るようにその手元を見つめている。「兄さん、狡《ずる》いわ」「他人に手伝ってもらったんだから、無効だろ」「父さん、うちは今年娘が幼稚園に入園して何かと入り用なんだ」思い思いに主張する彼らを、祐介は煩わしげな手付きで払った。

「お前たち、見苦しいぞ。静かにしないか」

一喝して、ついに彼は封筒の中から便箋《びんせん》を取りだした。遺言書には相続に関する事柄が随分と簡潔に記されていたようである。文字を追う祐介の顔が、怪訝《けげん》に歪《ゆが》んだ。

「遺言書を見つけた者に、この家と土地を。他の財産についてはきょうだい四人で分け合うこと。私の愛用していた品のみ、形見として一成に与えること。猶《なお》、財産と形見については別紙に記す……見つけた者に、この家と土地を？　財産は四人で分けること？」

腑《ふ》に落ちないのだろう。祐介は首を傾げている。他のきょうだいたちは、どこかほっとした様子だった。しかし別紙の目録を見た彼らは、すぐにその遺言の意味を知ることとなった。

確かに「遺言書を見つけた者に、財産の大部分を――」と言った正晃は嘘を吐いてはいなかった。彼の価値ある財産は、この家と土地しか残されていなかったのである。正晃の預金は、身内に食い荒らされてとうに尽きていたのだろう。他の理由もあったのかもしれないが、彼が子供たちに分けろと言った財産は、決して平静ではいられない額の負債であった。家と土地を売ったところで、その負債を賄うことができるとは思えなかった。

「な、な……!?」

老人の遺産を当てにしていた祐介や彼のきょうだいは、顔面を蒼白《そうはく》にして書類を見つめていた。一成は目を大きくして驚愕《きょうがく》している。思いも寄らない言葉を聞いた――という顔をしていた彼は、すぐにハッとしたように顔を赤らめた。問いかけの答えは、もう昨日のうちに一成自身が口にしていた。

――「この歳になるまで、祖父が自分にしてくれたことを理解できなかったんです」

一成は小さく肩を震わせた。充血した彼の瞳《ひとみ》からまた涙が零《こぼ》れるのを見る前に、和泉は静かに踵《きびす》を返した。背後からは怒鳴り合う祐介たちの声が聞こえる。争ったところで負債が財産に変わるはずもないというのに、彼らは正晃の借金の原因を互いになすりつけ合っているらしい。

（本当に面倒なことをする老人だ。何をするにしても回りくどい）

口元に苦い笑みを浮かべながら、和泉は胸の内へ老人の厳《いか》めしい顔を思い浮かべた。負債を抱えた彼らは相続を放棄するだろう。これまで老いた父に金を工面してもらっていた彼らにとって、当てにしていた遺産がまったく手に入らないことは相当な痛手に違いなかった。かつて富を信奉した老人は、年老いて仕事から身を引き、妻を亡くしたことで初めて孤独を知り、己の過ちをも知ったのだ。

——金で孤独を癒《いや》すことはできない。

けれど、過ちに気付き悔いてみたところで遅すぎた。老いて性格の欠点を直すことのできる人はそう多くないし、子供たちは家庭を顧みることのなかった正晃の背を見て育っている。説得力のある言葉を持たない老人には、何も残さないことしかできなかったのだ。

「自分と同じ轍《てつ》を踏むな」

或《ある》いは、そんな戒めだけを遺《のこ》したつもりだったのか。

屏風《びょうぶ》の内側などという酷《ひど》く分かり難《にく》い場所へ隠したのは、死に瀕《ひん》した自分に対して冷たい子供たちへの意趣返しだったのかもしれない。事実、遺言書が見つかるまで子供たちは彼の遺産を疑うことなく期待し続けていた。

（それと、一成さんとの思い出があったから……かな）

口の中で呟《つぶや》いて、和泉は懐中時計と雛人形《ひなにんぎょう》が見せた〝記憶〟をもう一度だけ目蓋《まぶた》の裏へ思い描いた。息子たちの心に居場所のない孤独の中で、彼が縋《すが》ることができたのは一成との思い出だけだった。懐中時計を大切にしていた一成以上に、正晃は自らが孫に示した優しさの断片をわすれることができなかったのだ。どうしても自らを変えることのできなかった老人は、何度も悔やんだのだろう。そうして彼は、一成にとっては苦く懐かしい思い出の残るあの雛壇——屏風の内側へ、自分の想いをも隠したのだ。

——遺言書に興味を示さなかった一成さんを、正晃さんはどんな想いで眺めていたのだろう。

不器用すぎる老人の複雑な胸の内を想像して、和泉は小さく首を振った。偏屈な老人の考えていたことなど分かるはずもない。彼は内心で孫の看病を喜んでいたのかもしれない。一方でその無欲さをもどかしく思ったかもしれない。孫を遺言書探しへ駆り立てるために、わざわざ冷たい言葉で突き放したのかもしれない。かもしれない。そう、どれも仮定に過ぎない。正晃の胸の内を想像してみたところで、彼が死んだ今となっては正解を求める術《すべ》はない。ただ、老人が孫にのみ形見を残したことだけが確かな事実として残っているのだ。

「まあ、一応は一件落着といったところかな」

和泉は呟いて、猫のように喉《のど》を鳴らした。

「ねえ、和泉君！　待って、和泉君ってば！」

後ろから、追ってくる女の声が聞こえる。

「和泉君、無視しないでよ。ねえ！　和泉君！」

恥ずかしいぐらい名を連呼されて、和泉は仕方なく足を止めた。ちらっと首だけで後ろを振り返れば、五メートルほど後方に顔を紅潮させた彩乃の姿があった。興奮に瞳を輝かせる彼女の顔には、子供のような興味が浮かんでいる。

（ああ、面倒だ）

和泉は小さく嘆息した。こうなることを予想して逃げて来たつもりだったが、少し遅かったようだ。恐らく彩乃は遺言書が急に見つかった理由を知りたいと言うのだろう。

――不可抗力、とはいえ彩乃の前では二度ほど遺品の記憶を〝観て〟しまっている。

顔を顰《しか》める和泉に、彩乃が真っ直ぐな目を向けた。

「和泉君、どうして遺言書の場所が分かったの？　あれだけ探しても見つからなかったのに」

「偶然ですよ。偶然。たまたま。何となく、屏風の内側にあるような気がしたんです」

和泉は投げ遣《なや》りに答える。

「偶然、物置にあることも分かったの？」

「そうですよ」

「それで偶然、遺言書が隠されていた箱を開けてみた？」

「その通りです」

「屏風の内側を見てみようと思ったのも、偶然？」

「ええ。って、それはさっきも言ったじゃないですか。聞いていなかったんですか？」

返事を、彩乃は聞かなかったことにしたようだった。勝ち気な瞳がじっと和泉を凝視する。

「よく考えてみれば、この間だってそうだった。和泉君は誰にも見つけられなかった物を突然探し当てて、それですべてを解決してしまった。まるで——」

「超能力みたいに？」

「そう、超能力みたいに」

大真面目な顔で頷《うなず》く彩乃を、和泉は鼻で笑った。

「違いますよ。超能力なんて、存在するはずがない。国香さん、漫画の読み過ぎですよ」

「でも、和泉君には何かが分かっていたんでしょう？　だから、その場にいた一成さんに遺言書を渡さなかった。一成さんに渡していたら、きっとあの遺言書を見なかったことにしていたから」

断定する彩乃に、和泉は軽く溜息《ためいき》を吐いた。随分と買いかぶってくれたものだ。

「俺は別に。元々、祐介さんの娘さんに依頼されて遺言書を探していただけですから……」

それは、さっきも言った通りだ。嘘ではない。懐中時計や正晃の遺志に従った結果が、一成にとっては幸いであったというだけだ。彩乃のような正義感から一成のために行動したわけではない。温度の低い声で言って首を振る和泉に、しかし彩乃は譲らなかった。

「でも、笑ってたじゃない。さっき」

「笑ってませんよ」

「笑ってたわよ。にこぉって。ものすごく嫌な顔で笑ってたわ。ざまあみろって感じで」

「………」

どうしても人を善人に仕立て上げたいらしい。和泉は否定をするのも面倒になって、再び口を噤《つぐ》んだ。彼女のような人の話を聞かない人間と出会ってしまったのが運の尽き、なのだろう。

諦《あきら》め半分にハァと息を吐き出す。ちらりと横目で見れば、彩乃の期待する目とかち合った。

「……国香さんは、音楽に心を震わせたことがありますか？」

十数秒の沈黙の末——訊《き》けば、彩乃は怪訝《けげん》な顔をした。音楽とこの状況と、どう関係があるのだと問いたげな顔だった。和泉は構わずに続ける。

「彫刻や絵画を観て感嘆の吐息を零《こぼ》したことは？　役者の真に迫る演技に、登場人物の魂を観たことは？　本を読んで、自分の知らない世界に心奪われたことでもいいです。そこに別の世界を観たことは、ありますか？」

和泉はいつになく饒舌《じょうぜつ》に語った。熱意さえ含んだ言葉を気後れしたように聞いていた彩乃は、しかし「何を言ってるの？」とは言わなかった。少し考える素振りを見せた後で、

「……あるわ」

と、一言頷いたのだった。その反応にやや拍子抜けしながら、和泉は更に言葉を加えた。

「感覚的には、それと同じです。人の手で作られ、人に長く使われた物には個性が宿

る。人の想いには形がないけど、物の一部となり得るんです。そして、俺には物に込められた魂を観るだけの鑑賞眼がある」

「鑑賞眼……」

「ただし——興味のない世界には食指が動かないからか、見えるのはもっぱら死んだ人の過去や想いだけなんですけどね」

一息で説明して、じっと彩乃の顔を見つめる。

こんな説明をしたのは、和泉にとっても彩乃が初めてだった。胸には妙な緊張と、戸惑いがあった。彩乃はぽかんと和泉を見つめていたが、ややあって「何、それ……」と呟いた。

——彼女の反応は、想定内のものだ。

唇の端を歪《ゆが》めながら、和泉は答える。

「何って、言ったままですよ」

「言ったままですよ、じゃなくて！」

興奮気味に、彩乃が詰め寄る。

「何でそんなにさらっとしてるかなぁ。すごいことじゃない！　変だ変だって思ってたけど、和泉君って本当に変わってる！　ものすごく無愛想で無神経で、冷めてて他人にまったく興味がないのに、死んだ人の気持ちなら分かるなんて……！」

「はあ？」

――想定内の、はずだった。

しかしその後の言葉は完全に和泉の予想を超えていた。いろいろと失礼なことを言われている気もするが、予想外過ぎる反応に何から文句を言えばいいのか分からない。むしろ彩乃が何を考えているのか分からない。得体の知れない反応ばかりする彼女のことが恐ろしくなって、一歩後退《あとずさ》る。

「携帯貸して！　携帯！」

はしゃぐ彩乃に気圧《けお》されて、和泉は思わず頷いていた。カツアゲされる学生はこういう気分なのだろうか、と思いながら携帯電話を取り出す。「あ、私と同じ機種！」楽しそうに言う彩乃の手が、手の中から携帯を奪っていった。

「ちょっと、国香さん！　何を勝手に……」

止める間もなく、女の細い指先はキーの上を滑っている。携帯からはピロリンと憎らしくなるほどに可愛い電子音が流れた。この間十秒と言ったところか。和泉が抗議を終えるよりも早かった。

「登録完了。これで何かあったら連絡できるわ」

「連絡って、連絡してくる気なんですか⁉」

「和泉君から連絡してくれてもいいわよ。何か困ったことがあったらいつでも頼ってね」
「頼るはずがないじゃないですか！　意味の分からないことを言わないでください
よ！」
全力で抗議をしたところで、話を聞いてもらえるはずもないことは分かっていたの
だが――
「じゃあね！」
余程興奮していたのだろうか。駅までの道は同じだというのに、彩乃は走って行っ
てしまった。
――まるで台風のような人だ。
走り去る女の背を、和泉は呆然《ぼうぜん》と眺めていた。手の中で携帯が震える。恐る恐る視
線を下げれば、そこには自分では登録した覚えのない〈国香彩乃〉の文字が浮かんで
いた。
どうやら彼女は人のアドレスを抜き出していったばかりでなく、向こうのアドレス
まで勝手に登録していったらしい。震える手でメールの本文を開けば「私のアドレス、
消さないでね」と的確な釘《くぎ》まで刺してくる手際の良さだった。
「なんつー迷惑な人だ」
信じられない。和泉は呻《うめ》いた。呻くことしかできなかった。

——削除してしまおうか。

彩乃のアドレスをじっとりと睨《にら》み付けながら、メニュー画面を開く。けれど、迷った末に和泉はそのままパタンと携帯を閉じた。彼女のアドレスを消してみたところで、彼女の携帯から勝手に自分のアドレスが消えてくれるというわけでもない。

変な人と関わり合いになってしまった——と溜息を零しながら、一歩踏み出す。丁度角を曲がってきた人にぶつかったのは、そのときである。「ぶっ」唇から奇妙な空気を漏らしつつ、和泉は後ろへ蹌踉《よろ》めいた。鼻をぶつけたのだろう。酷《ひど》く痛い。

「大丈夫か？」

顔を押さえる和泉の頭上から、どことなく特徴的な低い声が降ってくる。

くせのある黒髪を肩のあたりまで伸ばした男だった。彼の方では何事もなかったらしい。乱れた襟のあたりを指先で直してはいるが、顔を顰《しか》めるでもなく唇を微笑ませている。歳はいくらか上なのだろう。穏やかで気遣わしげな口調は、随分と人慣れしているように思える。

——しかし、それにしては目の奥が冷たく見えるのは気のせいだろうか？

「は、はい。大丈夫です」

その奇妙な表情に困惑しながら、和泉は答えた。男は「そうか。それなら良かった」と特に安堵《あんど》した風もなく言って身を屈《かが》めた。

「すまないな。このあたりは不慣れなものだから。人に気を配って歩く余裕がなかった」

　気取った溜息《ためいき》を吐きながら、地面から携帯電話を拾い上げる。「これ、君のだろう？」訊かれて、和泉は初めて自分の手の中からそれが消えていたことに気付いた。ぶつかった時に落としてしまったらしい。「あ、そうです。すみません」手の中に押しつけられた携帯を、慌てて受け取る。

「個人情報の塊だからな。気をつけた方がいい」

「はい」

　男の調子に気後れしつつも、和泉は素直に頷《うなず》いた。それでもう用事は済んだのだろう。

「じゃあな――」

　言いかけて、彼は思い出したように「もうそろそろ陽も落ちてくるから、足元には気をつけろよ。転ばないように」そう、柔らかな低い声で付け加えた。子供に注意するような口ぶりは、余所見《よそみ》をしていたこちらへの皮肉か。

「……お気遣い、どうも」

　仏頂面でそう返せば、彼はふっと鼻で笑った。猫のように目を細めて笑うその顔は親しげではあるが、やはりどことなく冷たい。男はそのまままくるりと背を向けて、和泉の来た道を真っ直ぐに歩いて行く。和泉は顔を顰めたまま、しばらく男の背を見つめていた。やがて、一度も振り返ることのなかった彼の姿が視界から消える。今井家のあるあたりだ。

——彼も今井家の人なのだろうか。

しかし、だとすれば今更何をしに行くというのだろう。正晃の死の報《しら》せを聞いて駆けつけたにしては、男には妙な落ち着きがあった。遺言書探しに加わりに来たのだとしても随分と遅い。

身内の死に目にも会えず、遺言書探しにも間に合わず——

「そんな、間抜けな人には見えなかったけどな」

皮肉の礼代わりに、嫌みっぽく呟《つぶや》く。

「和泉君！　早くしないと、電車の時間に間に合わない！」

考え込む和泉を、遠くから女の声が急《せ》かした。彩乃だ。じゃあね！　と言って走って行ってしまったくせに、途中で我に返って戻って来たらしい。

「はいはい」

——物好きなことだ。

嘆息しながら、和泉は再び今井家に背を向けて歩き出した。

あの男が言った通り、陽はもう大分西へ傾いている。道路脇の街灯にも仄《ほの》かな明かりが灯《とも》り始めていた。月の光より淡く、けれど人工的な光。乾いた羽音を立ててそこへ群がる、見目の悪い虫たちに気付いたとき和泉は僅《わず》かに眉《まゆ》をひそめた。

街灯の内側には小さな羽虫がびっしりと入り込み、電球の熱に焼かれて死んでいる。虫たちはより近くに光を求めた結果、出口を見失ってしまったのだろう。その姿は丁度、今井家の人たちと重なって見えた。

「やれやれ。ああなるって分かっていたら、彼らも少しは違ったのかな」

倦《う》んだ呟きが、赤い空の下で奇妙な哀愁を伴って響く。

「……まあ、済んだことを言っても仕方ないか」

小さく肩を竦《すく》めて、和泉はついと道の先へ顔を向けた。アスファルトの上には黒い影が延びて、ぴたりと静止している。足元から視線を上げていけば、腰に手を当てた女が呆《あき》れたような顔でじっと和泉を見つめていた。

「もう、早くって言ってるのに。何で走らないかな」

「体力ないんですよ。俺」

肩を竦めて、緩やかな足取りで彩乃の隣へ並ぶ。

「ジョギングでもしたら？」

「朝は苦手なんで。夜は国香さんみたいな人に襲われないとも限りませんし」

呆れる彼女に小憎らしく答えて、和泉はするりと先を歩き出した。

──彼女といると、余韻も何もあったもんじゃない。

仰々しく嘆息しながら首だけでちらり、と後ろを振り返る。

「何、のんびり歩いているんですか。電車の時間に間に合いませんよ」

からかうように言えば、彩乃は目を怒らせた。

「なっ、遅くなったのは誰のせいだと思ってるの！」

「誰のせいでしょう？　俺じゃないとすれば……あっ、国香さんしかいませんね」

「…………！」

嘯《うそぶ》く和泉に、彩乃の肩が震える。今時、こう分かりやすく怒る人もいないだろう──

──と喉《のど》を鳴らしながら、和泉はふいと顔を前へ戻した。

第三話　貴婦人と死

あなたの亡くなる所でわたしも死に　そこに葬られたいのです。
死んでお別れするのならともかく、そのほかのことであなたを
離れるようなことをしたなら、主よ、どうかわたしを幾重にも罰してください。

（『ルツ記』一章十七節）

ドアを軽く押して店の入り口をくぐると、「いらっしゃいませー」と迎える声が響いた。席を案内しようと寄ってくる店員を中に連れがいるからと退けて、女は店内をぐるりと見回した。各々が連れとの会話と料理とに夢中になる空間の中で、新たな客に目を向ける人は少ない。待ち合わせをしている者か、或《あ》いは特に意味もなく店員の声に反応してしまった者が、ちらっと振り返っては、すぐ興味を失った風に視線を戻していく。そんな中に友人の顔を見つけて、女は唇を綻《ほころ》ばせた。片腕を挙げて、小さく手を振る。相手の返した微笑みは女が知るよりも随分と大人びて見えたが、一方で懐かしさをも含んでいた。

——最後に彼女と会ったのは、何年前になるだろうか？

高校卒業後？　いや、それより後に一度だけ会っている。成人式の日だ。それにしても、もう六年も前になる。六年。と、口の中で反芻《はんすう》して女は少しだけ驚いた。メールや手紙でのやり取りがなかったわけではないが、それにしても互いの間に横たわる空白の時間というのは女が考えていたよりも随分と、長かった。

友人とは中学校時代からの付き合いになる。

運命的な出会いをしたわけではない。クラスが同じだったことも偶然。出席番号順に並べられた席が隣だったことも、ただの偶然だった。互いの第一声は「よろしく」という何の捻《ひね》りもない挨拶《あいさつ》だったように、女は記憶している。意気投合できるような共通の趣味もなかった。

そう、似たところはなかった。なかったと、思う。けれど高校を卒業するまでの六年間、二人の付き合いが途切れることはなかった。休み時間や休日のたびに会って、飽きもせずに話をしていた気がする。似通ったところがなかったからこそ、互いへの興味が尽きなかったのかもしれない。

「久しぶりね——」

引いた椅子へ腰を下ろしながら、相手に声をかける。感慨も何もない。気の利かない言葉だ。女は苦笑しながら「由佳里《ゆかり》」と続けた。

四条《しじょう》由佳里。それが彼女の名だ。本人を前にしてその名を呼ぶのも久しぶりだった。懐かしい響きだ。過去がほんのりと色付いて、目の前に蘇《よみがえ》ったようだった。学生時代の記憶が風化していなかったことに安堵《あんど》したのは、相手も同じだったのだろう。緊張のほどけた顔が、ゆるりと微笑み返してきた。空白の六年間が幾らか埋まったような気がして、女はまた唇を綻ばせた。

「ええと、元気だった？」

「うん」

「仕事は？　休み？」

——忙しいと言って、滅多《めった》に帰省することのなかった彼女が珍しい。

不思議に思いながら問えば、由佳里はぎこちない顔で答えた。

「有休をね、取ったの」

「どうして？　何かあったの？」

「うん。何かあったって言うか……」

曖昧《あいまい》に頷《うなず》いて、口を噤《つぐ》む。何から説明したものか迷っているらしい。女も問いを重ねていた唇を結んだ。お節介な上に、疑問が多い——とは最近知り合った年下の青年にも注意されたことだった。黙ったまま、続く言葉を待つ。

やがて由佳里は再び口を開いた。

「高校のときの、司《つかさ》って覚えてる？　上光司《うえみつ》」

「……うん、覚えてるよ。由佳里と付き合ってた、サッカー部の」

高校時代の朧《おぼろ》げな記憶の中から、その名を呼び起こして頷く。確か六年前に会ったときには、まだ交際を続けていると言っていたような覚えがあるが、それからどうなったのか——訊《き》き返そうとして、女は口を噤んだ。こちらをぼんやりと見つめる友人の目は、暗く翳《かげ》っている。

「そう。付き合ってた? 付き合ってたんだ。ずっと」

付き合っていた。過去形。ということは、今は違うということなのだろうか。

女は困惑した。会話の意図が分からないことも、女の口を重たくしていた。例えば、相手の顔は深刻すぎた。「別れたの?」といつものような軽い調子で訊くには、相手の顔は恋人と別れた——のだとしても、友人の顔は愚痴を聞いてくれと言っているようにも、慰めてくれと言っているようにも見えなかった。何があったのかと訊《たず》ねることもできずに、女は友人が続ける気になるのを辛抱強く待っていた。

どれくらい、そうして無言でいただろうか。ざわついた店内で、二人のテーブルだけが妙に静かだった。グラスに水を注《つ》いで回っていた店員が、怪訝《けげん》な顔をしてテーブルの横を通り過ぎて行く。何とはなしに店員の後ろ姿を目で追って、無意識にグラスへ手を伸ばす——

「あのね」

何の前触れもなく音が戻った。由佳里の声だ。

「う、うん」

女は慌てて視線を戻した。答える声が上擦ってしまったのは、他に気を取られていた自分を自覚してしまったからだ。グラスを摑《つか》もうとしていた手は、反射的に引っ込んでいた。怪訝な顔をする友人に「何でもない」と首を振って、先を促す。

「ごめん。続けて」

「ん。分かった」

由佳里が小さく頷《うなず》く――「……ったんだ」

「え？」

女は反射的に訊き返した。聞こえなかったのか、それとも咄嗟《とっさ》に言葉の意味を理解できなかったのか――とにかく、目の前の友人が何を言ったのか分からなかった。周囲の雑談が遠い。

「ごめんね。よく聞こえなかったから、もう一度言ってもらっていい？」

他の音を頭から閉め出すように軽く首を振って、言い直す。取り繕うような声音になってしまったことを誤魔化《ごまか》すように、眉尻《まゆじり》を下げて微笑めば――

「亡くなったんだ。彼、死んじゃったの」

先よりほんの少しだけ大きくなった声が、今度は即座に答えた。

「嘘……」

「嘘じゃないよ。彼と仲の良かった友達から事情は聞いたし、司のお母さんにも会って来たから」

「友達から？」

「うん。私、知らなかったんだ。彼が死んだこと。こっちの友達とは全然連絡取っていなかったし」

感情を拭《ぬぐ》い去ったような無表情。けれど実際は、努めて感情を抑えているに過ぎないのだろう。由佳里は強張《こわば》らせた体を小刻みに震わせていた。ソーサーの上にバランス悪く置かれたスプーンが、その微弱な振動を受けてかたかたと耳障りな音を立てている。

「そうなんだ」

私も知らなかった――と呟《つぶや》いて、女は小さく首を振った。

追従は何の慰めにもならない。女が上光司という人物を知っていたのは、友人の恋人であったからに過ぎない。話したことは数えるほどしかなかったし、高校を卒業してからは、彼のことなどすっかり忘れてしまっていた。そんな自分と友人とでは「知らなかった」という言葉の重みが違う。

「その、どうして？」

女は躊躇《ためら》いがちに訊いた。友人は「何が」と視線だけで返してくる。

「上光君が亡くなった理由」

「事故だよ。二週間くらい前にね、交差点で後ろからトラックに突っ込まれたんだって。私がそれを聞いたの、つい最近なんだよ。笑っちゃうでしょ。司ってメール無精だったから、連絡なくてもいつものことか、とか思っちゃって。電話にも出ないから少しおかしいな、とは思ったんだけど。まさか死んじゃったなんて思うはずないじゃない。先週末にやっと時間が取れて、何で連絡寄越さないのって問い詰めるつもりで帰ってきてみたら、もうお葬式も終わってるとか。バカみたい」

一息で言って由佳里は唇を噛《か》みしめた。

「事故の少し前にね、私の誕生日だったんだ。最後のメールが〝誕生日おめでとう〟って。お互いに仕事で会えないのは残念だけど、プレゼントは送ったからって。今日有休取ってあったのだって、司が休みだって言ってたからなんだ。そろそろ親に紹介したいって言ってくれて」

それなのに、こんなのってない――と更に捲《まく》し立てて、きつく顔を顰《しか》める。あらためて口にした事実に傷付きながらも、言わずにはいられなかったのだろう。

「由佳里……」

何を言えばいいのか分からない。言葉を探しながら、女はできるだけ声を和らげて相手の名を呼んだ。由佳里が顔を上げる。涙で潤んだ瞳《ひとみ》には、自嘲《じちょう》と後悔の色があった。

「ごめん。急に呼び出して、一方的にこんな話始めたりして。彩乃には関係ないのに」

「関係ないことないよ。友達だもん。辛《つら》いときに頼ってもらえて、嬉《うれ》しいよ」

女——国香彩乃は項垂《うなだ》れる友人に、やっとのことでそう返した。慰めの言葉は、ついに見つからなかった。

＊＊＊

無人のアトリエはしんと静まりかえっている。昔は大きな制作物を造ることもあったからだろうか。壁には防音処置が施されて外の音を遮断していた。

冷たい沈黙。それが何より心地好《よ》い。

大人でも寂しさを感じるような部屋の中央で、高坂和泉は一人、仰《あお》向けに寝転がっていた。真上には骨と髑髏《どくろ》とで造られたシャンデリアが飾られている。本物の人骨ではない。セドレツ納骨堂にある人骨のシャンデリアをモチーフとした模造品である。

チェコにあるクトナー・ホラの町。そこに実在する納骨堂と教会にはおよそ四万人の人骨が保管されており、礼拝堂内の装飾もすべて人骨が用いられている。地下堂に設置された八腕のシャンデリアは特に見事なものだ。

スッと目を細めれば、あたりの風景は一万の人骨で飾られた礼拝堂に変わった。これこそ幼い和泉が常に〝鑑賞〟していた風景だった。

そう、始まりはこのシャンデリアだ。と和泉は思い出して笑った。

広いアトリエ。母が同居していた頃の記憶はない。けれど物心ついてから常に一人であったかといえばそういうわけではなく、隣の部屋ではいつも父が作品を作っていた——ような気がする。思い返してみても育児らしい育児などしたことのなかった五樹だが、それでも彼なりに幼い息子を気に掛けてはいたのだろう。一応は、和泉を目の届く場所へおいていた。

けれど幼い子供が一人、絵画や彫刻しか飾られていないような部屋で何をして遊ぶというのだろう。傍らにはいくつかの玩具《おもちゃ》が転がっていた。しかし、それだけだった。他に遊び相手がいたわけでもない。幼い和泉はすぐにプラスチックの塊とぬいぐるみを放り出した。

それらはどんな形をしていただろうか。当時の玩具は今の高坂家には残されていない。絵本も然《しか》りだ。和泉は時折、そんな自分の記憶を疑うことがある。本当は、玩具で遊んでいた高坂和泉など存在しないのではないか。普通の子供であったことを信じたい自分の、思い込みなのではないかと。アトリエで過ごした日々は驚くほど鮮明に覚えているのに、自分がどうやって遊んでいたのかさえ、思い出すことができないのだ。

一人で過ごしたアトリエも、今と同じように静まりかえっていた。何の音も聞こえなかった。和泉自身、一言も声を発することがなかった。

和泉は更に幼い記憶に思いを馳《は》せる。幼い頃のアトリエ。思い出の部屋。彫刻や画架の置かれた床、額縁の掛けられた壁。父の作品ばかりではない。見知らぬ芸術家の作品も多く飾られて、むしろ物は多いほどだった。幼い和泉は好奇心と期待をもって、そうした作品を飽きずに見つめ続けた。

もしかしたら、子供が持つ豊かな想像力と感受性とが、和泉に何らかの気配や意思を感じ取らせたのかもしれない。今となっては切っ掛けを思い出すこともできない。ただ一つ確かなことは、ある日何となく頭上を見上げてみたことだけだった。

例のシャンデリアが取り付けられた天井。

それまで、目線の低い子供が目を向けることを忘れていた場所だった。頭の上では引き攣《つ》り笑いを浮かべた髑髏が和泉をじっと眺めていた。和泉も同じように眺め返した。髑髏という対象が和泉の物の見方を変えたのだ。

髑髏とはつまり、人の頭骨である。人間の皮を剝《は》ぎ、余分なものを取り除いた後に残る本質である。幼いながらに、和泉は対象が人であることを認めた。——厳密に言えば、レプリカであるそれは人ではなかったのだが、今思えば作り手の想いがそれを人と錯覚させたのだろう。

髑髏に〝見られている〟と感じた子供は、無意識にそれを見返した。相手の意図がどこにあるのかを理解しようとした。それこそ「鑑賞する」という行為だった。

感受性豊かな子供が鑑賞の目を持ったとき、世界は瞬く間に色を変えた。玩具ではない何か。自分を楽しませてくれる何か。見守ってくれる何かを待ち望んだ子供の視覚に、物言わぬ作品は語りかけたのである。

——初めて目にした異なる世界。あの衝撃を表すことのできる言葉がこの世に存在するだろうか。

いいや。

和泉は小さく首を振った。幼い目に映った光景は、今もまだ色褪《いろあ》せることなく目の前に広がっている。しかし観ることに慣れた今となっては、あの時と同じ感動が胸の内に蘇《よみがえ》ることはないのだ。

ほう、と吐き出す息に懐旧の想いが交じる。

見知らぬ異国の風景。暗くひんやりとした地下堂は独特な匂いと、何者も侵しがたい神聖な空気を纏《まと》っていた。部屋を飾り立てる髑髏は、よく観ればそれぞれ微《かす》かに生前の面影を伴っている。おびただしい数の人骨を、幼い和泉は怖れなかった。アトリエを飾る作品によって骸骨《がいこつ》というモチーフに慣らされていたことも理由の一つだが、それだけではなかった。

シャンデリアの見せる世界には、恐怖という感情が存在しなかったのだ。代わりに清々《すがすが》しい感動と、胸の詰まるような切なさとが混在していた。相反する二つの感情に、幼い和泉は訳も分からぬまま困惑した。目の前の現象を、その世界に込められた感情を、理解することができなかったからこそ、和泉は父のものであろう過去の一部を鑑賞し続けた。飽きることはなかった。シャンデリアから彫刻へ、彫刻から絵画へ——対象を変えれば、そのたびに異なる世界が広がった。父の制作物から切っ掛けを得て、和泉の鑑賞は他人の作品にまで広がった。見知らぬ故人の激しい想いを覗《のぞ》き見て、和泉はいっそう物が見せる秘められた本音にのめり込んだ。

——死への憧憬《どうけい》、畏怖《いふ》、警鐘。生への執着、喜びと苦痛。

特に比良原倫行の描いた〈死者の行進〉はそうした感情を鮮烈に放っていた、と思う。和泉が〈死者の行進〉という作品を思い出すとき、少なからず「多分」「思う」と曖昧《あいまい》さが交じってしまうのは、それがもう随分と前にアトリエから失われてしまったからだった。

ある時、五樹は唐突に〈死者の行進〉を始めとするコレクションの一部を手放してしまった。

父の心境にどんな変化が起こったのか、何の衝動に駆られたのか、何が気に入らなかったのか——分からない。和泉は髑髏から目を逸《そ》らして、視線を宙へ漂わせた。

アトリエの隅にひっそりと置かれた有孔パネルは、和泉のものだ。そこには額縁に入れた小さな絵が数枚、フックで留められている。

〈死者の行進〉

和泉はどうしても、幼い頃に見た比良原の世界を忘れることができなかった。父が手放したことで散り散りになった作品を、再びこのアトリエに集めようと決意したのは高校生の頃だっただろうか。比良原の作品は高価ではない。しかし有名でないがゆえに、在処《ありか》を突き止めるのは難しかった。

和泉は重たい息を吐き出した。憂鬱《ゆううつ》な瞳《ひとみ》を、絵の一枚へ向ける。

額縁の中では上品に着飾った美しい女が、夫と思《おぼ》しき男に付き添われて微笑を浮かべている。柔らかな光に包まれて幸せの絶頂に輝く一方で、白光に生み出された濃い陰影の中には一抹の不安が潜んでいた。

死が二人を別《わか》つまで——二人は約束を交わしたが、しかし例外である死だけは二人の仲を引き裂くことができるのだ。陽光の当たらない暗い影では、擬人化された死が踊り狂っている。愛情も、固い絆《きずな》も、死の前では無力だ。けれど終わりが見えるからこそ人生は単調でなく、生の感動も幸福も存在し得るのかもしれない。和泉はぼんやりとそんなことを思う。

この蒐集《しゅうしゅう》に関して、五樹は何も言わなかった。というより、敢《あ》えて話題を避けている風だった。和泉はやはり、その理由を訊《き》くことができなかった。正面から問いを投げかけるのは苦手なのだ。鑑賞は常に一方的だが、問いかけは相手に自分という人間を晒《さら》す行為でもある。

「……五樹さんはどうして〈死者の行進〉を手放そうと思ったんだろう」

和泉は誰もいない空間に向かって、ひっそりと呟《つぶや》いた。答えはない。微かな虚《むな》しさが胸の内を過《よ》ぎるが、気付かないふりをする。重たげでもの悲しい旋律が響いたのは、そんなときだ。

――ラフマニノフ、ピアノ協奏曲二番。

辛うじてそれと分かる質の悪い電子音は、携帯電話から響いてきている。ああ、興《きょう》醒《ざ》めだ――と顔を顰《しか》めた和泉の視界に、既に異国の風景は映っていなかった。機嫌悪く鼻を鳴らしながら、床に投げ出された携帯へ視線を向ける。無粋な相手の名を確めて、和泉は日頃から暗い顔をいっそう陰鬱に顰めた。液晶には〈国香彩乃〉と表示されている。写真家として活動する知人の名前だ。

(知人、というか。知っているだけの他人というか。不本意にも知り合ってしまった人っていうか。まあ、どれにしたって結局は知人なわけだけど)

携帯を眺めながら、ぼんやりと独りごつ。たっぷりと十数秒――待っても、音が鳴り止む気配はない。しつこい。実に彼女らしいと毒づきながら、和泉は携帯を手に取った。

「……はい、高坂です」

更に数秒。間を置いてようやく名乗る。携帯の向こうからは予想した通りの女の声が聞こえた。「もしもし？」とあらためて問う声には控えめながらも疑いの色が滲《にじ》んでいた。

「和泉君？　国香だけど」

名を告げる——その声が引き攣っているように聞こえるのは、気のせいだろうか。けれど和泉は彼女の反応に少しだけ拍子抜けした。開口一番に嫌みを言ってくるかと思えば。

意外に大人なのかもしれない。

——大人げないのは、俺か。

和泉は肩を竦《すく》めた。

「知っていますよ。っていうか国香さんだから待たせてみたんですけど、分かりませんでした？」

「ううん。薄々そうなんじゃないかって思ってた。でも、もしかしたら本当に手が離せなかったのかもしれないって和泉君の良心を信じてみたんだ。気を遣って責めなかったんだって、分からなかった？」

「国香さんでも人に気を遣うことなんてあるんですね」

「それって、訳すと〝別に気を遣わなくてもいいですよ、国香さん〟ってこと？　それなら今度から遠慮せずに連絡させてもらうけど」

「何で訳す必要があるんですか？　俺、普通に日本語を喋《しゃべ》っているつもりなんですけど！」

「和泉君は捻《ひね》くれているから、翻訳が必要かなと思って」

「それにしたって意訳が過ぎるでしょう！」

一息で言って、肩で息をする。軽く眩暈《めまい》を覚えるのは、珍しく大声を出したせいなのだろう。携帯の向こうからは彩乃の腹が立つほどに呑気《のんき》な抗議が聞こえてくる。

「ちょっと、和泉君。大声出さないで。耳が痛くなっちゃう」

「誰のせいですか、誰の――」

再び声を荒げそうになっている自分に気付いて、口を閉じる。すっかり彩乃のペースに巻き込まれている。良くない傾向だ。和泉は文句を呑《の》み込んだ口で、代わりに溜《ため》息《いき》を吐き出した。

「……で？」

「え？」

きょとんとした声で訊き返してくる彼女は、目的をすっかり忘れてしまっているのかもしれなかった。

痛む額を押さえながら、「用件ですよ」と苦い声で呟く。

「用件。あるから、電話してきたんでしょう？」

――世間話をしようというのでなければ。

皮肉交じりに呟きかけて、和泉は軽く身震いした。その可能性がないと言い切れないのが、彩乃の怖いところだ。

「それとも、暇潰《ひまつぶ》しで俺に電話してくるほど友達いないんですか？　国香さんって。まあ、何となく友達少なそうな感じはしますけど」

彼女を傷付けないよう控えめに、それとなく訊いてみたつもりだったのだが――

「ちょっと、友達少なそうって何⁉　和泉君に言われたくないんだけど」

心外だったらしい。憤慨したような、拗《す》ねたような声が反論した。

「俺に言われたくないってどういう意味ですか。本当に失礼な人ですね」

「失礼なのはお互いさまでしょ？　そもそも暇潰しでもないし！　相談したいことがあるから、そういう嫌みっぽい反応を承知で掛けたんじゃない」

「相談？　俺に、ですか？」

後半の皮肉に腹を立てるのも忘れて、和泉は怪訝《けげん》に訊き返した。相談。耳慣れない単語だ。耳慣れないというより、不可解ですらあった。自然と眉間《みけん》に皺《しわ》が寄っていくのを感じつつも、続く説明を待つ。聞き間違いであればいい、と思いながら。

「そうよ」

　彩乃が即答する。

「国香さんが俺に相談……ねえ？」

「何か問題でもあるわけ？」

「問題があると言うより、問題しかないでしょう」

「どういうこと？」

　不思議そうな声。和泉にしてみれば、彩乃のその問いかけの方がよっぽど不思議だったのだが――

「俺に何を相談しようって言うんです？　相手は選んだ方が良いですよ、国香さん。人には向き不向きってやつがあってですね。困ったら暇そうな奴を手当たり次第掴《つか》まえるというやり方は、結局のところ解決に長い時間を要するわけです。あと、俺としても面倒《めんどう》なことには関わりたくないって言うか」

　最後に本音を付け加えるのも忘れない。が、ささやかに主張してみたところで彩乃が聞き入れてくれるか疑問ではあった。案の定、

「それなら、大丈夫」

何を聞いていたのか、彩乃は自信満々に告げた。

「私だって、そのあたりはわきまえているから。相談っていうのはね、遺品——というか、故人の持ち物のことなの。ほら、和泉君にぴったりでしょ？」

＊＊＊

正直に言えば、和泉は彩乃の相談に興味はなかった。

彼女の口から「遺品」という単語が出たことを、やや意外に感じたことは確かだが、ただそれだけだった。考えるまでもなく、彩乃の言う「遺品」は一般的な遺品であって、蒐集《しゅうしゅう》家に取引される類《たぐい》のものではないだろうと分かったからだ。

——いや。もっと正直に言えば、興味がないどころか気乗りがしなかった。

けれど「お断りです」「お願い」という攻防を三十分に亘《わた》って繰り広げた末に、和泉は渋々折れることにしたのだった。彩乃は、頑固だ。諦《あきら》めも悪い。ならばこちらで諦めてしまった方が、時間に無駄がない——と。三十分も時間を無駄にしながら辿《たど》り着いたのは、そんな悲しい結論だった。

（つまり俺は、国香さんに時間を奪われている）

どうしてこうなってしまったのか。和泉は店の看板を眺めながら、深い溜息を漏らした。

つい数ヶ月前まではこうではなかった。彩乃のような強引な人間など知らなかったし、身内以外に日常を脅かされることもなかった。

(そうだ。これは脅威だ。前はこんな風に溜息を吐《つ》くこともなかったのに)

と、嘆いてみたところでどうしようもない。結局、自分は約束の場所に足を運んでしまった。それも——珍しいことに——時間に遅れることなく。

和泉は再び溜息を吐いて、店のドアに触れた。そこは高坂家からそう遠くないカフェだった。場所を指定したのは、和泉だ。彩乃がどこを活動拠点にしているのかは分からない。分からないが、無理難題をふっかけてやろうという気持ちはあった。ただの嫌がらせだ。遠いという文句の一つでも言わせてやろうと思ったのに、

「いいわよ。時間は……一時頃で良い？　それとも、お昼も一緒に食べる？」

彼女の返事は、酷《ひど》くあっさりとしたものだった。和泉は落胆した。のみならず、その場所を知っているような彩乃の口ぶりに戦慄《せんりつ》した。ますます国香彩乃という人間が分からなくなった。けれど、やはり自分から理由を問うことはしなかった。訊《たず》ねることは苦手なのだ。

それが、個人を知るための質問であるのなら尚更《なおさら》に。

「あ、和泉君！　ここ――」

店に入ると、入り口近くに座っていた彩乃が片手を挙げた。

（……恥ずかしい）

店内にはそれほど人がいるわけではなかったが、それでも何人かは声に振り返り「おや？」という顔で和泉を見た。和泉は母親似である。二十年も前には一世を風靡《ふうび》した――と本人は言い張る――モデル兼アイドル、高坂巴《ともえ》。旧姓、舞原《まいはら》巴の血を色濃く受け継いでいる。不健康そうな顔色と常に憂鬱《ゆううつ》そうな表情とが母親の美貌《びぼう》を台なしにしていたが、辛うじて残った面影がその存在を思い起こさせるのだろう。「ほら、舞原巴の――」と囁《ささや》く主婦の声を聞いて顔を顰《しか》めながら、足早に彩乃の許《もと》へ向かう。

幸い、そうした声は彩乃に聞こえなかったようだ。

「今日は遅刻しなかったのね」

「俺だって、いつも時間にルーズなわけじゃありません」

微笑む彩乃に素っ気なく言って、椅子を引く。

正面には見知らぬ人物が緊張気味に座っていた。ショートボブの女だ。赤いフレームの眼鏡が印象的だった。知的で、彩乃に比べれば落ち着いた雰囲気がある。ただ、その大人びた雰囲気が彼女を地味に見せてもいた。他で会っても分からないだろうな、と思いながら和泉は女からふいと視線を逸《そ》らした。代わりに、隣の彩乃をじろりと睨《にら》む。コーヒーカップを口元へ運んでいた彼女は、不思議そうな顔をした。

「どうしたの？　和泉君も何か頼む？」

「いや、頼みませんけど」

——この人、誰ですか。

差し出されたメニューを押し返しながら小声で問えば、彩乃は「ああ」と口元を綻《ほころ》ばせた。

「私の友達。和泉君に相談があるのはね、私じゃなくて彼女なのよ」

ね、と同意を求められた女が頷《うなず》く。

「四条由佳里です」

「……どうも」

「彼は高坂和泉君。少し変わっているの。仏頂面なのはいつものことだから、気にしないで」

会釈だけで返せば、彩乃がそう付け足した。「そう……」四条由佳里が曖昧《あいまい》に頷く。どんな顔をすれば良いのか分からなかったのだろう。愛想笑いのようなものを浮かべながら、ちらとこちらの顔色を窺《うかが》ってくる。その視線に笑い返す気にもなれずに、和泉はフンと鼻を鳴らした。

「仏頂面ですみませんね。相手が国香さんでなければ、愛想良くしようと思わないでもないんですけど」

「何それ。私に失礼じゃない？」

——お互い様だ。

唇を尖《とが》らす彩乃に、口の中で毒づく。

「人のことを変わっているだとか、仏頂面だとか、そんなマイナスイメージで紹介する人がどこにいるって言うんですか。いや、俺の目の前にいるんですけど。でもですね、他人への感情ってのは八割方初対面での印象で決まるんですよ」

代わりにそんな抗議をすれば、彩乃は驚いた顔をした。

「和泉君が自分の印象を気にしてたなんて、初耳だわ」

「国香さんには好かれたいと思ったことがありませんからね」

「……初対面での印象も何も、そういうこと本人の前で言っちゃうところが駄目なんじゃない？」

彩乃が首を傾げている。が、都合の悪い疑問は無視するに限る。ぷいと顔を逸らして、

「で、相談って何なんですか？」

和泉は女たちへ視線を向けずにそう訊《き》いた。テーブルの上には飲みかけのグラスが二つ——彼女たちが頼んだものだろう。中身はまだ大分残っているが、氷が溶けてす

っかり薄まってしまっているようだった。

——長い話になりそうだ。

密《ひそ》かに溜息《ためいき》を吐き出す。ちらっと横目で様子を窺えば、二人は顔を見合わせて相手が切り出すのを待っているようにも見えた。先に口を開いたのは、彩乃だ。

「ええと、私から説明した方がいいかな」

「好きなようにどうぞ。俺は、どっちでも構いませんから」

和泉はひょいと肩を竦《すく》めた。「じゃあ——」と口を開こうとした彩乃を制したのは、由佳里だった。彼女は小さく首を振って、伏せ気味にしていた目を上げた。真っ直ぐな目が、和泉を貫く。

「ありがとう、彩乃。でもやっぱり私が説明する。自分のことだもの」

由佳里はそう言って器用に口元だけを微笑ませた。その微笑と悲哀に既視感のようなものを覚えて、和泉は思わず女の顔をまじまじと見つめてしまった。

「和泉君?」

彩乃の不思議そうな声に気付いて、ハッと我に返る——

「いや、何でもないです。どうぞ、話してください」

女は小さく頷いて、語り始めた。

「私には遠距離恋愛をしていた恋人がいました。もう八年近く付き合っていたんですが、その彼が二週間前に事故で亡くなったんです。事故の起こる数日前に私は誕生日を迎えて——お互いに仕事で会えなかったんですけど、彼はプレゼントだけでも当日に渡したいからと言って宅配で送ってくれました。いえ、送ってくれたはずだった……というべきですね」

由佳里が悲しげに首を振る。その反応を見るに、亡き恋人からのプレゼントは彼女の許へ届かなかったということなのだろう。「それで?」和泉は先を促す。

「でもプレゼントは届きませんでした。彼、少しドジなところがあって。私の住所を間違えたみたいなんです。業者に問い合わせて、私はプレゼントが彼の家に戻っていることを知りました」

「そのことで、恋人に連絡は?」

「したんですけど、もうその時には彼は亡くなっていて……。でも私、そんなこと知らなくて」

語尾が震えた。

「おかしいと思ってこっちに帰ってきて初めて、彼が亡くなっていたことを知ったんです。葬儀ももうとっくに終わってしまっていました」

時折喉《のど》を引き攣《つ》らせながら、それでも由佳里は話し続ける。

「せめてお焼香と——彼からのプレゼントだけでも、形見に持っていたいと思って。

私、彼の家へ行ったんです。でも、駄目だった」

「何故です」

首を振る女に、和泉は訊き返す。女は一度深い息を吐いて、

「彼は小さい頃に父親を亡くしてから、母親と二人暮らしでした。異様に溺愛《できあい》されているんだって、本人は笑い話にしていたけど……紹介もこれからだったんです、私。彼の母親は、私のことなんて一言も聞いていなかったようでした。それで、やっぱりいい気はしなかったんでしょうね。彼からのプレゼントの話を切り出す前に、追い返されてしまったんです」

嘆くように言った。

「それは、酷《ひど》い」

——男が。

思わず呟《つぶや》いた和泉を、彩乃が睨《にら》み付ける。

「和泉君！」

「……すみません」

正論じゃないか、と思いながらも謝る。由佳里は「いいえ」と首を振って、口を噤《つぐ》んだ。説明はそれで終わりなのだろう。席に沈黙が降りる。

「つまり——」

本題はまだ打ち明けられてはいない。けれど察しろとでもいうような空気に耐えきれなくなって、和泉は自ら口を開いた。

「その恋人からのプレゼントを譲り受けるために、俺に間に入って欲しいと？」

女が小さく頷く。彩乃が申し訳なさそうに続けた。

「そうなの。一応、私もお話しさせてもらいに行ったんだけどね。全然駄目で」

女二人の縋《すが》るような視線に、和泉は苦い顔で答える。

「……遺品絡みの相談と言うから、何かと思えば。無茶《むちゃ》言わないでくださいよ。遺族との交渉、俺には向いていないって知ってるでしょう？　国香さんは」

「でも、遺品蒐《しゅうしゅう》集家だって」

「俺が扱っているのは著名人のものだけですよ。たまに無名の職人や芸術家の遺品なんかも譲り受けたりはしますけど、基本的に相手にするのは同じような好事家ばかりです。遺族や子孫の方から買うにしても、遺品を手放したがっている相手を選びますからね」

そこが、遺品の難しいところだ。

形見という性質を持つ以上、遺品は本来それを必要とする遺族の許《もと》にあるべきである。蒐集家の中には自らのコレクションを作ることに執着するあまり、そうしたマナーを忘れる者も少なくはないが、和泉はそれでは意味がないと思っている。遺品を強引な手段で手に入れたがる人というのは、結局のところ物の持つ想いに気付くことがない。目に見える価値、人の認める価値のみを重視する。そうした人の手元に長く置かれた遺品というのは、遺品としての意味を失い、次第に精彩を欠いていくのだ。想いは忘れ去られて、ただの物と化す。残るのは〝何某《なにがし》の遺品〟という、中身を伴わない名ばかりである。

和泉は淡々と続ける。

「あなたへのプレゼントだったという以上は、故人の遺志はあなたの手に渡ることなんでしょうけど、それ以前の問題なんですよ。俺は感情的な人間と話をするのが苦手だし、この通り他人に気を遣うのも苦手です。頑《かたく》なに遺品を手放すことを拒む相手との交渉は、俺には向いていないんです」

杠葉敦の別荘での一件が、良い例だ。あれは遺品交渉とは少し性質が異なるが——彩乃がいなければ、円満な解決には至らなかっただろう。絵が処分されると聞いたとき、和泉はむしろ収集業者との交渉を考えたものだった。少女の心の傷を探ろうなどとは、考えもしなかったのだ。

「そんな——」

由佳里が声を詰まらせる。

「その、でも、和泉君は故人の気持ちが分かるじゃない？　どうにかならない？」

「何で、故人の気持ちを知る必要があるんですか」

問題は、故人の気持ちではなく遺族の意思ではないのか——意図が分からずに眉《まゆ》をひそめれば、彩乃は複雑な瞳《ひとみ》を向けてきた。

「さっきも言ったと思うけど、私と由佳里は上光君のお母さんに追い返されちゃったのよ」

「ええ。それは聞きましたけど」

「名前を名乗った瞬間に、理由もなしに門前払い。二度目なんて、ドアさえ開けてもらえなかったんだから。いくら母子家庭で息子を溺愛していたからって、ちょっと大《おお》袈裟《げさ》じゃない？」

語尾を上げて問う。和泉はううん、と難しげに唸《うな》った。

大袈裟かどうかは知らないが、確かに遺族というのは大抵の場合において故人の意に従おうとするものだ。まして可愛い息子のためなら、話はしないまでも恋人にプレゼントを渡してやるくらい訳もないことのように思われた。「それに」と彩乃が続ける。

「上光君だって、おかしいじゃない？　紹介する予定だったたってことは、由佳里との将来を真面目に考えていたとは思うんだけど——だったら恋人がいることぐらいは、もっと前から話していてもいいはずよ。話さなくても、隠すまではしないわ」

彩乃の言葉に、由佳里が小さく頷《うなず》く。顔には疑惑。

——彼は、自分のことを本当に愛してくれていたのか。

そう問いたげな唇が開きかけ、何の音を紡ぐこともなくまた閉じていった。友人の言葉を代弁する彩乃の声に、熱がこもる。

「私は、上光君の真意を知りたいのよ。じゃないと、振り回されている由佳里が可哀想」

最後の一言は自身の感想なのだろうが——言って、彩乃は悔しそうに唇を噛《か》んだ。

和泉は特に相槌《あいづち》を打つこともせずに、ますます眉間《みけん》に皺《しわ》を寄せた。

「まあ、彼の真意は分からないこともないですけど」

「今となっては、和泉君にしか分からないことよ」

訴える彼女の瞳から目を逸《そ》らして、頭を軽く振る。

「でも、そのためには家に上げてもらわないといけない。門前払いされてしまったら、俺にだってどうすることもできないんですよ」

身も蓋《ふた》もなく言って、

「あ……」

和泉は口元を押さえた。失敗だ。「そうですか」呟く由佳里は手の甲に爪を立てて、嗚咽《おえつ》を堪《こら》えている。彩乃は一度だけ和泉に気遣うような視線を向けた後で、そっと友人の手に自分の手を重ねた。

「ごめん。何とかなるとか安請け合いしちゃって、無責任だった」

「ううん。彩乃は悪くないから。こんなこと急に頼まれたって、無理なのは当たり前だし。悪いの、私だし。司が死んじゃうなんて考えたこともなくて、付き合って大分長いのに親のこととか——母子家庭だって知っていたから、正直面倒だなと思って司に投げっぱなしだった。もっとちゃんと考えておけば良かったんだ」

　和泉は苦い面持ちで二人を見つめていた。見つめながら、由佳里の顔に覚えた既視感の正体に気付いた。絵だ。〈貴婦人と死〉——夫に手を取られた彼女も、一歩先で死が待ち受けていることに気付いていなかった。幸福と不安。憂鬱《ゆううつ》さの含まれた微笑。あの絵の女がもう一歩先へ踏み出せば、四条由佳里に変わるのだろう。

　日常の陰に死はいつでも潜んでいる。けれど誰もが明日も同じ日が来ることを信じて、いつもと同じ一日を過ごす。だからこその〝日常〟だ。特別な日というのは、いつだって後からそうと決まるのだ。いつもと違った、いつものようにはならなかった——というそれだけの話で、人が率先して日常に変化をもたらそうとすることなどほとんどない。

　日常に甘んじた四条由佳里が悪いというなら、男も甚だ無責任だった。母親に彼女を紹介しそびれた挙げ句に、届かない贈り物を形見に残して死んでしまったのだから。

和泉は口の中で呟いて、結んだ唇をへの字に曲げた。

「……そもそも、ですね」

乾いた唇を開く。二人の視線が、再び和泉に向いた。

「国香さんは考えなしなんですよ。物事には手順ってものがあるんです」

重たい空気に険悪さを上塗りするような言葉に、彩乃の目の色が変わっていく。説明もなしに無理を言った負い目もあったのだろう。最初気遣わしげだった瞳は、戸惑いの色を帯びて、やがて怒りに変わった。構わずに、和泉は続ける。

「二人は、遺品蒐集家としての俺に依頼しようって言うんでしょう？　だったら依頼内容と報酬は同時に提示してもらわないと。お願いだけしてもらったって、困ります」

断るでもなくそう言ったのは、彼女らに同情したことが理由ではない。絵の中の女と比べて、心を揺さぶられたからというわけでもない。それは遺品蒐集家として当然の報酬交渉だった。

――そう、何事にも例外はある。困難なことにだって。例えば、彼女らが自分の蒐集欲を掻《か》き立てるような何かを用意すると言うのなら、少しくらいは無理をしてみてもいい。

咄嗟《とっさ》に頭の中で理由を並べ立ててしまったことにも、意味はない。和泉はちらっと女たちの反応を窺《うかが》った。

「お金……ってこと？」

問う彩乃の声が、少しだけ冷えたような気がした。軽蔑《けいべつ》か失意か——どちらにしろ、彼女は短絡的だ。和泉はあからさまに嘆息してみせた。

「分かっていませんね、国香さんは。蒐集家が真に求めるのは、お金じゃない。そんなの、夢がない。むしろ蒐集家っていうのはですね、財産と引き換えにして夢を見るものなんです。美しいもの、醜いもの、可愛らしいもの、恐ろしいもの、高価なもの、一見、何の価値もないもの——どういった世界を愛するかは人によって違いますが」

「つまり？」

「物ですよ、物。写真を一枚所望します。国香さんが所持している他人の作品でも、あなた自身が撮ったものでもいい。賞の一つでも取った作品なら、持っていて無駄になるということもありませんし。いつか何かに化けるって可能性も、ないわけじゃない。わらしべ長者って話、知ってます？」

賢《さか》しらな顔で説明する和泉に、彩乃は少しだけ目元を引き攣《つ》らせ——何かを言いたかったのだろうが——やがて諦《あきら》めたように、溜息《ためいき》を吐き出した。

「……分かった。写真、用意しておく。回りくどいし言い方もすごく悪いけど、要するに頼みを聞いてくれるってことでしょ？」

「依頼を受ける、と言ってください」

「どう違うのよ」

「頼みを聞くのは親切心から、依頼を受けるのは自分の利のためです」

素っ気なく言えば、彩乃が奇妙に眉を歪《ゆが》めた。

「和泉君って、変よね。損じゃない？　自分でそう言っちゃうのって」

「そんなこと、ありませんよ」

和泉は溜息とともに吐き出した。少なくとも、何の理由もなく相談に乗るよりは余程自分らしい――と、これは口の中で呟《つぶや》くのみに留《とど》めて、立ち上がった。

＊＊＊

「あら、司の知り合いなのね」

数日後、和泉は上光司のマンションを訪れていた。

彩乃と由佳里の姿はない。二人は同行すると言ったが、和泉がその申し出を断った。彼女らの話では、上光司の母親はどうあっても〝息子の恋人〟という存在を認める気はないようである。

（だったら、一人で行った方がよっぽどやりやすい）

少なくとも、門前払いされることはないだろう——と、和泉は呟いた。

場所は大通りから少し離れた住宅街にある、焦げ茶色のマンション。築年数は古そうだが、手入れはされているのだろう。小綺麗《ぎれい》で、清潔感がある。狭い階段を上り上の階を目指すと、小さな子供が甲高い声を上げながら駆け下りていくのとすれ違った。手にはピンク色の小さなバケツと、スコップ。そういえば下には小さな公園があったな、と思いながら和泉は壁際に寄った。ゆっくりと跡を追ってきた若い母親が、小さく目礼して去っていく。

目的の部屋は、二階へ上がってすぐ手前にあった。住み始めてから長いのか、珍しく表札も入っている。「上光」——その文字を何気なく眺めながら、呼び鈴を鳴らす。

「どちらさま？」

応じたのは初老の女だった。後ろで一つに結わえた髪に白髪は少ない。けれど妙に年老いて見えるのは、悲しみに疲れたその顔のせいかもしれない。女の顔を見るなり、和泉は密《ひそ》かに眉《まゆ》を曇らせた。

——これは、難しそうだ。

女の暗い目元には、小さな拒絶がある。気後れしながら、和泉は丁寧に頭を下げた。

「初めまして。連絡もせずに、突然すみません。高坂といいます」

「高坂さん？」

女が眉根を寄せる。

「あの、司さんが亡くなられたこと……まずはお悔やみ申し上げます」

相手に不審を抱かれる前に、和泉は慌ててそう付け加えた。何の捻《ひね》りもないテンプレート通りの挨拶《あいさつ》だが、何も言わないよりは余程いい。案の定――女は一瞬悲痛な顔をしたが、すぐ納得したように顔へ愛想笑いを張り付けてみせた。

「会社の方、ではないですよね。司の同級生かしら？」

「いえ、一つ下で」

「後輩？」

「ええ、まあ」

思わず頷《うなず》いてしまって、後悔する。騙《だま》す意思があったわけではない。相手の言葉を曖昧《あいまい》に肯定してみせただけだ。それは黙っていれば誰を傷付けることもない小さな嘘だったが、目的を思えば褒められたものでないことは確かだった。けれど少し考えた末に、和泉は女の勘違いをそのままにしておくことにした。

自分を息子の後輩だと思い込む彼女の顔からは、目に見えて警戒の色が薄れている。依頼として引き受けてきてしまった手前、失敗はできれば避けたいところではある。罪悪感を覚えないわけではなかったが。

「どうぞ、上がって。あの子のためにお線香をあげてやって」

促されるままに部屋へ上がる。

「お邪魔します」

と呟いて、彼女――上光朝子《あさこ》の後に続いた和泉は、部屋をぐるりと見回した。部屋は思いの他片付いている。少し圧倒されてしまうほどに、フォトフレームに入った写真が多い。

奇妙なのは、飾られた写真のどれもが古いことだ。夫、妻、幼い子供。三人。かつては仲のいい三人家族だったのだろう。どこにでもある一般家庭の図。彼女らのことを知らない人がこの部屋を見たら、まさか母子家庭だとは思わないだろう。しかし、写真はある時期でふつりと子の成長を写すのを止めていた。その頃に夫と死別したのだろうか。以降――母子二人きりの写真は、一枚も存在しなかった。まるで閉ざされた世界を見ているようだ。和泉はフォトフレームから顔を逸《そ》らして、部屋の隅を見た。視線の先には、古い仏壇がある。真新しい遺影と、奥にもう一つ。これは夫のものだろうか。

朝子の瞳《ひとみ》に促されて、和泉は仏壇の前に座った。線香に火を点《つ》け、鈴を二度ほど鳴らし、手を合わせる――口の中で「初めまして」と挨拶をしながら。

遺影の中の青年は、純朴そうな顔をしていた。

「いい写真でしょう？」

声に、振り返る。母親の顔には力ない笑みがあった。

「ええ」

胸のあたりに小さな痛みが生じるのを自覚しながら、頷く。母親は語り始める。

「会社の方に譲って頂いたの。うちには、司の写真が学生時代の集合写真みたいなものしかなかったから。記念写真を撮る習慣がなかったのよ。司の父親がいるときには、三人でよく撮っていたのだけれど。あの人が一番マメだから。私や司なんかは駄目。面倒くさがりなところがあってね、撮っても現像に出すのを忘れてしまうし、アルバム整理なんかもできないの」

「ああ――分かります」

「高坂さんもそういうタイプ？　どちらかといえば、繊細そうに見えるけれど」

「親が、そういうタイプで」

和泉はぎこちなく笑ってみせた。

「そう」

朝子が柔らかく目を細めて、頷く。

「そんな風だったから、主人がいなかったときには大変だった。精神的な意味でもそうだけど、片付けも全然できなくてね。いつも部屋が散らかっていて。司も、その頃は小学生だったからやんちゃの盛りでね。全然言うことも聞いてくれなくて。叱れば、反発するでしょう？　口げんかの末にあの人の話を持ち出したりして。お父さんはこうじゃなかった、って言われるともう何も言い返せなかった。しまいには、二人で泣いて——そういう状態が、一年くらい」

疲労の濃い女の目が、過去を見つめる。「そうですか」と気軽な相槌《あいづち》を打つこともできずに、和泉は黙って聞いていた。

「その頃に友達から誘われてサッカーを始めたのよ。中学、高校とサッカー部だったでしょう？」

「はい」

「高坂さんも、サッカー部だったの？」

そこで初めて、朝子の瞳に微《かす》かな疑問が浮かんだ。彼女が疑うのも無理はない——と、和泉は自分の姿を思い浮かべて密かに苦い顔をする。見るからに非力な痩身《そうしん》に、一度も陽に焼けたことのないような白い顔。サッカーどころか体育の授業さえ、受けていたことを疑われるレベルだ。

「いえ、俺は——」

慌てて否定する。

「その、美術部だったんですけど」

「美術部？」

朝子がますます不思議そうな顔をした。和泉は必死にそれらしい言い訳を探す。

「人物デッサンで、たまにモデルになってもらって」

「あの子に？」

「うちの顧問が、サッカー部の顧問と仲が良かったんです。それで、ほら。運動部の人って、綺麗《きれい》に筋肉ついてるじゃないですか。だから何人かに頼んで、司さんもそのうちの一人で。司さん、明るくて面倒見が良かったんで、俺みたいな後輩にも積極的に話しかけてくれて――それ以来、個人的に少し付き合いがあったんです。気に掛けてもらってたっていうか。学校で、ですけど」

苦しい言い訳だ。

言葉を重ねれば重ねるほど、泥沼にはまっていくような気分だった。和泉は一息で言って、手の甲で額に浮いた汗を拭《ぬぐ》った。その手で目に掛かった前髪を払いのけながら、朝子の様子を窺《うかが》う。

「確かに、あの子は明るい子だわ」

朝子は緩やかに頷いた。

「明るくて、優しい子なの。親の私が言うのもなんだけど、確かに面倒見も良いし。さっき、酷《ひど》い状態が一年くらい続いたって言ったでしょう？　でもね、酷かったのは一年だけよ。普通の子供の反抗期より、短いくらい。それからは、ずっと優しい息子よ。何かあれば〝お母さん、無理しないでね〟って」

誇らしげな母親の顔で、続ける。

「きっと、他のお友達や高坂さんに対してもそうだったんでしょうね。あの子、少しも変わっていないんだもの。会わせてあげられないのが残念」

頷きながら、和泉は密かに眉をひそめた。朝子の言葉にはところどころ違和感があった。思い出なのか、自慢話なのか――母親は邪気のない笑顔で息子の話を語り続けた。和泉が違和感の正体に気付いたのは、二時間ほど経って、彼女が話を締めくくったときだった。

「また遊びに来てくれる？　司も、喜ぶと思うから」

言って、見つめる。その目には慈愛がある。

――ああ、そうか。

和泉はぎこちなく愛想笑いを返しながら、もう一度だけ部屋の中を見回した。

――この部屋と同じなんだ。

過去が常に現在として語られる部屋。亡き息子のことを、現在形で語る母親。仏壇がどことなく不自然に見えてしまうほどに、死を感じない。夜になれば夫も息子も帰って来る、とでも言うような朝子の口ぶりなのだ。

「はい。また、来ます」

声を引き攣《つ》らせながら答えて——和泉は自己嫌悪に奥歯を噛《か》みしめた。


(ああ、これはどうにも……辛《つら》いな)

部屋の外に出るや、和泉は憂鬱《ゆううつ》な溜息《ためいき》を吐き出した。これから来客があるらしい。朝子は「ごめんなさいね」と申し訳なさそうな顔で、送り出してくれた。

ドアの向こうで、かちりと鍵《かぎ》を回す音が聞こえる。和泉は振り返って、じっとドアを凝視した。鍵の掛けられた硬いドアは、まるで朝子の心のようだった。朝子にとっては、自分の知る息子だけがすべてなのだ。かつては夫と司と三人で過ごしたあの部屋で、いつまでも三人であることを望んでいる。リビングに飾られた写真と昔語りとが、彼女の胸の内を表していた。その世界を壊さない人間だけが、内側へ招かれるのだろう。

その点で言えば、和泉は問題のない存在だった。部活の違う後輩。接点も少なく、学校以外での上光司という人間をほとんど知らない。けれど彼のことを慕っていた——という、設定。

息子の会社の同僚でもなく、体面を取り繕わなければならない相手でもない。つい二時間ほど前までは顔を合わせたことすらなかった、もう会うこともないかもしれない存在だ。そんな風に互いの生活に影響を及ぼすことがないからこそ、朝子は心置きなく息子の話をすることができた。

これからどうしようか、と和泉はドアに背を預けたまま空を仰ぎ見た。

後輩のふりをして、通い続ける？　折を見て、由佳里の話をする？　説得できるか？

考えて――小さく首を振る。それはあまりに卑怯《ひきょう》というものだ。かと言って、いつものように率直に真実を告げてしまっては、朝子を無為に傷付けるだろう。

「慣れないことはするもんじゃないな。やっぱり」

再び溜息。誤解の上から更に嘘を塗り重ねてしまったことが、良くなかった。例えば――最初から、正直に四条由佳里の代理人だと話せば、こうはならなかった。交渉は上手《うま》くいかなかったかもしれないが、こうして自らの嘘と朝子の虚像に流されてしまうこともなかった。あのときこうしていれば、というのは考えるだけ無意味なことではあるが。

思考は巡る。出口を求めて、ぐるぐると頭の中を巡り続ける。そのうちに酷く頭が痛くなって、和泉は軽く首を振った。深呼吸。生暖かい空気が、鼻腔《びこう》から肺に流れる。

「どうするかな、本当に」

もう一度呟《つぶや》いて、歩き出す。と、人の視線に気付いて和泉はハッと我に返った。

——朝子の言っていた、来客だろうか？

思い出して、慌ててドアから離れる。何となく頭を下げれば、相手は「やっぱり」と驚いたような声を上げた。旧友と偶然再会したような、そんな懐かしさを含んだ声だ。声に顔を上げて、和泉は怪訝《けげん》に眉《まゆ》を寄せた。

(誰だ……？)

すらりとした長身を、無地の黒スーツに包んだ男だ。

「君、奇遇だな」

嫌みなほどに整った顔を、男はにっこりと微笑ませた。こちらが戸惑ってしまうほどの親しみ。一方で矛盾した冷たさを感じるのは、切れ長の目のせいだろうか。

(セールスマン、かな)

スーツの胸元に留められたネームプレートを見て、首を傾げる。そこには「藤波」と名字だけが記されている。ふじなみ——と読むのだろうが、やはりその響きに聞き覚えはない。

「君も、そこのお宅に用があったのか？」

「いえ、まあ」

和泉は曖昧《あいまい》に答えた。男の妙な馴《な》れ馴れしさには覚えがあるような気がしたが、思い出すことができない。多分知人ではないだろうと思うことにして、足早に横を通り抜けようとする――

「ますます奇遇だ。――おっと、先に言わなければならないことがあるのを忘れていた。先日は、うちの万里《ばんり》が世話になったね。あの時にお礼を言えれば良かったんだが、君が万里を助けてくれたなんて知らなかったんだ」

男は喋《しゃべ》り続けている。和泉の困惑になど気付いていない風でもある。微妙に体の位置を変えて進路を塞《ふさ》いだのは、無意識なのかそうでないのか。

「あの、人違いじゃないですか？」

仕方なく立ち止まって、和泉は訊《き》き返した。彼の無駄に長い脚が恨めしくも、羨《うらや》ましい。腹立たしささえ覚えながら、頭一つ分高い位置にある顔を見上げる。無性に腹の立つ顔だった。異性からは好かれるかもしれないが、同性には敬遠されるタイプだろう――と密《ひそ》かに毒づく。

男は和泉の視線に気付いて、ふっと息を吐いた。くせのある黒髪が、肩のあたりで揺れる。

「君に以前人とぶつかった記憶がないのなら、俺の人違いなんだろうな」

「はあ」

「今井さんの家の近くで、覚えていない？」

その皮肉っぽくて気取った口調には、確かに覚えがないでもなかった。和泉は彼の言葉を反芻《はんすう》する。今井家の近く。人にぶつかった記憶。何となく好きになれそうもない男。思い出せそうで、思い出せない。そんなこともあったような気はするが――

「トーゴ！」

思考に割って入ったのは、高い子供の声だった。

声に、男が振り返る。和泉もつられて、視線を追った。階段を駆け上ってきた小さな影が、だだだと走ってきて男の背中に飛びついた。――激突した、という表現の方が的確かもしれない。

「何で先に行っちゃうんだよぉ。いっつもそうやって置いてく！」

「いつも勝手にいなくなるのは、万里じゃないか」

男が腰のあたりを押さえて呻《うめ》く。背中の子供が彼の言った〝万里〟という人物らしい。

「ちょっと公園見てくるって言ったじゃんか！」

万里は男の背中にしがみついたまま、声を荒げた。

「俺は、仕事に行こうと言ったよ」

「あたしと仕事とどっちが大事なんだよ」

「仕事。というか、君に現場を見せるのも俺の仕事の一つだからね」

　あっさりと言って、男は背中から子供を引き剝《は》がした。会話だけを聞けば、まるで痴話喧嘩《げんか》だ。うんざりと溜息を吐く男の顔を見て、和泉は思わず笑った。その声を聞きつけたのだろう。

「誰？」

　怪訝な問いかけとともに男の背中から顔を覗《のぞ》かせたのは、ポニーテールの少女だった。明るく染めた髪は陽に透かせばオレンジにも見えるほどで、人目を引く。その少女を、和泉は知っていた。少女の吊《つ》り上がり気味の目が、大きくなっていく。

「あ……！　お前は――」

「ああ、この間の」

　今井家で犬に追いかけられていた――と呟けば、少女はにかっと白い歯を見せて笑った。

「そうそう！　犬のいた家で。あのときは死ぬかと思ったぜ」

　少年のような乱暴な口調は相変わらずだ。隣では男が微笑を引き攣らせている。

「万里……」

　少女の口の悪さを窘《たしな》めようとしたのかもしれない。彼は口を開きかけたが、結局嘆かわしげに首を振っただけだった。言っても無駄だと思ったのか、言うのが面倒になったのか――眉間《みけん》に刻まれた皺《しわ》を見るに、前者なのだろう。代わりに和泉へ向き直った。

て、

「そういうわけだよ。この子が困っていたところを、君が助けてくれたんだろう？　後から話を聞いてね、君のことじゃないかと思ったんだ。今井氏から娘さんの知人が来ていたって話を聞いたし、彼らや万里から聞いた人物の特徴が、君と同じだったからね」

あらためて、そう説明する。

――最初からそう言ってくれれば、分かりやすいのに。

和泉は多少警戒を解いて、男と少女の顔を交互に眺めた。奇妙な二人組だ。親子という風にも見えない。そういえば男は先ほど、少女に現場を見せるのが仕事だと言っていたが――

「この子の言っていた〝トーゴ〟って、あなたのことだったんですか」

訊けば、男は「うん？」と形の良い眉を跳ね上げた。

「ああ。前のときに万里から聞いたのかな。そう。というか、自己紹介もまだだったんだね」

そのことに初めて気付いたと言わんばかりに苦笑して、続ける。

「俺は藤波透吾《とうご》。この子は唐草《からくさ》万里。ほら、万里――言うことは？」

「……この間は、助けてくれてありがとうございました」

促された万里が、渋々頭を下げた。ポニーテールがぴょこんと揺れる。少女はすぐに頭を跳ね上げて、透吾の腕にぶらさがった。

「これでいいだろ！　早く行こうぜ。上光のおばさんも、きっと待ってるよ」

「上光さん、だろう？　お客さんなんだから、せめて彼女にだけは礼儀正しくしなさい。それができないのなら、今度からは連れて来ないよ。何度も言うけど、これは仕事だ」

今度は厳しい声音で言って、万里を振りほどく。

――仕事。

まただ。男の口から出た単語に、和泉は眉《まゆ》を上げた。

「あの、藤波さん」

「何？」

彼に訊くのは何となく癪《しゃく》だと思いながらも、続ける。

「その、藤波さんと上光さんとの関係って？」

「うん？　担当者と客だけど、それ以上の関係に見えるかい？」

「いや、そうではなくて――」

透吾との会話は、酷《ひど》く面倒だった。いや、藤波透吾という人間が面倒なのだ。話し好きなのか、それとも他人をからかうのが好きなのか――会話を引き延ばして楽しんでいる風でもある。

彩乃以上に苦手なタイプだ。ぐったりと首を振れば、彼は「分かっているよ」と愉快そうに喉《のど》を鳴らした。

「俺は、葬儀社のスタッフなんだ。ほら」

形の綺麗《きれい》な指先が、胸の部分に留められたネームプレートに触れる。爪の先が当たって、かつんと小さな音を立てた。和泉は少しだけ近付いて、プレートを凝視する。名前の上には確かに小さな文字で〈カラクサ葬祭〉と印字されていた。

「カラクサ葬祭……聞いたこと、あります」

「本当に？　広報の連中も少しは真面目に仕事をしているんだな」

驚いたように言う彼の方こそ、真面目に仕事をしているようには見えないが——

「この間も、仕事だったんですか？　今井さんの家の近くでぶつかった時も」

和泉は余計な一言を呑《の》み込んで、更に探った。もう少し会話を続けて、この男の口から朝子について詳しく訊き出したいという思いもあった。葬儀前後の彼女の様子、趣味、親しい人間——何でもいい。今はどんなに些細《ささい》なことでも、思考を進めるための足がかりが欲しかった。

透吾が苦笑する。

「そうだよ。実は数日前から葬儀の段取りのことで相談に乗っていてね。亡くなった、正晃さんだったかな？　あの人はすごかった。自分の面倒は最後まで自分で見るといった感じだった。ああやって自分の死を受け入れて、淡々と準備できる人ってなかなかいないと思うよ。息子さんらは、随分と大変そうだったけどね。何だったかな、遺言書探し？　君も、手伝っていたんだろう？」

やはり、今井家のようなケースは珍しいのだろう。頷《うなず》く和泉に、彼は続けた。

「俺も、退屈な打ち合わせよりも遺言書探しの方が良かったな」

「そうですか？」

「そうだよ。遺産は遺言書を見つけた人間に。なんて、遊び心のある老人じゃないか。俺もいつか死ぬときには是非、見習いたいね」

まるっきり他人事《ひとごと》な軽い調子で言って――

「で？　君は？」

訊《き》き返す。

「え？」

唐突な問いに、和泉の相槌《あいづち》が止まった。

何が――と言葉が続かなかったのは、彼の問いを理解していたからなのかもしれない。固まったまま口を開こうとしない和泉に、透吾は面倒臭そうに言い直した。

「君が、ここにいるわけ。上光さんとの関係。俺にいろいろと訊く理由」

不躾《ぶしつけ》な瞳《ひとみ》が和泉を見下ろす。表情に比べて、視線だけがやけに鋭い。

「何か知りたいことがあるのなら、そんなに遠回しに訊かなくたって俺は答える——」

「トーゴ！　話、長い」

猶《なお》も続けようとする男を遮ったのは、それまでふて腐れたようにしていた少女だった。場の空気を読まない子供の横暴さで、会話が途切れる。行き場を失った言葉を呑み込んで、透吾はすっかり興醒《きょうざ》めしたようだった。「万里——」今までで一番苦い声で少女の名を呼びつつも、

「ああ。でも、確かにもう約束の時間を回ってしまっているな」

不意に腕時計を確認して、大仰に嘆息した。

「まあ、何でもいいや。ええと、君。名前」

「……高坂和泉です」

「高坂君か。三十分もかからないだろうから、下の公園で待ってて。上光さんに関する話を聞きたいんだろう？　母親の話か、息子さんの話か——どちらにせよ、多少は話してあげられないこともない。それに俺も、君に頼みたいことがある」

一方的に言った透吾の指先は、既に呼び鈴を鳴らしている。インターホンから、朝子の声が聞こえた。和泉は迷いつつも男に背を向けて、歩き出す。

「つまり、君は司君の後輩だったというわけだ」

男は上機嫌に喋《しゃべ》っている。和泉はアイスコーヒーを啜《すす》りながら、どうしてこうなったのかと考えていた。ガムシロップとミルクを一つずつ入れてみたのに、酷く苦い。

――つまり、俺はこの人を待っていたわけだ。言われた通り、三十分近くも！

彼の真似をして、口の中でこっそりと呟《つぶや》く。

公園へやってきた透吾の傍らに、万里の姿はなかった。

「話が長くなると、万里が落ち着かないからね。先にタクシーで帰らせたんだ」

説明しながら、彼は苦く笑った。

「うちの代表の一人娘なんだけどね。社会勉強の一環として、俺が現場に連れ歩いているんだ。親の方針でね。まったく、教育熱心なものさ」

「……責任ある立場だったりするんですか？　藤波さんって」

「その訊き方から察するに、いい加減な人間に見えるようだね。俺は」

質問には答えずに、透吾は歩き出した。着いた先は――コーヒーショップである。

（この人、自分が仕事をさぼりたかっただけなんじゃないか？）

正面に座りながら、和泉は密《ひそ》かに毒づいた。空調の効いた店内でネクタイを緩める彼を見ていると、休憩に利用されたのではないかと思えてくる。

透吾は熱いコーヒーに手を付けようとするでもなく「さて――」と口を開いた。話していなければ落ち着かない性質なのかもしれない。

「他の友人と毛色の違うタイプだったから驚いた、と上光さんが話していた。来てくれて嬉《うれ》しかったとも言っていたよ。今頃訪ねていったってことは、葬儀には出席しなかったんだろう？」

「ええ。高校を卒業してからは、司さんとは疎遠になっていたので……」

和泉は言葉をつかえさせながら、答える。

「ふうん。疎遠に、ね」

透吾が含みのある相槌を打った。顎《あご》を撫《な》でていた指先が、ようやくカップに伸びる。まだ辛《かろ》うじて香ばしい湯気を立てているコーヒーを、彼は無言で啜った。和泉もそれにならって、気まずげにグラスへ手を伸ばした。中の氷が溶けて、音を立てる。無言。しばしの沈黙の後に口を開いたのは、やはり透吾だった。

「さっきも言った通りなんだが――」

その〝さっき〟がどの話を指しているのか分からないまま、和泉は頷く。男はテーブルの上へカップを戻しながら、続けた。

「俺は、担当者として司君の葬儀を手伝わせてもらったんだ。それから、上光さんのお宅にはよくお邪魔させてもらっている。名目としては葬儀後のサポート」

「葬儀後のサポート？」

「ああ。今日なんかは、実際に法事の資料を届けに来ただけでね。うちでは位牌《いはい》や仏壇、仏具なんかも扱っているし、返礼品の用意なんかも手伝ってる。あとはまあ、生花の用意だとか。細かいサービスがあるんだよ。葬儀をやって終わりってわけじゃない」

「で、それが名目って言うのは？　どういうことですか？」

会話を誘導されているようで気に入らないが、今は訊くしかない。

案の定、問いを想定していたのだろう。透吾は迷う風もなく答えた。

「私情が交じっているってことさ。彼女とは取り留めもない話も、大分しているからね」

「暇なんですか？」

「暇じゃない。忙しいんだよ？　こう見えても」

こちらは——予想外だったらしい。唇が僅《わず》かに引き攣《つ》る。拗《す》ねたような口調。そのわりに傷付いたように見えないのは、瞳の色だけがまったく変わらないからなのかもしれない。実のところ、大して気にも留めなかったのだろう。彼はすぐに気を取り直したように、話を戻した。

「何て言えばいいかな。ここだけの話だけれど、上光さんは亡くした旦那《だんな》さんや息子さんに依存していた。今も、そうだ。君の目にもそう映ったと思う」

「……そうですね」

そうだろうとも、と透吾。

「彼女は家族のことを過去形で語りたがらない。常にちょっと出かけているだけのように振る舞っている。一度もう少し遅い時間にお邪魔したこともあるんだが、きっちり三人分の夕食を用意してあってね。それを見ていたら、何だか忍びなくなってしまった」

話を聞きながら、和泉はあのリビングを思い出していた。目蓋《まぶた》の裏に浮かんだのは、三つの膳《ぜん》を前に手を合わせる女の姿だ。二十年近く貼り替えられていない家族写真に囲まれて、一人。胸の痛くなるような光景だった。

透吾も、同じ光景を思い浮かべているのかもしれない。

「あの部屋を見ただろう？　彼女はまだ生きているのに、死人のような生活をしている。いや、二人の死人が生きた彼女と同じ生活をしているのか——ともかく、良くないなと思ったわけなんだよ。俺は」

険しい顔で宙を睨《にら》む。その言葉の内に流れる激しい感情に気付いて、和泉は困惑する。

（この人は、上光さんのことを心配している？）

胸中の問いかけに答えるように、彼は大きく頷《うなず》いた。

「俺は、そんな彼女を立ち直らせてあげたいと思っている」

「立ち直らせる？」

「意外か？　俺が、こんなことを言うのは」

意外だ。

躊躇《ためら》いつつも正直に顎を引けば、透吾は喉《のど》を震わせて笑った。

「失礼だな」

声に、微《かす》かな自嘲《じちょう》を交えながら続ける。

「これでも面倒見はいい方なんだ。少し話してみた感じ、彼女には相談できるような相手もいないようだったからな。そういうの、心配にならないか？」

「でも、藤波さんは葬儀社のスタッフですよね。言い方は悪くなりますけど——そういう人はいくらでも見てきているんじゃないですか？　すべてを心配していたら、きりがない」

本当に拙《つたな》い言い方だ。自覚しながらも、和泉は素直な疑問を口にした。

口元に笑みを湛《たた》えたまま、透吾が否定する。ゆっくり首を左右に振って、

「きりがないことはないさ。上光さんのような人は、実はそう多くない。大抵の人は

悲しみながらも故人の死を乗り越えるし、乗り越えられなくたって周囲に支えてくれる人がいる」

それに、と彼は不意に目を伏せた。

「万里も、母親と二人きりなんだ。幼い頃に父親を亡くしてね。上光さんと司君の関係は、うちの代表と万里の関係に少しだけ似ている。彼女がどれだけ夫と司君を愛していたかが分かるからこそ、つい親身になってしまうのかもしれない。尤《もっと》も、俺のやり方に限界があることは確かだが」

「限界、ですか」

「ああ。君の言う通り、俺は葬儀社のスタッフに過ぎないから。上光さんとの信頼関係は、あくまで仕事の延長線上に築き上げられたものに過ぎない。ま、言うなれば金だね。俺がこうやって堂々と上光さんの許《もと》へ通って行けるのは、彼女が法事もウチに頼みますって言ってくれているからだし」

そこで一度言葉を切って、透吾は足を組み替えた。和泉も、触れっぱなしだったグラスから手を離す。掌《てのひら》が冷たい。話を始めてから、随分と長い時間が経っていた。

それでも透吾は続ける。焦りなどまったく感じさせない、独特な調子で。

「問題は、俺にとって上光さんが客だってことなのさ。どれだけ親身になったところで、厳しい物言いはできない。万里に注意するのとはわけが違うんだ。彼女もそれが分かっているから、俺が都合の悪いことを言おうとすれば上手《うま》く避ける。これではいつまで経っても根本的な解決にはならない、と悩んでいたところだ」

「それで、俺ですか」

彼の目的を理解して、和泉は困ったように唸《うな》った。

仕事で朝子と接する透吾には、死んだ夫や息子に執着する彼女の目を現実へ向けることができなかったのだ。親しく話をすることで、彼女を夢と現《うつつ》の狭間《はざま》に留《とど》めておくことが精々だった。

「話が分かるね、高坂君」

透吾の声が明るくなる。

――彼は自らが失敗した役割を、他人に押しつけようと言うのだ。

他人。つまり、和泉だ。それは随分と虫の良い話ではあった。

「それが、藤波さんの〝頼み〟ですか」

「ああ」

「その頼みを聞く理由が、俺にあると思います？」

上光朝子の話題と交換するにしても、割に合わない。

和泉は疑《うたぐ》るように目を細めて、透吾の顔色を窺《うかが》った。彼の顔には、自信ありげな笑みがある。自分が図々《ずうずう》しい頼み事をしているとは、少しも思っていないようだった。

薄い唇の端が歪《ゆが》む。その瞬間だけ、彼の口元からは親しみが消えたように見えた。

「ある——と、思っているよ。でなければ、俺を待っていたりはしなかっただろう」

「…………」

「司君とは高校を卒業してから、ずっと疎遠にしていたと言ったね。そんな君がどうして今頃、上光さんの許を訪れた？　あの親子の話を聞きたがる理由は？　俺は君に、別の事情があるんじゃないかと踏んでいるんだが。彼を慕っていた以上の——彼女には言い出しにくい、特別な事情が」

抜け目のない瞳《ひとみ》が、じっと様子を窺っている。知らず知らずのうちに、和泉の手は拳《こぶし》を作っていた。先《さっ》まで冷えていたはずの手が、じっとりと汗ばんでいる。緊張に呼吸すら止めて、続く言葉を待つしかできない。

十秒——二十秒——

男の眉《まゆ》が、当惑に歪んだ。

「そう、硬くならないでくれよ。まるで俺が悪人みたいじゃないか。俺はただ、君に少し上光さんのところに通ってもらえればと思っただけだ。そう。思っただけだよ。君の事情を聞いて、俺が手伝えるようなことじゃないなら、この話はなかったことになる。それだけの話だ」

「その場合、あなたに話した俺の事情までなかったことになる保証はありますか？」

「おいおい、教師や親に言いつける子供じゃないんだぜ？　聞かなかったふりをしてやるさ。勿論《もちろん》、君がここで俺の話を断ったとしても同じだ。時間が無駄になった事実だけが残って、終わり」

疑り深く問えば、透吾は呆《あき》れたような息を吐き出した。

「さて、どうする？　興味がないって言うなら解散しよう。そうでないなら話してくれ」

和泉は逡巡《しゅんじゅん》する。透吾の申し出は、悪意に基づいたものではない。

周囲に頼れる人のいない朝子と親しくする。彼女がもう少し外へ目を向けられるよう、支える。ただそれだけのことを即答しかねてしまうのは、目の前の男の言い回しが酷《ひど》く芝居がかっているからなのかもしれない。

和泉には、藤波透吾という男が分からない。この彩乃以上によく喋《しゃべ》る男は、話を聞く限りでは悪人ではなさそうだった。回りくどい言葉もすべて嚙《か》み砕けば、むしろ親切すぎるほどである。

（いい人、なのか？　それとも、そう見せかけている？　何のために？）

そこまで考えて、和泉は苦く笑った。客でもない。親しいわけでもない。そんな自分に、彼が善人面をしなければならない理由が思いつかなかったのだ。

――僻《ひが》み、かな。

長い脚を組んで座り、カップに口を付ける。その姿だけで絵になる男を眺めながら、呟《つぶや》く。長広舌と気取った口調には辟易《へきえき》するが、自分のような口下手よりは人を楽しませるだろう。瞳が冷たく見えることを除けば、顔の作りも悪くない。上司に娘の世話を頼まれるほど、職場でも信頼されている――多分。その上善人であるとなれば、これはもう非の打ち所がない。疑いたくなってしまうのは、そんな人間の存在を認めたくないからなのかもしれなかった。

天は二物を与えずというが、透吾のような人間は少なからずいるものだ――と、和泉は思うことにした。

「……司さんに、恋人がいたという話を聞いたことがありますか？」

疑惑を握りつぶして、恐る恐る訊《たず》ねる。

「聞いたことがないな」

答える透吾はあっさりしたものだった。

「いたんです。高校の頃から付き合っていた女性が」

ぽつり、ぽつりと話し始める。ただし、自分が司の後輩でないことだけは秘めたまま――

「恋人へのプレゼント、ね。君はそれが欲しかったわけだ」

話を聞き終えると、透吾は成程と顎《あご》を撫《な》でて頷《うなず》いた。

「女性に泣きつかれては断れないものな。しかし、あの部屋を見てしまっては、上光さんに話を切り出すことも躊躇《ためら》われる。それで困っていたのか」

「はい」

話してしまった。

良かったのか、悪かったのか——やはり判断がつかない。けれど、男に話したことで多少肩の荷が下りたことは確かだった。それは決して心地の好《よ》い安堵《あんど》であるとは言えなかったが。

反応を窺うように、視線だけを上げる。

「事情はよく分かった。それなら協力できる」

透吾が容易《たやす》くそう言ったことに、和泉は驚いた。

「え？」

「その恋人へのプレゼントを、手放させたいんだろう？　上光さんに」

「あ、はい」

けれど、どうやって？

言葉には出さなかった。疑問を顔に浮かべて問えば、男は例の親しげな笑みで返した。

「俺が思うに、上光さんは君を息子さんと重ねている。これは、今日彼女と話して分かったことだ。よく知りもしない君のことを、彼女は息子の後輩が会いに来てくれたと嬉《うれ》しそうに語っていた」

それは――知っている。和泉は無言で頷いた。透吾が滑らかな口調で、続ける。

「一方で、彼女は自分自身を息子さんと重ねてもいる。母親としての立場で君に接し、また先輩だった息子さんの代わりに君の世話を焼くことで、心に空いた穴を埋めようとするだろう。君が彼女の許《もと》に通ったのなら、ね」

いちいち言葉が引っかかるのは、言い方に含みがあるせいだろうか。不快感を顔に出さないよう、努めて平静を装いながら、和泉は呟いた。

「……そのやり方だと、依存する相手がすり替わるだけでは？」

「最初は、そうだろう。でも君は生きた人間だ。物を言わず、成長することもない死者とは違う。上光さんもすぐに、君が息子さんと違うことに気付くに違いないさ。けれどそれを切っ掛けとして、彼女は生きた人と付き合う術《すべ》を取り戻す――恐らくね。依存ってやつは厄介だが、どんなに酷くても死者に縋《すが》るよりは健全で前向きだ」

男の言葉は淀《よど》みない。言葉の内に含まれた自信と、その独特な調子の声とは、他人の思考を麻痺《まひ》させる強引さを持っていた。胸の内に生まれた反発は、すぐに別の感情に宥《なだ》められて萎《しぼ》んでいく。畏怖《いふ》だ。反論を口にしてみたところで、彼の自信に満ちた言葉に打ち砕かれるのだろう。そう想像すると、自分の意見がそもそも何の筋も通っていない、感情的なもののように思われてくるのだった。

「ああ、で、話が逸《そ》れたな。どうやって司君の恋人へのプレゼントを譲り受けるかだが」

不本意にも聞き慣れてしまった低音に、和泉は黙って耳を傾ける。

「君が上光さんの目を現実に向けてくれるのなら、簡単なことだ。俺が頃合いを見計らって、彼女に遺品の整理を勧める」

「遺品の整理、ですか」

それは、故人を見送るにあたって遺族が行う自然な行為でもある。が、透吾の口から出たその言葉には、それとはまた異なる嫌な響きがあった。思わず眉根《まゆね》を寄せた和泉の表情を、単なる疑問の表れと取ったのだろう。透吾は大きく頷いて、答えた。

「彼女は一度、息子さんのことを忘れるべきだと思うんだ」

「忘れる？」

「手放す、と言った方がいいかな。遺品というのは、故人の思い出の品なわけだろう？」

教師のように人差し指をぴんと立てて、

「形見とも言うが。果たして、それを見て故人を思い出すのは本当に良いことなんだろうか」

問う声には深い疑問があった。否。疑問のうちには否定があった。

「今は、遺品の整理もビジネスとして成り立っている。最近では葬儀社も、そういうサービスを提供する業者と繋《つな》がりを持っていてね。必要としている人には、勧めることにしているんだ」

「必要とする人……」

「忘れるには、思い出すようなものが手元にないことが一番だ。そこまで重い理由ではなくて、片付けに困っている人に紹介することもある。若い人はそうでもないが、お年寄りは物を多く持っている人が多いからな」

声が熱を帯び始めていたことを自覚したのだろう。透吾は途中から感情を抑えると、冗談めかしてそう言った。

「とにかく——彼女が遺品の整理に踏み切れるほどになれば、恋人へのプレゼントだって当然手放すだろうさ。君が彼女に目的と立場を明かしたくないと言うのなら、俺が業者に連絡をしておいてやってもいい。処分するものを勝手に拾うというのはマナー違反だが、そこは頼み方次第でどうにでもなる。特に今回の場合、故人の遺志を尊重するなら恋人の手に渡してやるべきものだからね」

「そんなこと、できるんですか？」

「俺は、できることしか言わないよ」

　さらりと言って薄い唇を微笑ませる。嫌みだ。しかし、男の言葉には妙な説得力があった。

＊＊＊

変わらずに、朝子の世界は閉じられている。

　部屋が薄暗く感じられるのは、常に引かれたカーテンのせいばかりではあるまい。爽《さわ》やかなライムグリーンの布地を指で弄《もてあそ》んでいると、背後から朝子が「司の好きな色なのよ」と邪気なく言った。

「高坂君は、何色が好き？」

「黒や、灰色――白も好きです」

「そう。モノクロが好きなのね」

　子守歌のように穏やかで、優しい声色だった。和泉はカーテンから指を離すと、少しだけ、首を後ろへ巡らせた。テーブルの上を片付けて、カップを並べる彼女の顔には微笑がある。ふっと目を細めれば、その光景は静止画のようにも見えた。

「カーテン、開けないんですか？」

「写真が色褪《いろあ》せてしまうから」

ポットからコーヒーを注ぎながら呟《つぶや》く。声の温度は変わらない。「和泉さん、おやつにしない？」柔和な表情を崩さずに、朝子はそう促した。テーブルの上には、三人分の湯飲みと苺《いちご》のロールケーキ。

「司はね、甘い物が好きなの。ここのロールケーキが特にお気に入りでね。主人は、デザートのようなものはあまり好きではないのだけれど。だから、今日は司と私と、和泉さんの分だけ」

「上光さんも、甘い物が好きなんですか？」

「そう。私も、司と同じ。というか、司が私に似たんでしょうね」

言いながら、椅子を引く。

「どうぞ、座って」

和泉は促されるままに腰を落ち着けた。控えめな視線で、正面に座る女の顔色を窺《うかが》う。

変わらない部屋。変わらない人。変わらない表情。声音も、仕草も。

――五度目だ。

声には出さずに、口の中で呟く。初めての訪問以来、もう五度ほど朝子の許を訪れている。すべては繰り返しだ。同じ時間に足を運んでいるせいもあるかもしれない。呼び鈴を押す。応《こた》える彼女。十秒と経たないうちにドアが開き「ああ、和泉さん」と親しい人が久しぶりに訪ねてきたような笑顔が覗《のぞ》く。「こんにちは」とぎこちない笑みを浮かべながら挨拶《あいさつ》をする自分を、朝子は片付いた部屋の中へ快く導く。「今日はどうしたの？」という彼女の問いかけから始まる近況報告。けれど、和泉が話すことはほとんどない。近くを通りかかったから、と言えば彼女は「そう」とだけ言ってそれ以上を訊《き》こうとはしなかった。高坂和泉という個人には興味がないのだろう。彼女の目に映っているのは〈息子の後輩〉。それ以上の情報は、必要がないのだ。それから、二人は司の名が鏤《ちりば》められた他愛《たあい》もない話をする。朝子が喋《しゃべ》り、和泉が大人しく相槌《あいづち》を打つ。三十分ほど話して、彼女は初めて気付いたように「ああ、お茶にしましょう」と仕度を始める。その間、和泉はぼんやりと部屋の中を見回して、呼ばれるのを待つ。テーブルに着いてからも、朝子は茶菓子を前に司や彼女の夫の嗜好《しこう》をささやかに披露する。やはり相槌を打つだけの和泉に、彼女はきまって「和泉さんも、もっと食べなきゃ駄目よ。おばさんよりも細いじゃない」と世話を焼く。

　映画の同じシーンを何度も繰り返し観ているような――カップから立ち上る新しい湯気と、訪れるたびに唯一変化する茶菓子の種類だけが、朝子の逃避した世界と現実とを繋いでいた。

「すみません。その、しつこく通って来てしまって」

フォークを受け取りながら、小さく頭を下げる。朝子が首を振った。

「謝らないで。大切な人を喪《うしな》うって辛《つら》いことだもの」

猫撫《ねこな》で声。けれど台詞《せりふ》は、どこか他人事《ひとごと》のように聞こえた。目を上げれば、朝子の慈しみに染まった顔がある。それは不幸に遭った知人を、どこか遠いところから慰める人の顔だった。

彼女の顔を見ているのが辛くなって、和泉は顔を伏せた。司が好きだったという皿の上のケーキ——鮮やかな赤い色の苺をじっと見つめながら。

「そんな顔をしなくても、大丈夫。迷惑だなんて思っていないから。むしろ、幸せなことだと思うの。司も、私もね。和泉さんは気に掛けてくれるし、藤波さんも——葬儀社の方なのだけれど。親身に相談に乗ってくださって」

疑いのない言葉が胸に痛い。

それは罪悪感というのだろう。

(罪悪感？　でも、何に対する？)

和泉は胸の内で自問する。いや、問うまでもなく分かっていたことではあった。

——朝子を騙《だま》している。

(でも、後輩だと騙《かた》っただけだ。他に何をしたわけでもない。俺は上光さんの話し相

手になっているだけに過ぎない。遺品の整理を勧めるのは藤波さんで、それを決意するのは上光さん自身じゃないか）

自答する。いや、違う。自答ではない。そう言ったのは、透吾だ。

「君が今回のことを気に病む必要はない。だって、そうだろう？　君は上光さんの許《もと》へ通って、彼女の気が済むように話を聞くだけだ。別に、親しくなって何を買わせるってわけでもないし、クレジットカードの番号を訊いて来いというわけでもない。君は息子さんの知人として、当たり前のことをするだけ。身近な人を支える、人として当然のことじゃないか」

饒舌《じょうぜつ》な男の顔を浮かべながら、彼の言葉を胸の内で反芻《はんすう》する。

「そして、法事の準備と遺品の整理を勧めるのは葬儀社のスタッフである俺の仕事。そう、仕事だ。君が現れなくても、俺は彼女に遺品を整理したらどうかと勧めていたと思うぜ。で――君が現れたから、俺は息子さんの遺品の中に、本来他の人が持つべき物があることを知った。上光さんが俺の提案を呑《の》んでくれたときに、これを密《ひそ》かに返すのも善意だ。俺が〝協力〟だ〝目的〟だなんて取引のように扱ってしまったから、引っかかるのかもしれない。それについては悪のりしてしまって済まなかったと思っているよ。だけど――分かるだろう？　そういう含みのある単語に心惹《ひ》かれてしまう気持ちはさ、誰だって持っているものだ」

彼の気持ち云々《うんぬん》についてはまったく理解できないのだが、言わんとすることは分からないでもない——か？

いや、いや、いや。

違和感が胸の内に広がる。

「和泉さん？」

「あ、すみません。……いただきます」

訝《いぶか》る朝子に愛想笑いを返して、和泉は苺にフォークを突き立てた。考えても、違和感の正体は分からない。酸味の強い果実を口の中で転がしながら、ふと思ったのは、彩乃だったらどうするだろうかという疑問だった。

「それで、私に電話をしてきたってわけ？」

「ええ、まあ」

まさか、こちらから掛けてくるとは思わなかったのだろう。

長考の末——夜も大分更けた頃に電話をすると、彩乃は「どうしたの？」とひどく驚いたようだった。懐かしいように思える彼女の声を聞きながら、窓の外を眺める。

暗い、月のない夜だ。どんよりと曇った空は、そのまま和泉の胸の内を表しているようでもある。

「時間、大丈夫ですか？　近況報告でもと思ったんですけど」

近況報告。そうだ。ただの、近況報告。途中経過を報《しら》せるのは、依頼主への義務のようなものだ。……と、動機を自分に言い聞かせる。纏《まと》わり付く重たげな空気を振り払うように、首を振って。

「実は、ですね」

淡々と経緯《いきさつ》を話す和泉に、彩乃は珍しく最後まで口を挟んでこなかった。受話器の向こうで、時折相槌を打って、真剣にこちらの話を聞いていた。

朝子への小さな嘘、万里との再会、透吾とのやり取り——すべてを話し終えた後の彼女の問いかけが、先の一言だった。「それで、私に電話をしてきたってわけ？」咎《とが》めるでもなく、責任感から自分を責めるわけでもなく、ただそう訊《たず》ねてきただけだ。

和泉は拍子抜けした。

「あの、国香さん……。俺の話、聞いていました？」

「聞いていなかったように聞こえた？」

問いを問いで返すのは、彩乃の悪い癖だ。密かに顔を歪《ゆが》めて、続ける。

「怒らないんですか」

「怒ってくれなんて、言われてないから。和泉君は私に経過を報告したかったわけでしょう？」

「ええ、まあ。そうですけど……」

戸惑いながら、頷《うなず》く。こちらの表情が見えないことはありがたかったが、彩乃がどんな顔をしているか分からないことは気持ちが悪かった。いつものように年上ぶっているのか、それともこちらを気遣っているのか、或《あ》るいは特に何を考えているわけでもないのか。

「その藤波さんって人が何を思ってそんな提案をしたのか分からないけど、私はそういうやり方は良くないと思うよ。大体、和泉君らしくないよ。そんなの」

ぼんやりと考えていれば、そんな真面目な答えが聞こえてきた。

「俺らしい？」

何か、琴線に触れるようなものを感じて——その言葉だけを繰り返す。彩乃が頷く。

「うん。他人に興味がなくてさ、無神経で、自分の好きな物のことばっかりで……」

「すみませんね」

「だからこそ、そうやって人の顔色を見て話を合わせて——なんて、したことなかったじゃない。和泉君は」

どうということもないような彩乃の指摘に、和泉は言葉を失った。

——確かに、その通りだ。

彩乃の言うことは正しい。朝子の顔色を見て、大人しく相槌を打って、愛想笑いを顔に張り付けて。思い返せば思い返すほど、まるで自分のようではなかった。どこから自分らしくなくなったのか。愕然《がくぜん》と考えていれば、返事のないことを不満と受け取ったのだろう。彩乃は小さく嘆息した。

「なんて、偉そうなこと言ってごめん」

「いや、別に――」

「あのさ、いつもみたいでいいよ。楽なようにやってくれていいから。それで駄目なら、他の方法も探してみる。和泉君が交渉に失敗したからって、全部が終わるわけじゃないし」

説教臭い言葉にバツが悪くなったのか、後半は気楽な声を上げる。

「嫌なんでしょ？　そういう、らしくないの」

「嫌？」

彩乃の言った意味が分からずに、和泉は訊《き》き返した。

違う。どうしようもない違和感を覚えただけで、嫌という感情はなかった。なかった、はずだ。考えながら外を眺める。窓には、分かりやすい困惑の色を浮かべた自分の顔が映っている。答える彩乃の声は訝しげだった。

「嫌だったから、私に掛けて来たんじゃないの？」

だから、問いに問いで返さないでくれと言っているのに。

「別に、俺はただ――」

最初に言った通り。ただの、経過報告だ。それ以上の意図はない。おそらく。

一拍おいて、和泉は曖昧《あいまい》に胸の内を呟《つぶや》いた。朝子とテーブルを囲みながら、愛想笑いを浮かべるその裏で〝彩乃だったら――〟と考えたことだけは事実だが、それとこれとは関係ないはずだった。

そんなことを言えば、彩乃は笑ったようだった。声には僅《わず》かだが、呆《あき》れも含まれているように聞こえる。

「まあ、それも和泉君らしさなんだろうけど」

「けど、何ですか」

「何でもない。言うと、また和泉君が悩んじゃいそうだから」

「またって、俺がいつ悩んだって言うんです」

苦い声で、言い返す。彩乃はこれにも笑って――誤魔化してくれたようだった。

「ところで」と、思い出したように話題を変える。

「和泉君にそういうやり方を納得させるなんて――その藤波さんってどんな人なの？」

どんな人？

問いに、和泉はあらためて藤波透吾という男のことを考えた。

——どんな人なのだろう。

馴《な》れ馴れしくて、人好きで、いい加減で、気取っている？

（本当に？　藤波さんは本当に、そういう人なのだろうか？）

考えてみれば、彼ほど言葉で表しにくい人間もいなかった。和泉は少し考えた末に、答える。

「……ものすごく、苦手な人です。国香さんよりももっと」

「喧嘩《けんか》売ってる？」

「売ってませんよ。一番分かりやすい比較対象として、名前を使わせてもらっただけです」

これはいつものように素っ気なく言って——

彩乃との電話を終えた後も、和泉はしばらく窓の外を眺めながら黙考していた。

＊＊＊

それから、三日後。

いつもと同じ時間に朝子の許《もと》を訪ねると、先客の姿があった。

「やあ、高坂君」

藤波透吾だ。彼に連れられて来たのだろう、万里の姿もある。

彼はいつもの調子で挨拶《あいさつ》をして、リビングの上に幾つかの書類を並べている。その隣で、少女は興味なさそうに足をぶらぶらとさせていた。紙パックのジュースに突き刺したストローを噛《か》み潰《つぶ》している。もう注意することにも疲れたのか、透吾は少しだけ呆れた視線を少女に向けたが、溜息《ためいき》を吐いただけで何を言うこともなかった。

「ごめんなさいね。法事の打ち合わせがあるから」

司がいなくなってからは、和泉の訪問を日常の一部として——透吾の狙い通りに——支えとしているのだろう。用事を口にしつつも、朝子は和泉を招き入れたのだった。

「構いませんよ」と、和泉はなるべく普段と変わらない声音で答える。

「少し話したいことがあるので、待たせてもらってもいいですか?」

内心では、緊張に声が震えそうになるのを抑えていたのだが。

「どうぞ。って——何もないと詰まらないわね。司の部屋に、雑誌があるから借りてくるといいわ」

朝子はそう言って、リビングの奥を指さした。彼女の示す先には、白いドアが見える。そこが司の部屋なのだろう。朝子の向こう側では、透吾が苦い笑みを浮かべている。彼の目元は「これから、司君の法事の打ち合わせをするんですよ」とでも言いたげだった。

和泉は何も言わずに軽く頭を下げて、奥の部屋へ向かう。胸には一つの決心があった。


銀色のドアノブを回して中に足を踏み入れれば、司の部屋は彼が生きていた頃のままに保たれていた。

脱ぎっぱなしになった上着。靴下。床に投げ捨てられた雑誌。ベッドの上でくしゃくしゃに丸められた掛け布団《ぶとん》と部屋着、慌てて止めて放り投げたような目覚まし時計。

そのまま、ぐるりと部屋を見回す。

窓辺に並ぶのは、一昔前に有名だったヒーローの人形やプラモデルだ。もうすっかり色褪《いろあ》せているが、大事にされてきたようだった。彼らはどうして持ち主が帰ってこないのか、不思議に思っている風に見えた。壁にはユニフォーム。その下に、汚れたサッカーボールが転がっている。これらは学生の頃に部活で使っていたものだろうか。全体的に雑然として、子供っぽい部屋だ。そんな中、携帯電話と財布だけは机の上にきっちりと揃えられていた。これは、司の死後に朝子が置いたものなのだろう。

窓からは光が射し込む。眩《まぶ》しい。ライムグリーンのカーテンは、隅の方で乱暴にまとめられている。目を細めて窓を眺めながら、和泉はそこに男の姿を見たような気がした。

鳴り響く目覚まし時計の音。彼は掛け布団を摑《つか》んで、跳ね起きる。止めた時計をベッドの上へ放り投げ、床の上から畳まれた洗濯物を選び、着替える。そうして部屋を出ようとして、気付いたようにカーテンを開けるのだ。射し込む朝日に目を細めて、そして――

主《あるじ》を亡くしたこの部屋だけが、唯一生活感を持っているというのは妙なものだ。和泉は耳を澄ました。その、落ち着きのない部屋で。主を永遠に失ったことを知らない物たちが、再び日常が戻るのを待ち続けている部屋で。〝彼ら〟はざわめきながら、司でもない、母親でもない、見知らぬ人の干渉を訝《いぶか》っている。誰なのか、何をしに来たのか、司はどこなのか、彼はいつ帰って来るのか――部屋全体が、まるで急にぽつんと一人になってしまった子供のようだった。

窓際へ寄る。手近な人形の一つに触れる。尖《とが》った指先で輪郭を撫《な》でながら、司はもういないのだと囁《ささや》く。瞬間、部屋の空気がぴたりと凍り付いた。

静寂。驚愕《きょうがく》。戸惑い。混乱。

沈黙した空気が内に疑問を含み、次第に膨れあがっていく。和泉はもう一度、はっきりと――憐《あわ》れみを含んだ声で言った。「司さんは、もういないんだよ」限界まで膨張した空気は、言葉とともに弾《はじ》けた。

なぜ、なぜ、なぜ？

先《さっき》よりいっそう大きくなった〝気配〟が一斉に、訊《たず》ねる。

和泉は答えずに一度目を瞑《つむ》り、そして深く息を吸った。動揺に、空気はまだ震えている。肌に刺すような痺《しび》れを感じながら、和泉はそのときが訪れるのを待っていた。まだだ。まだ、もう少し。興奮が収まるのを、じっと待つ。激情の波が引いた後に残るのは、疑問と悲哀だった。

悲しみの糸を手繰り寄せて、更に探る。部屋の主と長い時を共有した彼らは、それぞれが様々な記憶を持っている。それらはこの世に残された司の一部であるとも言える。

一部。遺体を焼いた後に残る、遺骨のようなものだ。ただし遺品に残された記憶や想いの欠片《かけら》は、誰にでも見えるものではない。人を選ぶ。故人と親しくしていた人ほど、見落としがちになる。

——司さんの気持ちは、どこにある？

神経を尖らせて、僅《わず》かな感情も気配も音も逃さぬように。やがて、部屋の隅でことんと小さな音を聞いた——気がした。目を開く。微《かす》かに翳《かげ》りを帯びた視界を、小さな影が過《よ》ぎった。瞳《ひとみ》が既に過去を観ていることに気付いて、視線で影を追う。部屋の隅へ走って行った、少年を。

少年には、遺影に見た男の面影があった。

司だ。部屋の隅で俯《うつむ》いた少年の顔には、怒りとも悲しみともつかぬ複雑な感情が浮かんでいた。子供らしくないその表情を、和泉はじっと見つめる。少年は視線に気付かない。部屋の隅でじっと小さくなって、何かに耐えるようにプラモデルを抱いている。もしかしたら、その玩具《がんぐ》は父親に買ってもらったものなのかもしれない。少年は随分と長い間そうしていた。一言も発することのない彼の胸の内を読むことができないまま、和泉は小さく瞬《まばた》きをした。世界が、変わる。

部屋が暗い。司の胸の内を表しているのだろうか？

黙考していた和泉は、既に少年の姿がないことに気付いた。代わりに、背後に生まれた気配を感じて振り返る。ベッドの上には幼さを残したまま成長したような司の、姿。純朴そうな顔を曇らせて、和泉と同じように何かを考え込んでいる風だった。子供用の小さなサッカーボールを抱えて、溜息を吐いている。彼はやはり一言も物を言わないまま、汚れたボールをベッドの下へ転がした。

――彼は、何を憂えているのだ。

分からない。感情の断片と一人悩む司の姿は、和泉を酷《ひど》く焦らせる。狼狽《ろうばい》したまま目を瞬く。まだ過去の記憶は続いている。部屋の中はまた、暗くなったようだ。

「司さん——」

溜息を漏らすように、名を呼ぶ。

暗い部屋の中で動く人の気配はない。彼はどこにいるのか——ぎこちなく周囲を見回した和泉は、彼が思いの外近い位置に立っていたことに驚いた。ぎょっとしつつも息を呑《の》んで、悲鳴を抑える。押し入れの前で佇《たたず》む青年は、遺影の彼とそれほど変わらないように見えた。手には、

(写真?)

写真店の封筒。

——朝子は何と言っていた?

司を凝視したまま、意識の一部で自らの記憶を探る。司と写真。それは意外な組み合わせのように思えた。和泉が考えるうちに、青年の姿は徐々に薄くなりつつある。首が、手が、足が細っていく。辛うじて人の姿を作っていた彼の皮が空気に溶けて、骨だけが残ったとき、手首がぽろりと床に落ちた。まるででき損ないのホラー映画のように、手首はカタカタと音を立てて、押し入れの中に消えた。手首を失った体は、粉塵《ふんじん》となって崩れる。

無音。

司の気配が消えてもしばらく立ち竦《すく》んでいた和泉は、やがてゆっくりと息を吐き出

した。

――「うちには、司の写真が学生時代の集合写真みたいなものしかなかったから。記念写真を撮る習慣がなかったのよ。司の父親がいるときには、三人でよく撮っていたのだけれど。あの人が一番マメだから。私や司なんかは駄目。面倒くさがりなところがあってね、撮っても現像に出すのを忘れてしまうし、アルバム整理なんかもできないの」

遺影を見ながら、朝子はそう語ったのだ。和泉は思い出して、押し入れに向き直った。

「この中に、何がある？」

誰に問うでもなく、呟《つぶや》く。

手首の消えた押し入れの戸を、恐る恐る開く――

（まずいやり方だって、分かってないわけじゃないけど……）

観る――以外の、自分らしい方法など思いつきそうになかった。閉鎖的な家庭環境の中で、司が何を感じて生きてきたのかを知るためには。彼の真意を朝子や由佳里に伝えるためには。

恋人にも、母親にも、何一つ真意を告げることのできないまま死んでしまった男のもどかしさを思いながら、和泉は闇を覗《のぞ》いた。

押し入れという場所は人の心によく似ている。

捨てることのできなかったもの、押し込んだまま忘れ去られてしまったものが、再び取り出される日をひっそりと待ち望んでいる。司の押し入れは、部屋の雑多さからすると意外なほどに、綺麗《きれい》に整理されていた。手前には特にそれらしいものは見つからない。服が詰め込まれたクリアボックスと、雑誌の詰め込まれた段ボール箱とが並んでいるのみである。けれど、その隙間に何かが這《は》いずったような跡があるのを見つけて、和泉は手前の荷物を持ち上げた。

――重い。

ずしりと腕にくる感覚に顔を顰《しか》めながら、どうにか静かに床へ置く。押し入れの奥には、小さな箱があった。蓋《ふた》が中途半端に開いている。そこからは、まるで誰かが慌てて引っ張り出そうとしたかのように、写真店の封筒と小さなアルバムが覗いていた。

迷いつつも手に取り、中を確認する――古い日付のものが多い。その中の一枚を引き抜けば、成人式の写真だろうか。慣れないスーツを着て、母親と二人で写った青年の姿があった。他にも、父親の姿のみが消えた写真ばかりだ。リビングを飾るフォトフレームとは丁度対照的だった。学校の行事で撮られたようなものがほとんどだが、司はどんなに小さくとも自分たちの写り込んだ写真は大事に取っておいたようだった。三人の家族写真で成長を止められた少年は、押し入れの中で密《ひそ》やかに成長していたのだ。頑《かたく》なに二人であることを認めようとしない母親への、無言の抗議と悲しみ――

一方で、彼はそこに恋人との思い出も秘めておいたようだった。

小さなアルバムを開く。中には由佳里との写真が一枚一枚丁寧に貼り付けられていた。写真整理のできない彼がそれを作ったのだと知ったら、朝子はどんな顔をするだろうか――

間には、小さく折り込まれた手紙が挟まれている。隅には、宛名代わりにクラスと名前。高校生の頃に交わしたやり取りさえ、彼は大切に保管していたようだった。そこに由佳里への愛情と、将来への意志を見た気がして、和泉は小さな溜息《ためいき》を零《こぼ》した。

少年の顔にあった怒りと悲しみ、そして青年の苦悩。悩みつつも一歩前へ踏み出そうとしていた彼は、しかし不慮の事故で命を落としてしまった。それが、司の真実だ。

写真を丁寧に袋の中へ戻して、踵《きびす》を返す――

部屋の中に、がたんと大きな音が響いたのはそんな時だった。びくりと体を震わせながら、振り返る。どうやら、窓辺に並べられていた玩具の一つが落下したらしい。それは記憶の中で、司少年が抱いていたプラモデルだった。落ちた拍子に腕が外れたのだろう。ゴミ箱の中――丸めた便箋《びんせん》の中に埋もれる機械の腕を見つけて、拾い上げる。

「法事の準備も、これで大体整いましたね。仕出しの用意なんかは、こちらで手配しておきます。親戚《しんせき》やご友人なんかへの案内も、もし手間なようであればお手伝いさせていただきますが」

独特な調子の低い声が、説明を続けている。

「大丈夫。手間だと思うほど親戚は多くないし、司のお友達には私から連絡したいから」

「そうですか」

透吾が微笑む。隣では万里が詰まらなそうな顔をしながらも、一応話に耳を傾けているようだった。彼らの会話が途切れるのを待って、声をかける。

「すみません、上光さん――」

朝子が振り返る。何も知らない彼女は「雑誌のある場所、分かったかしら？」と無邪気な問いを投げてくる。透吾と万里が遅れて怪訝《けげん》な目を向けてきたが、和泉は彼らに構わずに、一歩前へと進んだ。

緊張に、口の中が乾いている。

事実の指摘は、自らの卑劣さを告白することでもあった。

鋭い男だけが、雰囲気から異様なものを感じ取ったらしかった。「高坂君――」と牽制《けんせい》する、透吾の声。しかし和泉は彼が言葉を続けるより先に、意を決して口を開いた。

「これ――」

不思議そうな顔をしている朝子に、写真店の封筒とアルバム、そして丸められたままの便箋を差し出す。

「何？」

訝《いぶか》りながらも封筒を開けた女の顔に、動揺が広がっていく。目を背けて逃げ出してしまいたい衝動を抑えつけながら、和泉はもたつく舌で続けた。

「司さんの、本心です」

「司の本心？」

感情のない声が問い返してくる。

「司さんはずっと、新しい生活をやり直したかったんだ。いつまでも三人でいることを、望んではいなかった。あなたの目に映る自分が、幼い子供のままであることをもどかしく思っていたんです。過去の生活を繰り返すんじゃなくて、リビングのカーテンを開けて、写真を貼り替えて――成長した息子としてあなたのことを支えたいと思っていた。ずっと」

子供のように雑然とした部屋は、変化を嫌う母親の願いを反映していたのかもしれない。

「本当なら、司さんはあなたに恋人を紹介するはずだった。やっとそう決意した矢先のことだったんだと思います。上手《うま》く伝えられる自信がなかったんでしょうね。あなたにも、恋人の由佳里さんにも、手紙を書こうとしていた」

朝子の視線が丸められた便箋の上に落ちる。今すぐにでも中を見たいような、そうすることを怖れるような、躊躇《ためら》う瞳《ひとみ》だった。「和泉さん、あなたは……」既に答えを知っているような、愕然《がくぜん》とした問いに和泉は素直に答えた。

「俺は、司さんの後輩じゃないんです」

頭を下げる。正面からは、興奮に裏返った声。

「騙《だま》していたの!? どうして！」

「司さんの真意を、知りたかったんです。すみません」

顔は上げない。上げられなかった。震える朝子の手から、アルバムが落ちる。開いたページを見て、彼女は余計に激昂《げきこう》したようだった。「違う、違うわ」と否定する声が、和泉の耳を打つ。

「あの子が、こんな、だって、写真整理はいつだってあの人の仕事で……。あの子が、結婚なんて、まだそんな歳じゃないのに……」

それこそ朝子の幻想だ。司は大人だった。朝子の前でも、大人になろうとしていた。

行動に移すのが、遅すぎたぐらいだ。

譫言《うわごと》のように呻《うめ》く朝子に、和泉が言葉を返そうとしたとき――

「それぐらいにしておけよ、高坂君」

酷《ひど》く冷たい声が、和泉を制止した。顔を上げる。取り乱す朝子の傍らには、透吾の姿がある。万里は驚いているのだろう。普段気丈な少女らしくもなく、椅子の上で固まっている。

「……藤波さん」

和泉は苦い面持ちで、透吾の顔を見つめた。彼は無表情で和泉を眺めていた。

「今日はもう、帰った方がいい。彼女が混乱している」

「でも……」

「出て行きなさい、高坂君」

猶《なお》も食い下がろうとする和泉に、透吾がぴしゃりと言った。後ろで体を縮こまらせている万里を見るに、彼は怒っているのかもしれなかった。

「はい」

不承不承頷《うなず》いて、二人に背を向ける。

「本当に、すみませんでした。でも、司さんの気持ちも考えてあげてください」

それだけを言って、和泉は今度こそ部屋を後にする。罵倒《ばとう》はない。小さな歯軋《はぎし》りと嗚咽《おえつ》、そして彼女を宥《なだ》める透吾の毒のように甘い声だけが、聞こえてくる。

——これで良かったのだろうか？

分からない。答えてくれる相手はいない。問いかけることも苦手だ。後味は最悪で、由佳里にも悪いことをしてしまった。玄関から外に出た和泉は、重い溜息を吐き出した。白々と晴れた空が、目に痛い。けれど心は、相変わらず憂鬱《ゆううつ》だった。

＊＊＊

公園の入り口で、和泉は人を待っていた。

そこから見える焦げ茶色のマンションには、苦い思いがある。隣では、国香彩乃と四条由佳里が落ち着かない様子で、携帯に表示される時刻を眺めていた。約束の時間から、既に十五分が経過している。

彼女たちは、失敗した和泉を責めなかった。それぞれ、何か思うところがあったのかもしれない。由佳里は始終暗い顔で説明を聞いていたが、アルバムと手紙の件を告げたときだけ僅《わず》かに安堵《あんど》の表情を見せた。そんな由佳里の顔を見て、和泉はますます陰鬱になった。

——結局のところ、自分がもたらしたものは頼りにならない希望だけだ。

司が秘めていた、由佳里への想い。それは今となっては知ったところでどうにもならないものだった。ぽつりと漏らせば、

「そんなことない！　司君の真意が分かったことは、由佳里にとって無駄じゃない」

彩乃はそう、言い張ったが。

何度か謝罪に赴いた三人を、朝子が受け入れることもなかった。気まずい雰囲気を引き摺《ず》ったまま時間だけが経過した。休みのたびに無理を押して帰省していた由佳里も、周囲を巻き込むことが心苦しくなってきたのだろう。

「もういいよ。司の気持ちが分かっただけで、十分」

と、繰り返すようになった――藤波透吾から連絡があったのは、そんな頃だ。

正確に言えば、一昨日。前日には、上光司の法事が行われたはずだった。

「上光さんから、司君の恋人宛に預かっている物がある。明後日《あさって》、時間はあるか？」

あると答えれば、彼は時間と場所を一方的に指定して電話を切ってしまった。怒っているのだろう、と和泉は思う。彼には前もって真実を告げておくべきだった――と気付いたのは最近だった。薄情にもフォローを忘れていたのは、彼に言えば上手《うま》く丸め込まれてしまうような不安があったからなのかもしれない。

「遅れてしまったな」

約束の時間を二十分ほど回った頃、マンションの方から見覚えのある長身が歩いてくるのが見えた。特に急ぐ風でもない。そのゆるりとした足取りが以前通りであることに、和泉は少しだけ安堵した。

「藤波さん、お久しぶりです」

「ああ、久しぶり」

「その――この間は」

すみませんでした、と言おうとすれば彼はいつものように口元だけで微笑して、

「気にしていないから、謝る必要はないよ」

と遮った。「それより」と彼は続ける。

「すまなかったな。上光さんとの話が長引いてしまったんだ。遅れるつもりはなかったんだが」

「上光さんは、何て?」

彩乃が恐る恐る訊《き》く。

「君が、司君の恋人かい？」

透吾は問いには答えずに、訊き返した。彼は無遠慮に二人の女を眺めて、一人多いことを気にしているようにも見えた。どちらが司の恋人であるのか、考えているのか

もしれない。和泉には、透吾のそんな視線が神経質すぎるようにも思われた。

――朝子の代理として、司の恋人を見定めようと言うのだろうか。

しかし、そうした責任感は彼らしくもないような気がした。和泉がそうした違和感を覚える一方で、彩乃は確かに部外者が口を挟むべきことではないと感じたらしかった。

「いえ、私は――由佳里の友人で」

恥じ入るように小さく頭を下げる。これも何となく、彩乃らしくない。和泉は妙な胸騒ぎを覚えながら、透吾の様子を注意深く見守っていた。

「そうか。司君も友人が多かったと聞くが、君にも友人が多いんだな」

視線を由佳里の上に留めて、透吾が言う。単純な感想か、皮肉か、男の物言いには判断しにくいところがある。二人の女は困惑したように口を噤《つぐ》んで、不安な瞳《ひとみ》だけを彼に向けた。

「さて。遅れておいて申し訳ないが、俺も時間に余裕があるわけじゃない。さっさと本題に入ろう」

言って、彼は由佳里の顔の前で無造作に手を開いた。指先からは、青い色の石のはめ込まれたネックレスがそのままにぶら下がっている。

「サファイアだね。息子さんの恋人の――四条君と言ったかな？　彼は君の誕生石をプレゼントに選んだらしいね。慈愛、誠実、徳望の石。結婚を考えた相手に贈るには妥当なところだ」

そう、いつも通りに滑らかに語る。けれどどこか悪意を感じさせる物言いと尊大な仕草に、和泉はいっそう違和感を覚えた。由佳里も、得体の知れない男の親しげな口調に戸惑っているのだろう。顔には亡き恋人からの贈り物を目の前にした喜びと、困惑とが交互に表れている。

「藤波さん――」

和泉が話を遮ると、透吾は「ああ」と細めていた目を大きくした。まるで自分の無駄話と周囲の困惑に初めて気付いた――とでも言うような顔だ。一方で、その動作はどこか白々しくも見える。

「すまない。自分では自覚がないのだが、俺はどうにも話し好きらしくてね」

男はやれやれと、自分自身に呆《あき》れたように首を振った。

やはり、おかしい。その鈍さは彼らしくない。

「……いえ。ところで、上光さんは――どうして？　怒っていないんですか？」

透吾の顔を見返しながら、和泉は探るように言った。彼が彩乃の問いに答えなかった以上はもう一度訊いてみるしかなかった。あれから頑《かたく》なに、訪問にも応じようとしなかった彼女にどういった心境の変化が起こったのか。それを知るのは、目の前の男だけなのだ。

怒りに任せて司の遺品を手放すことにしたのか。それとも、何かを考えた上で納得して渡してくれたのか——それを知ることが、和泉には義務のように思えた。

「怒っていたとも」

当然だよ、と透吾はこちらを気遣う風もなく言う。

「だが、彼女は後から君の言葉をよく考えたようだったよ。腹を立てながらも、動揺していた。自分が、息子さんの気持ちを何一つ理解していなかったことにね。いつまでも家族三人で、変化を嫌ったまま生活していたいと願っていたのが自分だけだったことに、酷《ひど》く傷付いたようだった」

「では、どうして司さんからのプレゼントを渡してくれる気になったんですか？」

「彼女が、息子さんに自分の気持ちばかりを押しつけてしまったことに気付いたからさ。あの便箋《びんせん》に何て書かれていたか、高坂君は知っているんだろう？」

「いいえ」

和泉は左右に首を振って答える。嘘ではない。便箋の中身は確かめていない。和泉が知るのは、あれが由佳里と朝子に向けて書かれたことだけだった。宛名を見て、それ以上の確認を避けてしまったのは、少しでも罪悪感を軽減するためだったのかもしれない。自分の行動をあらためて思い出した和泉は、小さく呻《うめ》いた。

訊きつつも——透吾にとっては、どうでもいいことだったのだろう。

「そうか」

大仰に頷《うなず》いて、無愛想に続ける。

「新しい家族を作りたい。四条君と結婚して、母親と彼と新しく三人でやり直したい——と。まあ、大体はあの日に君が訴えた通りのことが書かれていた」

不安そうに透吾の顔を眺めていた由佳里の目が、零《こぼ》れんばかりに見開かれた。

「勿論《もちろん》、急に司君がそんなことを考えていたと知らされても、彼女は戸惑うわけだ。納得できるはずがない。でも今回の場合、司君が亡くなっていたことで、上光さんは譲歩せざるを得なかった。亡くした息子に強情になる母親なんて、いないだろう？死んでしまった分、できることはしてやりたいって思うわけさ。それが、このプレゼントだな」

一息で言って、流石《さすが》に疲れたのか溜息《ためいき》を吐く。

「で、彼女は俺に頼んだ。これを高坂君に渡してやってくれってね。万里がね、ほら。俺と君が少し親しく話をしていたことを知っていたから。連絡先を知っているのかと訊かれたら、流石に嘘を言うわけにもいかない」

ちら、と含みのある視線をこちらに向けてくる。

そんな透吾から瞳を逸《そ》らしつつ由佳里を見れば、彼女は透吾の話を真剣な面持ちで聞いていた。恋人の残した言葉と母親の決断に胸を打たれたように、微《かす》かに目を潤ませていた。

和泉の視線を追って、そんな由佳里の様子に気付いたのだろう。

「この話はこれぐらいにしておこう」

皮肉屋な男は苦く笑った。自分の饒舌《じょうぜつ》さにも、呆れたのかもしれない。

「やり方はどうであれ、上光さんを動かしたのは高坂君だ。彼女は君の言葉でようやく、息子さんの亡くなった日から一歩を踏み出すことができた。頑なに渡すことを拒否していた彼の遺品の一つを、四条君に渡そうと決意するに至った。俺は何もできなかった。それだけだ」

自嘲《じちょう》する。言葉の中には、こちらに悔恨を促すような意地の悪さがあった。

「……そんなことはないと思います」

透吾の言葉を聞いているうちに、どうしようもなく居たたまれなくなって、和泉は言葉拙《つたな》く否定した。男はそれには答えずに、小さく喉《のど》を鳴らしただけだった。何事もなかったかのように由佳里へ向き直り、

「さて、と。無駄話ですっかり待たせてしまったな」

どうぞ、とネックレスを受け取るよう促した。

「あ、ありがとうございます」

待ちかねたように、由佳里が手を伸ばす。隣で成り行きを見守っていた彩乃の顔が、ほっと緩んだ。透吾の指先から銀色の鎖がするりと零れ落ちる。けれど、そのタイミングは由佳里が受けようとするよりほんの少しだけ、早すぎたようにも思われた。

「あっ！」と女が小さく悲鳴を上げる間に、ネックレスは由佳里の手をすり抜けて、地面へ落下していく。

——下は、土ではない。

水はけを良くするために作られた排水路。その上に、格子状溝蓋《グレーチング》が被《かぶ》せられている。銀色の格子は細かい。が、ネックレスは、その格子をくぐり抜けるのに十分な大きさだった。鎖はグレーチングに引っかかることなく、滑らかに落ちていく。

「え、嘘……！」

彩乃がバッと屈《かが》んで排水路を覗《のぞ》き込んだ。

「これは、困ったな」

隣で呟《つぶや》く透吾の顔を、和泉は密《ひそ》かに覗き見た。崩れ落ちた女を見下ろす彼の瞳は、言葉と同様に酷く無感情だった。それからすぐに——視線に気付いたのだろう。透吾はちらと和泉へ顔を巡らせた。

視線が交わる。

そこに含まれた感情は、一体何だったのだろうか。

「藤波さん……」

過失か、故意か——

(故意？　でも何故だ？)

一見すると、由佳里の方が受け損なったように見えなくもない。けれど当然のように、透吾の悪意を疑ってしまった自分に、和泉は戸惑った。

男は口元を薄く微笑ませると、静かに腰を落とした。ちら、と排水路へ視線を落として「ああ、せめて水が流れていなければどうにでもなったんだが……」と口惜《くや》しげに呟く。がっくりと肩を落としたままの由佳里を助け起こした彼は、恭しく頭を下げた。

「俺の不注意だ。君には悪いことをしてしまった。どう謝っても許してもらえるとは思えないが、本当に申し訳ない」

透吾はもう一言、二言何かを言おうとしたが、唐突に鳴り響いた電子音が彼の言葉を遮った。

携帯電話の無機質な着信音。旋律を奏でるでもない。単純な音に、男が顔を顰《しか》める。

「……悪いが、仕事中だった。管理局の方には俺から連絡をしておこう。もしかしたら、対応してもらえるかもしれない。あまり期待をしないでもらえると、有り難いが」

言って、彼はあっさりと身を翻した。すべてが一方的だ。そんな透吾に珍しく反感を覚えて、和泉は跡を追いかけた。横目で見た彩乃が驚いたような顔をしていたが、どうしても――訊《き》かずにいられないことがあった。

「藤波さん！」

呼び止めれば――大通りへ出て横断歩道を渡ったところで、透吾はようやく足を止めた。

「高坂君。わざわざ見送りに来てくれたのか？」

振り返る。そうではないと分かっているのだろう、訊いてくる声は驚くほど白々しい。和泉は男の問いかけに答えずに、詰め寄った。

「本当に、手が滑ったんですか？　俺には……」

――わざと落としたように見えたんですけど。

荒い息とともに、吐き出す。駆けてきたせいで上手《うま》く息ができない。それでも、和泉は続けた。呼吸を整える時間さえ、もどかしかった。

「怒っているんですか？」

「怒っている？　何を」

「だから、俺があなたと上光さんを騙《だま》したことを。でもあんなやり方は――」

「いいや？」

抗議を遮るように、透吾はふっと唇だけを歪《ゆが》めて答えた。いつか見た無感情な瞳《ひとみ》が、和泉をじろりと無遠慮に眺める。

「不愉快か、そうでないかと訊かれたら確かに不愉快だった。だが怒るほどのことではないな。こんな些細《ささい》なことを理由に、俺があのネックレスを落としたのだと思われる方が心外だ」

「………」

「君は上光司の友人でも後輩でもなかった。己を偽り、上光さんに近付いて、俺から情報を引き出した。自分自身と、知人のためにね」

台本を読むような、芝居じみた台詞《せりふ》だ。どこか他人事《ひとごと》で、現実味がない。しかし、怒っていないというのは嘘ではないようだった。余裕すら感じさせる口調に勢いを削《そ》がれて、和泉は困惑しながら彼の顔を見返した。透吾が続ける。

「けれど、それは責めるようなことじゃない。君には君の事情があった。ただそれだけのことだ。むしろ責められるべきは、俺や上光さんの危機管理能力のなさだ。よく知らない相手のことは、まず調べるべきだ——と、今回の一件では勉強させてもらったよ」

そう言ったのは負け惜しみではないのだろう。男の声には、不快さよりもむしろ感心したような響きがあった。

「じゃあ、故意に落としたわけではないんですね？」

訊きつつも――和泉は、彼の言葉を信じることのできない自分を自覚していた。

最初から、彼には違和感があった。彩乃の言葉を借りて言うなら「らしくない」だ。らしくない振る舞いから違和感が生まれるのだとすれば、透吾にも何か隠していることがあるのだろう――それを指摘しようにも、言葉は喉の奥でつかえてしまっている。

気後れするこちらの様子を眺めて、ようやく機嫌を直したのだろうか。透吾が小さく喉を鳴らした。

「そんなに畏《かしこ》まらないでくれよ、高坂君。いや、俺の大人げない言い方が良くなかったかな」

「畏まってなんか――」

「さっきのは、ほんの冗談だよ。君があまりにすまなそうな顔をするものだから、思わずね」

「……………」

冗談にしては酷《ひど》く悪意のある言い方だった。悪趣味だ、と和泉は口の中で苦々しく呟いた。

「あんな言い方をされて少しは腹も立ったろう？　これでお相子《あいこ》だ」

本当に冗談だったのか、それともそう言い繕ってみただけなのか――

少し顔色を窺《うかが》っただけでは真意を測ることなどできそうもなかった。透吾には、表情から感情を読み取らせないような分かり難《にく》さがある。顔に貼り付けられた薄い微笑みは親しげに見えるが、一方で男の目は酷く冷静なのだ。

「今度は俺が、君に〝怒っているのか？〟と訊かなければならないかな？」

透吾がからかう。

「いえ——」

「そうだな。訊くことに意味はない。君が怒っていたとしても、俺にはどうにもできそうにない」

答えかねている和泉の顔を、彼はおもむろにスッと指さした。

「だって、君の顔にははっきりと書いてあるからな。俺のこと、嫌いだろう？」

「そんな」

自分が心にもない否定をしたことに気付いて、和泉は口を噤《つぐ》んだ。

そうだ、透吾の言う通りだ。口の中で呟いて、男の顔を睨《にら》み付ける。親しげな微笑も、冷たい目元も、馴《な》れ馴れしい口調も、その不遜《ふそん》な問いかけも——不愉快なのだ。

何故かは分からないが。

そんな和泉の胸の内を読んだように、透吾は自嘲《じちょう》気味に唇の端を歪めた。

「意味のない否定をするなよ。確かに俺は——故意にしろ、そうでないにしろ、君らに恨まれるようなことをした。それは分かっている。分からないほど、俺は鈍感な人間じゃないよ」

言って、大仰に嘆息する。

「この一件で俺を恨むのは結構だ。自分という人間を誤解されることで傷付くような年齢は、とっくに過ぎてしまった。だけどね、君らにはもっと前向きに考えて欲しいんだよ。彼女にとっては、ある意味いい結果になったのかもしれないって」

饒舌《じょうぜつ》に喋《しゃべ》り続ける男に、和泉は眉《まゆ》をひそめた。彼の気取った言葉は、常に真意から遠い。本人は、そんな自分の回りくどさに気付いていない風でもある。

「俺の言う意味、分からないかい？」

不思議そうに語尾を跳ね上げて、続ける。

「前向きに考えるなんて簡単なことだ。つまり、生きた人は死者に執着すべきではないってことさ。もっと他に目を向けるべきことはあるはずだ。死んだ人を想っても、幸せにはなれない」

「それを、四条さんの前で言えるんですか？」

訊き返しつつも、彼なら言えるだろうと和泉は思った。案の定、透吾は名案を聞いたという顔で、

「ああ。そうだね。彼女にもそう伝えておいてくれ。君にこんなことを頼むのは気が

引けるが、俺が今戻って言っても分かってはもらえないだろうからな。女性には感情的なところがある。どんなに有用な助言でも、嫌いな人間の話は聞かないんだ」

悪びれもせずにそう言った。

「俺が、そんなことを言えると思いますか？　では、どんな言葉をかけるつもりだ？」

「言えないのか？　では、どんな言葉をかけるつもりだ？」

逆に訊き返されて、和泉は言葉を詰まらせる。

「それは……」

俯《うつむ》いて、軽く唇を噛《か》む。彩乃が慰めるだろう、と言いかけて止めたのは、流石《さすが》にそれが無責任で投《な》げ遣《や》りな答えだということに気付いたからだった。悩む和泉に、透吾がフンと鼻を鳴らした。

「俺を悪者にするかい？」

「…………」

「俺が故意に故人からの贈り物を捨てたことにすれば、恐らく彼女は怒るだろう。怒りで悲しみを忘れるだろう。それで君らの気が済むなら、俺はそれでも構わないよ。けれど——」

ぷつり、と言葉を切る。透吾は乾いた唇を湿らせるように、舌で上唇を舐《な》めた。

「君は何も言えないのだろうな。俺という人間を量りかねている今の時点では」

見透かした瞳だった。口元を大きく歪ませて、男は上機嫌に言った。

「分からないんです。藤波さん」

和泉は呻《うめ》く。忌々《いまいま》しいことに——会話の主導権は完全に相手のものだった。

「あなたは上光さんを立ち直らせたいと言った。実際、彼女の相談にも乗っていた。俺はあなたのことが苦手だったけど、一方で善い人なんじゃないかとも思ったこともあったんです」

「善い人だよ、俺は」

透吾が笑う。

よくそんなことが言えたものだ。カッとなって、和泉は反射的に首を振っていた。

「今の俺には、そうは思えない。あなたのしたことは、司さんの遺品を渡してくれた上光さんの厚意を踏みにじるような行為でもあった。そうでしょう」

「彼女の厚意？　そんなに綺麗《きれい》なものだったかな？　俺には、上光さんが君にほだされただけのようにも見えたんだが。君はあたかも息子さんの代弁者であるかのように振る舞って、彼女を上手《うま》く丸め込んだ。違うかい？——尤《もっと》も、息子さんの代わりに彼女を支えてくれと言ったのは俺だから、君のしたたかさを責めることはしないが」

喉《のど》の奥から絞り出した非難は、容易《たやす》く一蹴《いっしゅう》されてしまった。それどころか、透吾は返す言葉で和泉の胸を激しく抉《えぐ》った。和泉は沈黙した。反論が、喉元まで上がってきては消えていく。

――違う。そうじゃない。〝あれ〟は紛れもなく、上光司の秘められた想いだった。透吾の言うような、打算的な思いを伴った言葉ではない。

そう思ったところで、どう説明すれば良いというのだろう。彩乃ならともかく、目の前の男が理解してくれるようには思えない。考えた末に残ったのは、諦《あきら》めだけだった。

透吾は更に、饒舌に続ける。

「さて、何の話をしていたんだったか。そうだ。四条君にかける言葉が見つからないという話か」

「…………」

もういいです、と和泉は押し殺した声で言った。彼の刃物のような言葉を、これ以上聞いていたくはなかった。が――その制止は男に届いていなかったのか、

「人生の先達として、こういうときに使う言葉を幾つか教えてあげよう。〝いつまでも悲しむ君を見て、彼はどう思うだろう？〟では、少し言い方がきついな。〝物なんかよりも大事なものを、君は彼から貰《もら》っているはずだ〟〝今はまだ辛《つら》いかもしれないが、彼の分まで幸せに生きることが何よりの供養になる〟――君らにとっても四条君にとっても無難なのは、このあたりの台詞《せりふ》か。どうだ？　参考になりそうかな？」

教師のように言って、ふむと細い顎《あご》を撫《な》でた。

「まあ、中身は俺の伝言とそれほど変わらないか。言葉ってのはな、少しオブラートに包んでやるだけで随分と印象が変わるものだ。尤も、君が何も言わなくとも、君の連れが似たような言葉で彼女を慰めるかもしれないが」

透吾は自由に喋り続ける。

誰からも咎《とが》められることのない彼の言葉は、傲慢《ごうまん》な響きすら伴い始めていた。

しかし、和泉はやはり何も言えなかった。自らの内に反論の言葉を見つけることができなかった。胸のあたりには、憤りに似た感情が渦巻いている。けれど静寂に満ちた世界にばかり目を向けていた和泉にとって、感情を明確な言葉として表すほど困難なことはなかった。

無言で睨み付ける。視線に気付いたらしい、男は困ったように指先で頬を掻《か》いた。

「そんなに怖い顔をしてくれるなよ。別に皮肉を言っているわけではないんだ。自分で言うのも何だが、俺はそんなに性格の悪い人間じゃァない。むしろ、四条君にも立ち直ってもらいたいとさえ思っている。昔、彼女のような経験をした知り合いがいたからね」

「でも、遺品を捨てることと立ち直ることとは別だと思います。どんな理由があっても、遺品は他人が損なって良いものじゃない。藤波さん、あなたは自分で言うような善い人じゃない。無神経で横暴だ。そういうのは、余計なお世話って言うんです」

和泉はやっとのことでそう言った。初めて彼の前で自分らしく振る舞えたことに、安堵《あんど》する。

一方の透吾は辛辣《しんらつ》な言葉に気を悪くした風もなく、意外そうに和泉の顔を凝視していた。

「そんな言い方もできたのか」

純粋に驚いたような声色だった。言った後で、すぐにどうでもいいことだと気付いたのだろう。大きくした目をすぐに細めて、彼は年上ぶった微笑みを浮かべた。

「成程。高坂君、君が譲れない意見を持っていることは分かった。たった今、ね」

尤もらしく頷《うなず》いて、

「けれど意見があるのなら、日頃から主張をしておくことだ。何の主張もせずに黙っている人間の意思を汲《く》んでくれるほど、他人は優しくない。それを無神経だ横暴だと言うのなら、俺は確かに君の言う通りの酷《ひど》い人間なんだろう」

毒を吐くような言葉だ。和泉は開きかけていた唇を噛んだ。自分の言葉で自分の首を絞めていくような、そんな苦しさがあった。一度安堵に緩んだ心が、再び萎縮《いしゅく》していくのを感じた。不愉快だ。不愉快である以上に、簡単にあしらわれている自分が情けなくなった。

おかしい。透吾は一言だってこちらの言葉を否定していない。受け入れて、更にもう一言二言を添えているだけだ。なのに何故、彼の言葉はこうも人を傷付けるのか——

沈黙したまま、睨《にら》み合う。そんな静寂を破ったのは、携帯の着信音だった。

「……失礼」

ひょいと肩を竦《すく》めて、携帯を覗《のぞ》く。

「ああ。万里からだ。早く帰社しろということかな、これは」

溜息《ためいき》とともに吐き出して、透吾は返事を打つこともなく再び携帯をしまった。

「後味の悪さは残るが、そろそろ本当にお暇《いとま》することにしよう。休日ならいくらでも話に付き合ってやるんだが、仕事中だとそういうわけにもいかない。一応これでも、責任ある立場なんだ」

例の気取った調子で言って、ついと顎を反らす。どこまでも嫌みな男だ。

「どうぞ、さっさと帰ってください。引き留めてしまって、すみませんでした」

「別に、気にしていないさ。——ああ、そうそう」

背を向けようとして思い出したようにもう一度、視線だけを和泉に向ける。

「伝言を忘れていた。上光さんからだ。彼女は、君にまた来てくれと言っていたよ。どうしてかは、分からないが。恨み言を言おうというのか、それともまた君に縋《すが》ろう

た。

和泉は答えない。悪意を振りまいて去っていく男の後ろ姿を、じっと睨み付けてい

という のか——」

公園の入り口に戻れば、由佳里はまだ呆然《ぼうぜん》としゃがみ込んでいた。

「由佳里、泣かないで。今からでも区役所に連絡すれば、すぐに蓋《ふた》を開けてもらえるかもしれないし。それに——由佳里が泣いてばかりいたら、司君も辛いよ」

彩乃は傍らに寄り添って、しきりにそんな言葉を繰り返している。和泉は二人を眺めながら、少し離れた場所で立ち竦んでいた。もどかしいような、腹立たしいような感情を持て余しながら、二人の会話に耳を澄ませていた。掌《てのひら》に爪が食い込む。抉《えぐ》るようなその痛みは、透吾の言葉を思い起こさせる。

——君は何も言えないのだろうな。

彼の言う通りだった。和泉は二人に声をかけることすらできなかった。一方で、由佳里を慰める彩乃の言葉は、恐ろしいほどに男の予測通りだった。友人に寄り添う彩乃の顔に、透吾の冷たい微笑が重なる。

「和泉君？」

視線を感じたのだろう。彩乃がおもむろに振り返った。「どうしたの？」と、途方に暮れた瞳《ひとみ》が訊《き》いてくる。

「いえ――力になれなくて、すみません」

迷った末に吐き出して、和泉はきつく唇を嚙《か》みしめた。我に返ったように顔を上げてくる、由佳里の視線が痛い。悔しげに細めた目で見返せば、ゆっくりと開いていく彼女の唇が見えた。

――自分は、彼女に何を言うべきなのだろうか。

――彼女は、自分に何を言おうというのだろうか。

取り返しのつかない失敗をした子供のように、和泉は固く口を閉ざしたまま、由佳里が言葉を発するのを待っていた。手の届くところにあった希望を打ち砕かれた彼女は、もしかしたら「彼が遺品さえ残さなければ、こんな思いはしなくて済んだ」というようなことを言いたいのかもしれない。そう考えると手が震えた。透吾の言葉こそが真実であり、自分の遺品へのこだわりがどうしようもなく身勝手なもののように思われた――そのとき。

「……ありがとう、ございました」

小さな声が鼓膜に触れた。

「ありがとうございました。私の、無理な相談に乗っていただいて」

今度はきっぱりと、由佳里が言った。

「何で」

わけが分からない。混乱しながら、和泉は短く訊き返した。彼女の感謝は――形だけのものにしろ――予想外だった。狼狽《ろうばい》して思わず後退《あとずさ》る和泉に、立ち上がった彩乃が小さく囁《ささや》く。

「司君からのプレゼントは受け取ることができなかったけど、でも、藤波さんだって言っていたじゃない。新しい家族を作りたい。由佳里と結婚して、母親と新しく三人でやり直したい――そう、司君の手紙に書かれていたって。和泉君が見つけてくれなかったら、それさえ分からなかったんだもの」

そんな彩乃の言葉を肯定するように、由佳里が小さく頷いた。視線は再び排水路へ向けられていたが、その目に恨めしさとはまた違った感情が生まれていたのも事実だった。戸惑う和泉の肩を、ぽんと一度だけ叩《たた》いて、彩乃は由佳里の傍らへ戻っていく。

(肯定してもらえたからって、俺が正しいとは限らないけど。でも、それは藤波さんだって同じことなんだ。どうすることが正しいかなんて、一方的に決められることじゃない……ってことで、いいのかな)

いつものように、自問する。答えは随分と自分に都合のいいようにも感じられたが、今は由佳里と彩乃の気遣いに甘えることにする。

どこか救われた心持ちで、息を吐き出して――
和泉は寄り添う二人の女を眺め続けた。

〈参考文献〉

海津忠雄編集・解説『ホルバイン死の舞踏』岩崎美術社
水之江有一『死の舞踏　ヨーロッパ民衆文化の華』丸善

本書は二〇一一年十月に小社より刊行した
単行本を文庫化したものです。

ラスト・メメント　死者《ししゃ》の行進《こうしん》
鈴木《すずき》麻純《ますみ》

角川ホラー文庫　Hす5-1　17785

平成25年1月25日　初版発行

発行者——井上伸一郎
発行所——株式会社角川書店
東京都千代田区富士見2-13-3
電話/編集(03)3238-8555
〒102-8078
発売元——株式会社角川グループパブリッシング
東京都千代田区富士見2-13-3
電話/営業(03)3238-8521
〒102-8177
http://www.kadokawa.co.jp
印刷所——旭印刷　製本所——BBC
装幀者——田島照久

落丁・乱丁本は、送料小社負担にて、お取り替えいたします。角川グループ読者係までご連絡ください。(古書店で購入したものについては、お取り替えできません)
電話 049-259-1100 (9:00〜17:00/土日、祝日、年末年始を除く)
〒354-0041　埼玉県入間郡三芳町藤久保550-1

ISBN978-4-04-100664-1 C0193

角川文庫発刊に際して

角　川　源　義

第二次世界大戦の敗北は、軍事力の敗北であった以上に、私たちの若い文化力の敗退であった。私たちの文化が戦争に対して如何に無力であり、単なるあだ花に過ぎなかったかを、私たちは身を以て体験し痛感した。西洋近代文化の摂取にとって、明治以後八十年の歳月は決して短かすぎたとは言えない。にもかかわらず、近代文化の伝統を確立し、自由な批判と柔軟な良識に富む文化層として自らを形成することに私たちは失敗して来た。そしてこれは、各層への文化の普及滲透を任務とする出版人の責任でもあった。

一九四五年以来、私たちは再び振出しに戻り、第一歩から踏み出すことを余儀なくされた。これは大きな不幸ではあるが、反面、これまでの混沌・未熟・歪曲の中にあった我が国の文化に秩序と確たる基礎を齎らすためには絶好の機会でもある。角川書店は、このような祖国の文化的危機にあたり、微力をも顧みず再建の礎石たるべき抱負と決意とをもって出発したが、ここに創立以来の念願を果すべく角川文庫を発刊する。これまで刊行されたあらゆる全集叢書文庫類の長所と短所とを検討し、古今東西の不朽の典籍を、良心的編集のもとに、廉価に、そして書架にふさわしい美本として、多くのひとびとに提供しようとする。しかし私たちは徒らに百科全書的な知識のジレッタントを作ることを目的とせず、あくまで祖国の文化に秩序と再建への道を示し、この文庫を角川書店の栄ある事業として、今後永久に継続発展せしめ、学芸と教養との殿堂として大成せんことを期したい。多くの読書子の愛情ある忠言と支持とによって、この希望と抱負とを完遂せしめられんことを願う。

一九四九年五月三日

ISBN 978-4-04-394426-2

僕が殺しました×7

二宮敦人

自称・犯人が7人。真犯人は誰だ!?

僕は恋人のリエを殺した。いや、殺したはずだった——。だが僕が警官に連行された先は、封鎖された会議室らしき場所。しかもそこには5人の男女が集められ、警官を含めた全員が驚愕の告白を始めていく。「私がリエを殺しました」と——！　謎の主催者の指令のもと幕をあけた、真犯人特定のためのミーティング。交錯する記憶、入り乱れる虚実、明らかになっていく本当のリエ。リエを殺したのは誰なのか!?　予測不能の新感覚ホラー、開演。

角川ホラー文庫

ISBN 978-4-04-100176-9

バチカン奇跡調査官

黒の学院

藤木 稟

天才神父コンビの事件簿、開幕！

天才科学者の平賀と、古文書・暗号解読のエキスパート、ロベルト。２人は良き相棒にして、バチカン所属の『奇跡調査官』——世界中の奇跡の真偽を調査し判別する、秘密調査官だ。修道院と、併設する良家の子息ばかりを集めた寄宿学校でおきた『奇跡』の調査のため、現地に飛んだ２人。聖痕を浮かべる生徒や涙を流すマリア像など不思議な現象が２人を襲うが、さらに奇怪な連続殺人が発生し——⁉

角川ホラー文庫

ISBN 978-4-04-449802-3

陀《だ》吉《き》尼《に》の紡ぐ糸

探偵・朱雀十五の事件簿1

藤木 稟

美貌の天才・朱雀の華麗なる謎解き！

昭和9年、浅草。神隠しの因縁まつわる「触れずの銀杏」の下で発見された男の死体。だがその直後、死体が消えてしまう。神隠しか、それとも……？　一方、取材で吉原を訪れた新聞記者の柏木は、自衛組織の頭を務める盲目の青年・朱雀十五と出会う。女と見紛う美貌のエリートだが慇懃無礼な毒舌家の朱雀に振り回される柏木。だが朱雀はやがて、事件に隠された奇怪な真相を鮮やかに解き明かしていく。朱雀十五シリーズ、ついに開幕！

角川ホラー文庫

ISBN 978-4-04-100348-0

夜波の鳴く夏

堀井拓馬

妖かしと財閥令嬢の異形系純愛劇

大正の世、名無しのぬっぺほふことおいらは財閥家の令嬢コバト姫に飼われ、純愛を捧げていた。だが、コバトが義理の兄・秋信と関係を持っていることを知ってしまい、おいらは観る人を不幸にする絵「夜波」を使って秋信を抹殺しようと決める。夜波の画家ナルセ紳互を妖怪たちが集う無得市に引き込み、ようやく絵を手に入れるが、なぜか想定外の人物にも渡ってしまい……。若き鬼才が奔放な想像力で描く衝撃×禁断の妖奇譚！

角川ホラー文庫

ISBN 978-4-04-100448-7

十三の呪

死相学探偵 1

三津田信三

死相学探偵シリーズ第１弾！

幼少の頃から、人間に取り憑いた不吉な死の影が視える弦《つる》矢《や》俊一郎《しゅんいちろう》。その能力を“売り”にして東京の神保町に構えた探偵事務所に、最初の依頼人がやってきた。アイドル顔負けの容姿をもつ紗綾香《さやか》。ＩＴ系の青年社長に見初められるも、式の直前に婚約者が急死。彼の実家では、次々と怪異現象も起きているという。神妙な面持ちで語る彼女の露出した肌に、俊一郎は不気味な何かが蠢くのを視ていた。死相学探偵シリーズ第１弾！

角川ホラー文庫

ISBN 978-4-04-390201-9